【读鉴小说轩】

忽必烈

把元帝国的伟业推到顶峰的草原英雄

『醉太平』：集市炊烟，牧歌桑田。寒刀横扫关山，策马夺大汗。弟兄难安，血旗漫卷。直驱宋帝崖边。只道天海蓝。

忽必烈，早年听从长兄蒙哥的差遣，参与军机政事，迭受重用。率蒙军征云贵，灭大理，扩充版图。祸起萧墙。兄弟同袍……在与宋军的血战中，总领东路，所向披靡。在汗位之争中胜出。平乱整肃，除旧布新。建元朝，定大都，励精图治。刀尖南指，铁骑如风，大元一鼓灭南宋。再创大一统，政声垂青史。

刘恩铭 著

華夏出版社
HUAXIA PUBLISHING HOUSE

图书在版编目（CIP）数据

忽必烈 / 刘恩铭著. --北京：华夏出版社，2017.10
（读鉴小说轩）
ISBN 978-7-5080- 9267-6

Ⅰ. ①忽… Ⅱ. ①刘… Ⅲ. ①长篇历史小说－中国－当代 Ⅳ. ①I247.5

中国版本图书馆 CIP 数据核字（2017）第210013号

忽必烈

作　　者 刘恩铭
责任编辑 高　苏

出版发行 华夏出版社
经　　销 新华书店
印　　刷 三河市少明印务有限公司
装　　订 三河市少明印务有限公司
版　　次 2017 年 10 月北京第 1 版
　　　　 2017 年 10 月北京第 1 次印刷
开　　本 710×1000　1/16
印　　张 13.25
字　　数 237 千字
定　　价 35.00 元

华夏出版社 网址：www.hxph.com.cn　地址：北京市东直门外香河园北里 4 号　邮编：100028

若发现本版图书有印装质量问题，请与我社营销中心联系调换。电话：（010）64663331（转）

目录

第一章　神鹿降临　草原相逢

1240年的夏天，一个静谧而又晴朗的早晨，刚退净红晕的太阳高悬在弘吉拉部落草原的上空，勤劳的蒙古人就已开始骑马放牧了。放眼望去，在辽阔似海的大草原上，随处散布着洁白的蒙古包，稀疏如晨星般寥落，若隐若现。再细看，每个蒙古包的上边都升起一缕似黄似白的烟雾，懒散地、袅娜地飘着，这是干牛粪燃起的炊烟，会让你联想到女人烧早茶的情景。而当一阵晨风吹过，绿浪仰伏涌动的草原深处又露出一处处缓缓移动的羊群，就犹如一朵朵白云在绿草地上安然地飘浮。风还吹来了浓烈的草味花香，在草原的上空飘散着弥漫开来，人闻到了，就如同喝了浓烈的马奶酒，心里蓦地泛起一股畅快的醉意。

多么美丽而又令人陶醉的草原啊！

可是，突然传来的一阵人喊马嘶的声音打破了这草原的宁静，在叮当的刀枪格斗声中，一队人马迅疾地由远而近奔来。而骑马跑在最前边的是一位穿着通体红色衣服的蒙古族美丽少女。她胯下是一匹雪白健壮、闻名草原的三河马。少女骑在马上，就似伏在一朵游动的白云上，在草地上迅疾轻盈地飘飞着，而她身上猎猎抖动的红衣服，看去就如同一团炽烈的火焰，在霍霍燃烧。

然而形势是相当危险了，对方都是精于骑术和擅长打斗之人，这不是么，只在眨眼间，红衣少女仅剩的两名护卫也尽被对方打下马去。这景象被红衣少女看见了，她就更加急速地打着马，拼命向前狂奔。清晨的草原上，逃者与追者都竭尽全力，马蹄践踏起的青草飞扬起来，高高地连成片，晨光中看去酷似一团团绿色的雾。

追赶红衣少女的大约有二十多人，一律是素衣红马。尽管这些人没有穿着蒙古兵的战衣，可明眼人一瞧那快捷的身手，都会不由得倒吸一口冷气，这分明是蒙古草原上最训练有素、最为剽悍的骑兵。这些骑兵本应在哈尔和林保卫汗廷，怎么会突然出现在遥远的弘吉拉部落的草原上呢？这实在是叫人不可思议。而眼下，这些骑兵已由纵队渐渐分散成扇面攻击队形，很明显，他们是要迂回将红衣少女包围起来。而红衣少女还在做着最后的挣扎，她快速地向一条不太宽的河奔去，因为她看到了河对面不远处有几座升腾着炊烟的蒙古包，那是她本族几户牧民的聚居地。可是追兵瞬间就看出了她的意图，几匹快马追风逐电似的抢了过去，拦截住了红衣少女的去路。无奈之下，红衣少女只得猛抽马背，径直朝着前边一座如大海中隆起的小岛屿似的低矮而又和缓的小山丘奔去，她想利用山上茂密的树木把自己掩藏起来。当然，这想法只是情急之下没有办法的办法，她明知追兵离自己只有一箭之遥，自己又怎能从容地迅即藏身呢？她更明白，若不是人家想要活捉她，她早就被人家一箭射下马来了。但她眼下顾不得这些了，只要有一线希望就得拼命争取，能逃一时是一时了。

那么，为什么后边的追兵要活捉这位红衣少女呢？原来这伙人是专为当今蒙古窝阔台大汗抢亲来的。纵情酒色的窝阔台大汗为了一饱淫欲，特令手下的一员得力干将带着一班汗廷护卫在草原上为他寻觅美女，或曰“抢亲”。蒙古民族的“抢亲”，这是由来已久、司空见惯的事情，被抢的妇女也认为是理应如此。马背上的民族崇尚彪悍，信奉弱肉强食的理念，所以就连这民俗都透着一股强悍的野气。只是今天这伙人遇到了例外，眼前这位红衣少女非同一般，她的行为可不是因害羞而故作姿态，而分明是宁死不从的抗拒。双方在这个早晨突然相遇，便发生了激烈的搏斗，众寡悬殊，少女在几名护卫的拼命掩护下才突出重围。但少女的反抗不但没有减弱这伙人的斗志，反而激发了他们的好奇心。这些粗犷的男人认为，只有这样不肯轻易屈从的女人才撩人，也才更加金贵。因此，这些人都嗷嗷叫着打马紧追不舍，似乎谁先逮住这女人就归谁似的，一个个争先恐后地朝前冲。

后边紧追，前边紧跑，眼看离小山丘越来越近。可就在红衣少女要冲进树林的时候，树林里却突然闪出一个蒙古壮汉来，这令红衣少女大吃一惊，她怎么也没想到这里竟然还设有埋伏。情急之下，她猛勒马缰，狂奔中的白马立时高扬前腿，后腿随之用力蹲压地面蹭地滑行了两三丈，就钉在了那里。应该说这绝对是匹好马，它已尽了全力在保持平衡，以防主人被抛甩下去。可是马做得再好，也难抵消快速运动的惯力，只见红衣少女一团火似的飞下马去，眼看就要跌落在地。突然，刚从树林出来的壮汉纵身抢上两步，竟然稳稳地把少女托住。红衣少女可能认为逃不掉了，就干脆死心地闭上了眼睛，一动不动地任由这壮汉托抱着。与此同时，追兵也迅速成半圆形围了上来。

“把人放下，没你的事！”

追兵中一个显然是领头的人，用阴鸷的眼光把壮汉打量一番，抬手拿马鞭一指，这样高声厉喝着。那壮汉倒似乎很听话，他不紧不慢地把红衣少女放了下来，可他那听起来颇为平静的回话却令对方大感意外。

“你怎么净说反话呢？人是我先抢到的，理应归我，与你毫不相干。你们，可以走了。”

壮汉边说边整理几下衣服，瞧他那样子，根本就没有把对方放在眼里。

“哦？”领头人感到颇为意外，他眼光不易察觉地微微颤抖了两下，随即摔鞭抚刀，阴冷冷地说：“竟敢这样对老子说话，你不要命了？”

“人命只有一条，谁也不会白送给你的。”

壮汉依然语气平静，表情也没有什么变化。

“呵呵！不识抬举的家伙，老子现在就取你的性命，算是送你个见面礼！”

话音未落，领头人就嗖地跳下马，挥刀直劈过去，动作快得如闪电。刀光闪亮，当啷一声响，白日里就见有簇火花霍然绽放，又转瞬而逝。在场的人谁也没看清壮汉是如何出手的，只见他在原地动都没动，可他手中的剑却抵住了对方的喉咙。他依然颇为平静地说：“你想要见面礼吗？”

领头人不再强横，他放下刀表示服软，低声道：“别，别……好汉！”

这时候，红衣少女却笑了。

“忽必烈哥哥，是你！”

“你就是按陈王的女儿察苾吧？”

“你认识我？”

忽必烈摇摇头，又微微一笑，说：“弘吉拉最美丽聪明的姑娘当数察苾，难道这里还有比你更漂亮的姑娘吗？”

忽必烈边说边收剑归鞘，这才转视对手。

“起来吧，阿兰答儿。你不认识我，我可认识你的，当今大汗的得力干将。”

“小的实在是眼拙，冒犯了二王子，还望二王子合汗高抬贵手！”

“你们可以走了。”

“多谢二王子合汗！”

阿兰答儿谢恩后，就带着马队一溜烟儿似的跑了。

“出来吧！”

忽必烈一招手，马上打树林里跳出十几名佩刀携剑的精壮护卫，一看那精气神儿，就知道个个身手不凡。虽然他们方才没有露面，可手中的弓箭却始终瞄着外面，多亏阿兰答儿识相，不然他和他的士兵早就魂飘西天了。

“察苾，你我似乎没有见过面，你是怎么认得我的？”

“去年阿爸带我去哈尔和林，见你也去给大汗拜寿，阿爸就指认给我了。”

“是这样。你阿爸还好吗?”

“我阿爸挺好的，自打大汗借调走他的士兵后，他成天没什么事可干了，落个清闲。”

“你怎么碰到了阿兰答儿这条疯狗的?”

“我是送恩师元好问回中原的，送的远了点，回来就遇到了这群疯狗。这都是想不到的事儿，我们这地方一直挺太平的。”

察苾提到的元好问是一位非常有名的大诗人、学者。元好问，字裕之，太原秀容（今山西忻县）人，史称其“自幼学好，潜心孔孟”。金末举进士，做过几任县令，官至吏部员外郎。1234 年，窝阔台大汗南下攻破汴梁，元好问随众多皇亲国戚及文武官员被掳往漠北，后因其誓不愿为“贰臣”，被发配弘吉拉草原为“奴”。幸亏按陈王贤明，竟特设师帐专门请元好问教育自己的儿女。几年下来，察苾已熟读儒家经典，深悟孔孟之道。察苾虚心好学，博闻强记，大受老师的夸赞。只是近来元好问越来越表露出对于侵略者的憎恨和对于沦陷了的故乡的思念，日渐憔悴。他在《永宁南原秋望》一诗中写道：

烽火苦教乡信断，砧声偏与客心期。
百年人事登临地，落日飞鸿一线迟。

其意为：烽烟满地，乡信不通，秋砧已起，思乡心切。察苾看在眼里，心中不忍，就请求父亲上书汗廷解除了老诗人的“奴籍”，放他南归。察苾跟老师依依不舍，这几天就陪伴元好问直到边界方才回还。忽必烈闻听至此，十分惋惜地说：“我早就闻听元前辈为中原诗坛领袖，却从未谋面。不想他就在我们的草原上，我却未曾听闻，实在是错失了当面请教的良机，可惜呀可惜！”

察苾见忽必烈一副求师若渴的样子，就安慰道：“这实在是可遇而不可求的事情，或许你们有缘分，终会晤面的。对了，你怎么来到我们弘吉拉草原了?”

“我？我只是出来散散心。”

忽必烈竟然略显慌乱地敷衍着，分明是在说谎，或不便于明说。但就在这一瞬间，细心的察苾不仅捕捉到了忽必烈眼里迅速掠过的一抹阴影，还敏感地感受到了他内心潜藏涌动着的悲伤，尽管这男人随后很快就又恢复了平静。唉，看起来他还没有完全从丧妻的哀痛中走出来，他还在悲伤的荫翳下徘徊，这个重情重义的男人是多么需要再有一个女人来温暖他啊！只是他还浑然不知罢了。察苾这样想着，就沉默起来。

忽必烈的妻子帖木古伦，来自远方一个弱势部族，是那个部族首领的女儿，美丽而又温柔。忽必烈和她的婚姻，纯属是为了不引起汗廷的猜疑而草草结成的一桩婚姻。但正因为没有政治色彩，这平凡的结合才给年轻的忽必烈带来了无比的欢乐和幸福。帖木古伦不但长得像草原上的金莲花一样美丽，而且她还相当温柔贤惠，相当善解人意。她的到来，犹如一缕春风吹过冰雪覆盖的草原，让忽必烈感受到了百花盛开时的愉悦。

他们相处虽然短暂，俩人却伉俪情深难分难舍。而就在这之前，孤独与寂寞却正在包裹浸泡着忽必烈的心，因为忽必烈童年总是窝阔台大汗家族挥之不去的阴影。忽必烈呱呱坠地后，正逢上圣祖成吉思汗得胜凯旋。当成吉思汗得知忽必烈降生的消息时，恰好有一只雄鹰在上空盘旋，成吉思汗兴奋不已地亲自催马来看这个孙子。他抱着刚出生的忽必烈很风趣地对众人说："我们的孩子都是火红色的，而这个孩子却是黑黝黝的，好兆头!"

成吉思汗的夸奖就等于给忽必烈的一生定了调。忽必烈十岁那年，他与弟弟旭烈兀前去迎接西征军归来，成吉思汗因为高兴，就兴致很高地观看他们射猎。很快，忽必烈射到一只野兔，旭烈兀射到一只黄羊。蒙古人有个习俗，小孩子第一次打猎时，长辈要为他们"拭指"，即在小孩子的大拇指上涂些油脂。成吉思汗亲自为两个孙子拭指时，忽必烈很小心地轻轻抓住了祖父的大拇指，而旭烈兀却是紧紧地攥住。成吉思汗说："这个坏小孩快把我的手指抓断了!"

成吉思汗对忽必烈表现出的礼貌与分寸却啧啧夸赞，日后便常将忽必烈带在身边，并让一些饱学之士的汉人做这个孙子的启蒙老师，还预言似的说："这个孙子有朝一日终会坐到我的宝座上，做出如我一样辉煌的伟业来!"

这还不足以招致当代当权者的猜忌吗？何况，那草原上由来已久的"幼子守灶"制度更令汗廷对忽必烈家族充满了警惕。

因袭已久的"幼子守灶"制度，就是做兄长的成人后必须远离家庭另立门户，父母的财产和地位只能由最小的一个儿子来继承。而忽必烈的父亲拖雷正是圣祖成吉思汗的嫡幼子。拖雷为人正直敦厚，能文能武，尤其是在圣祖开疆拓土的征服伟业中，屡立大功，深受大家的敬仰与爱戴。而就是这样一位出众的蒙古英雄，却代窝阔台大汗死去，其引起的争议始终在草原人的心中存在着，致使许多人对当今的汗廷抱有看法。而且，圣祖生前曾封几个儿子为王，分长子术赤、次子察合台和三儿子窝阔台各四千军，而分给最小的儿子拖雷的最多，为十一万一千人，这就使后来成为大汗的窝阔台始终耿耿于怀，始终对人马众多的弟弟拖雷系怀有戒备。拖雷死后，窝阔台大汗便又把警惕的目光盯在了拖雷的长子蒙哥和次子忽必烈身上，而对文武兼备的忽必烈更是格外小心。

因为有这些因素的存在，年轻的忽必烈做起事来总是保持低调，几年来他不仅很少在汗廷露面，也绝少去其他部落走动，以免引起汗廷的猜忌。他只能躲在漠北吉里吉斯自己的草原上，暗中蓄志，伺机而动。但这样的生活日复一日实在是单调乏味，这令一个血气方刚的年轻人未免过于寂寞了，而娇妻帖木古伦的到来无疑给孤寂的忽必烈带来了欢乐，何况又是一位十分美丽温柔的妻子。可是好景不长，帖木古伦因难产离他而去了，只留下个孱弱多病的儿子。娇妻帖木古伦临死时流着眼泪对忽必烈说："你一定，一定要照顾好孩子！"

而这个孩子不久也因病而死了。妻丧儿亡，这对忽必烈的打击实在是太大了。一年来，他更是深居简出，沉默寡言，以致窝阔台大汗和汗廷的一些人都认为拖雷的这个儿子彻底颓废了，再也不用把他视为威胁了。当然，失去妻儿令忽必烈大为悲痛是难免的，但据此就判定这个年轻的王子合汗从今往后将一蹶不振，那可就大错特错了。悲痛中的忽必烈很快就清醒了，他将巨大的悲痛转化成了巨大的力量，在蛰伏一阵致使大家不再关注他的时候，他就开始行动了。从春天离开吉里吉斯草原直到这草长莺飞的夏天，他马不停蹄地拜访了父亲生前结交的一些部落首领，会晤了自己以前交情深厚的宗王贵戚，还新结识了草原上一些刚涌现出的青年才俊，并将散落在蒙古领地的一些中原名流学者悉数派人护送他们去了自己的属地。就在人们误认为他是出外散心解闷的时候，年轻的王子合汗却悄然无声地为自己的崛起积蓄着力量。而当察苾问他怎么来到了弘吉拉的时候，他看着美丽的察苾，却不知怎的，竟然想起了已经逝去的娇妻帖木古伦，内心一下子就充满了凄楚。可当他见察苾突然变得沉默不语了，就又关心地问："察苾，他们没伤着你吧？"

察苾轻轻地摇摇头。唉，这个男人在这样的情绪中还不忘关心别人，可见他实在不是一般的蒙古男人，想到这儿，察苾就微微笑了，说："忽必烈哥哥，请到我家喝碗奶茶吧，我阿爸早就盼着你能来我们弘吉拉做客呢！"

"谢谢你，热心的察苾！我出来得太久了，额吉（母亲）一定在为我担心呢。就替我向你阿爸按陈王问好，下次，下次我一定专程来看望他老人家。一定的。来，察苾，就让我送你过河回家吧！"

他们走到河边。

"察苾，有空请到我们吉里吉斯去玩，我会热心真诚地招待你的。"

"谢谢。"

"察苾，那就请你过河吧！"

可是察苾却涨红了脸，没有动弹。

“别害怕，察苾，他们不敢欺负你了，快过河吧！”

忽必烈这样说了，察苾却依然不动，依然不言语。忽必烈就不解地问：“察苾，你是怎么了？”

“你怎么问我？”

“我，我做错什么了吗？”

“我，我已是你的女人，我要跟你走。”

“啊——”忽必烈猛然省悟，刚才自己情急之下出手相救，其行为无异于“抢亲”，现在察苾是已经把他视为丈夫了。忽必烈知道这是蒙古族由来已久的习俗，怪不得察苾的，要怪就怪自己考虑不周吧。唉，射出去的箭是不能收回的，蒙古男人一言九鼎，草原上的汉子是视诺言比生命还要重要的。可这事情也来得太突然了，忽必烈一时不知所措了。

“察……察苾。”

“忽必烈哥哥，你反悔了？”

“察苾，你是弘吉拉草原上最美丽聪明的姑娘！只是……只是你真的愿意做我的妻子吗？”

“我相信天意。忽必烈哥哥，我阿爸说你是草原上的雄鹰，察苾愿跟随你飞向那最高远的蓝天！”

“那，那就等大雁南飞的时候，我来接你！”

“我会等你的，我这就去告诉阿爸！”

美丽的察苾脸上像绽开的一朵花似的笑了，她踩镫上马，迅速地打马过河，似一团火似的在翠绿的草原上渐去渐远。忽必烈目送着远去的察苾，脸上终于露出了笑容。

“长生天啊！美丽的神鹿就要降临我家了！”

第二章　喜结良缘　共谋大业

秋天，忽必烈迎娶新妻的消息很快就风传到了汗廷，但除了没得到察苾的窝阔台大汗遗憾的几声叹息外，这件事在哈尔和林这座草原深处的都城内并没有搅起什么大浪来。因为，此时的汗廷上层人物大多正在效仿他们的主子，沉溺在犬马声色之中难以自拔。

原来，谨慎的窝阔台大汗似乎换了个人似的，他认为“长子西征”已削弱了各藩王的实力，尤其是拖雷系那支人马，不仅悉数被他调拨或西征或来保卫汗廷，就连拖雷的长子蒙哥也被他派去西征，这小子在艰苦的征战中能不能回来还尚不可知。而文武兼备的忽必烈早就丧失了斗志，只知与新娘子卿卿我我了。窝阔台大汗认为一切威胁都解除了，该是自己享受的时候了。由于放松了警惕，窝阔台不仅把自己初为大汗时的那种励精图治的干劲扔掉了，还竟然糊里糊涂地任由六皇后乃马真干预起政事来，自己却整天纵情酒色，醉生梦死，乐此不疲。

乃马真皇后是一个很聪明的女人，史称其“面貌妖冶，行事阴柔，久掌大内，累干朝廷”。初时，她只是为了能得到大汗的恩宠，尚能小心谨慎竭尽全力地为窝阔台出谋划策，如削减诸王兵员，策划“长子西征”等皆是她的主意，这些策略的实施也的确对大汗巩固统治很有帮助，人们觉得她是一个很不简单的女人，不仅长得漂亮，还颇有谋略，令人佩服。可待到窝阔台大汗纵情酒色而一发不可收之时，她觊觎权力的野心迅速膨胀了，并在心里效仿着唐朝女皇武则天，总想着有朝一日堂而皇之地君临天下统治万民。因此，她对大汗纵情女色不仅不怨恨，还干脆做个顺水人情，让人暗中招来了一些碧眼高鼻、丰满白皙、淫荡放纵的俄罗斯美女供大汗消遣，使大汗不但乐得不理朝政，其身子也在肉欲的放纵中一天天虚弱下来。而趁此机会，乃马真皇后快马加鞭地联结同党，剪除异己，扩大自己的实力，没几年，她就将“怯薛”（即禁卫军）发展到了四五万人马，怯薛的将领大多都换成了她的亲信。这时人们才逐渐看清了这个女人的“庐山真面目”，她不仅漂亮聪明，还很有野心。

乃马真皇后如此越位专权，令许多忠于圣祖的臣子看在眼里急在心上，可他们大多慑于乃马真皇后的淫威，既不敢怒更不敢言。只有老臣耶律楚材是实在看不下去了，几次三番地规劝窝阔台大汗尽早确定汗位的继承人，以免他日草原上出现混战的乱局。耶律楚材是圣祖留下来的忠心耿耿的大臣，长期以来也深受窝阔台大汗的信任与重用。尤其是在继承汗位上，窝阔台全仗了耶律楚材才做通了各藩王的工作，使拖雷能毫不犹豫地主持“忽里台”大会，全力拥戴他登上了大汗宝座。所以在确立继承人的事情上，窝阔台大汗还真就依了耶律楚材，排除了乃马真皇后的干扰，当众指定了小皇孙失烈门为大汗的继承人。安排完继承人后，窝阔台似乎更加放心了，那边长子们在西征的沙场上鏖战，他自己却留在哈尔和林尽情享受，什么修城筑宫，选美封嫔，听歌观舞，纵情酒色，忙得不亦乐乎。这样没多久，有一天老臣耶律楚材又找上门来。窝阔台见了，就赶紧笑着赐座，嘘寒问暖。可耶律楚材却没有理会，他只是手里拿着个锈蚀了的物件在大汗的眼前晃荡。窝阔台就忍不住问：“老爱卿拿的是什么东西呀?”

“哦，一个盛酒用的铁酒杯。”

“老爱卿是想让朕赐你些御酒吗?”

“非也。臣只想让大汗观看一下。”

“老爱卿真会逗朕，一个糟烂的酒杯有什么看头?”

“臣只是不知，这铁酒杯何以糟烂？请大汗赐教!”

“老爱卿，你是怎么了？这不是酒腐蚀的吗?”

“大汗明鉴！酒能腐蚀如此坚硬之物，更何况人乎?”

“朕明白了，老爱卿你这是绕着弯子劝朕。多谢老爱卿的一片好心，朕记住就是了。”

“谢大汗!”

可没过几天，窝阔台大汗又依然故我了。只是他变着法地躲避着耶律楚材，有时借口出外巡视离开哈尔和林，去外地玩乐。而乃马真皇后却借机似乎提醒他似的说：“哎哟！我的大汗，您怎么又喝上酒了呢？您这要是让耶律大臣瞧着了，保不准他又拿出个什么铁疙瘩儿要您看呢。我劝您，还是把酒戒掉了算了。”

“唉，朕的老爱卿也是一番好意么，只是咱们蒙古男人哪有不喝酒的道理!”

“大汗说的也是，不喝酒的男人怎么能算是蒙古人呢？可这跟耶律大臣又没法解释，他引经据典一套套的总是有理可讲。唉！这么多年了，从圣祖到大汗，鞍前马后的，我看耶律大臣实在是为汗廷操尽了心力，我们也该让他歇息歇息享享清福了。”

窝阔台大汗乐得无人干扰，就顺水推舟地点点头。

“老爱卿嗜书如命，我看就让他回家著书立说去吧，俸禄不减，你看如何?”

“大汗如此关爱老臣，他肯定会感恩的。”

“那就由你去安排吧。”

“遵旨。”

这样，乃马真皇后就把她视为眼中钉的老臣耶律楚材一脚踢出了汗廷。

没有了耶律楚材在身边，窝阔台大汗就更是毫无顾忌地寻欢作乐了。他整天被美女包围着，被宠臣恭维着，花天酒地，纵欲无度，连上早朝都嫌麻烦了，朝中的事情一推六二五，全让乃马真皇后打理去了。这样，终于在1241年11月的一个夜里，这位蒙古族的第二位大汗，在彻夜纵情酒色之后，当黎明的第一缕曙光清冷地闪耀在草原上空的时候，他却一命呜呼了。

窝阔台大汗驾崩的消息传出后，最哀痛的莫过于耶律楚材了。

他一直希望窝阔台能大有作为，能做一位“仁君”。虽然窝阔台大汗后期再无所作为，可他对这位老臣的尊重却从未改变。何况窝阔台大汗在前期创建伟业的过程中，还是采纳了不少这位老臣的建议的，这给了这位老臣不少施展才能的机会。比如，窝阔台大汗执政初期，有人认为征服了汉人却毫无所获，留下他们又无异于放虎归山，不如干脆把他们统统杀掉，把汉人的城池统统烧掉，腾出的土地给蒙古人做草场。这遭到了耶律楚材的坚决反对，他说：“无民何谈有国，只要大汗善以待之，彼国之民即我国之民，彼国之地即我国之地。汉地辽阔，蒙古人稀。以蒙古之寡民何能尽占汉地之沃野。但若以仁德之策善待汉地之民，以汉地之民经略汉地之地，每年光税赋一块就足以供给我大军南下灭金之费用。”

窝阔台大汗听后虽半信半疑，但还是授命耶律楚材“以仁术而试之”。第二年，当窝阔台得到来自汉地的大量银两、布匹和粮食的时候，他竟惊喜地拉住耶律楚材的手惊讶地问：“爱卿每日不离朕之左右，何能获得这许多财物?”

耶律楚材笑笑答道：“皆因大汗采纳了儒家治国治民之道，方得如此。这实是大汗善于纳谏的结果。”

窝阔台大汗也诚恳地说：“这实是爱卿的功劳!”

耶律楚材便又趁机进谏：“唉，只是汗廷太少懂孔孟之道的人，微臣恳请大汗重用汉地儒士，以大展圣祖的宏图伟业。”

这样，窝阔台大汗又恩准他主持“戊戌选士”，经考试录取了四千多汉人，还有千余名儒士也因此脱离了驱奴之籍。客观上看，这些做法既保存了汉文化，又加强了蒙古人对异地的统治。由此看出，耶律楚材和窝阔台大汗的关系非一般君臣所能比，他们一个敢于直谏，一个从谏如流，彼此信任，配合默契。当然后期的窝阔台变得昏庸了，但他对耶律楚材的敬重是始终如一的。

可就是这样一位为汗廷两朝大汗立下过汗马功劳的大臣，最终就连送窝阔台大汗最后一程的资格也被乃马真皇后给剥夺了，由此一斑即可窥见这女人的阴毒到了怎样无可复加的程度。

在汗廷为窝阔台大汗送葬的那天，老臣耶律楚材跪泣于地，从此卧榻不起。

窝阔台大汗在世时曾指定皇孙失烈门为继承人。大汗死后，乃马真皇后以失烈门年幼为由，借此改变了大汗的遗嘱，欲立长子贵由继承汗位。这时候，贵由尚在西征的归途中，乃马真皇后便以“监国”之名独揽朝政了。1243 年长子西征归来，汗廷想通过召开“忽里台”大会以确认贵由的汗位，可钦察汗国的合汗拔都推托着不肯前来。拔都是成吉思汗长子术赤的大儿子，在成吉思汗的孙辈中年龄最大，实力也最为雄厚。长孙不到，“忽里台”大会就只有延迟了。这就使乃马真皇后以监国身份独掌汗廷长达五年。

蒙哥西征得胜，回到了吉里吉斯封地，他带去的人马不但没有被削弱，反而因经过战争的洗礼而俨然成了虎贲之师，谁也不敢小觑了。蒙哥继承父位，被尊为“合汗”，三位弟弟被尊为他们各自封地的“合汗”。蒙哥智勇双全，所率军队在西征中作战勇敢、所向披靡，深受拔都统帅的赞赏。他们相逢恨晚，互视对方为兄弟，结下了深厚的情谊。由于雄心膨胀，蒙哥归来不久就为夺取汗位而紧锣密鼓地做着准备，这令他们的母亲索鲁禾帖妮深为忧虑。

索鲁禾帖妮是拖雷之妻。因为幼年的成吉思汗穷困潦倒，全仗了他寡居的母亲全力支撑，所以他对有着坚忍性格的母亲充满了敬意，在幼子拖雷到了娶妻的年龄，他就给儿子娶了一个跟自己母亲同一类型的女子。圣祖确实好眼光，在日后的生活中，索鲁禾帖妮含垢忍辱，尽全力把几个儿子都培养成了蒙古人中最为杰出的人物。拖雷死后，这个女人表现出的坚强、自信、精力充沛和聪明才干赢得了草原人的赞叹，她在蒙古草原上有着很好的声望。在孩子们尚小的时候，她亲自管理拖雷留下来的领地、家庭和一支军队。因为治理有方，不少人都认为，在蒙古草原上，除了成吉思汗的母亲，这个女人就是最著名的。大家都赞扬她极为聪明能干。

索鲁禾帖妮既保证了几个儿子都受到了良好的蒙古传统方式的教育，并使他们熟知成吉思汗的“札撒”，又在为儿子们挑选妻子时决不墨守成规。长子蒙哥选择了依然做一个萨满教徒，但却娶了一个聂思脱里教徒；旭烈兀，伊斯兰波斯后来的统治者，也娶了一位聂思脱里教徒为妻。忽必烈娶了几个妻子，但与其终身相伴的是他的第二任妻子察苾，一位著名的美人和热情的佛教徒。尤其在两件事情上索鲁禾帖妮的表现显示了她的绝顶聪明。

第一件事是改嫁事件。拖雷死后，乃马真皇后为了削弱拖雷系人脉的力量，竟然怂恿窝阔台大汗令索鲁禾帖妮嫁给贵由为妻。虽然这在蒙古草原上是没有什么不好的，甚至还让人认为这样做是对拖雷遗孀的关心与照顾，但索鲁禾帖妮看出了他们此举是别有用心，就谦恭而又婉转地回绝了。她说：“大汗的好意我铭刻在心。只是我眼下的主要责任是抚养自己的几个儿子，以使拖雷能够瞑目安心。”

因为拖雷是代窝阔台大汗去死的，现在拖雷的遗孀提及丈夫，这令大汗很是尴尬，脸面也腾地红了起来。想到二弟没有一点儿愧对于他这个当哥哥的地方，却甘愿为他而死，他一时竟挤出了几滴泪水。

“我这是为你着想。既然如此，你别让自己难过就是了。”

第二件事是关于“长子西征”。乃马真皇后为了削减各宗王的军力，给窝阔台大汗提出了“长子西征”的主意。当时的情形是，蒙哥若不亲率领地人马出战，那就将其人马一分为三，一部分去西征，一部分加入汗廷的“怯薛”（即禁卫军），一部分仍归拖雷系保卫家园。索鲁禾帖妮在权衡利弊后，果断地让蒙哥统领吉里吉斯的军队参加了西征，剩下的人马，在她据理力争下，只给了汗廷一千人。乃马真皇后的目的虽然没有完全达到，但她认为蒙哥率领的军队即使归来，大概也是所剩无几了。可结果却大出她之所料，蒙哥的军队不仅因屡经战事得到了很好的锤炼，而且聪明的蒙哥还沿途招募兵员使军力不减反增了。这令乃马真皇后打碎了牙只好往肚里咽了，心里有苦不仅不能说了，而且今后有什么大事情还得有求于人家呢。看来在眼光上，乃马真皇后还是不如索鲁禾帖妮看得远：皇后不免有些妇人之见，索鲁禾帖妮则是透着军事家的战略眼光。

但索鲁禾帖妮还是担心蒙哥过早暴露自己的意图。且不说这几年汗廷迅速增扩了军力，就是几大宗王到底最后能支持谁那还是个未知数，如果他们联手，其力量就远超吉里吉斯的兵力了。退一步看，就是几大宗王保持中立，单是汗廷的军力也跟蒙哥掌控的力量不相上下，一旦开战，谁胜谁负实难预料。何况战事一起，草原上又得生灵涂炭，流血成河，那景象真是不堪想象。可如今孩子们都已长大，他们已在她的恩准下，从她手中接过了管理领地的权力，尤其是蒙哥，更是军权在握，如她强力干涉，便落了个自食其言的后果。更何况，若是一开始就冲破了她这条防线，那还有谁能劝说得了蒙哥呢？

“只有叫忽必烈先劝说劝说了。”

忽必烈的领地在吉里吉斯的西北角，距离蒙哥的核心地带约有三百里，他接到母亲的邀请后，就带着察苾赶了过来。同时赶到的还有旭烈兀和阿里不哥。母亲是以叫他们前来聚会的名义发出邀请的。

当天晚上，忽必烈几兄弟就在母亲的大蒙古包内摆下了家宴。兄弟几个聚到一起互相打听着彼此领地新近发生的事情，话题轻松又愉快。但酒至酣处，不知谁就谈到了汗廷欲立贵由为大汗的事情，这样阿里不哥就先炸开了：“大哥！按理幼子守灶，阿爸当年就应该继承汗位，只是爷爷指定了窝阔台阿伯，我们也就认了。可千不该万不该，阿伯竟然事事听从一个女人的安排，任她随心所欲地操持朝政，不仅要了我们阿爸的命，还处处挤对污辱我们。就算我们把这些都忍了，可这女人如今又废弃了窝阔台阿伯指定的继承人，让一个病歪歪的贵由承接汗位，这不明摆着是她要在后面继续掌控汗廷吗？既然她不顾汗廷规矩挑事在先，那我们还客气什么呢？难道我们就这样忍气吞声地看着这个坏女人亵渎圣祖的神明吗？这也太窝囊了吧？”

“就是！”旭烈兀回道。他是几兄弟之中最不善言辞的，但从他那充血的眼睛和紧攥的拳头上能够知道他心中的怒火有多么猛烈。阿里不哥见三哥站在他一边，就猛喝一口酒，抹抹下巴，又接着说：

“你们不认为这是天赐给我们的绝好机会吗？千载难逢啊！我们可等了太久了，眼下机会终于来了，要是错过去可就难以再有了！”

蒙哥见三弟四弟都是一副义愤填膺坚决要打的样子，就也气愤得两眼都要喷出火来。他努力抑制着自己的情绪，使紧咬得牙齿都发出了咯咯的响声来。而当他意识到了这些，就喝了几口酒，然后问：“二弟是什么意思？”

忽必烈见兄长点名问他，知道不说点什么是不行的，就微笑着呷了一点酒，略微想了想，缓缓地说：“这可能是个好机会。大哥，我看大家都喝了不少酒，酒中之言难免会考虑不周，就待明天清醒时再议吧。你说呢，大哥？”

蒙哥扭头看母亲，见母亲不言语，蒙哥就站起身，一挥手说：“那就歇息吧！”

旭烈兀随蒙哥出去了。阿里不哥似乎还想说什么，索鲁禾帖妮就说：“阿里不哥，赶紧回去歇息，有话明天再说也不迟。”

阿里不哥就猛一跺脚，狠狠地瞪了忽必烈一眼，大步走了出去。

“别理他！都是被我惯坏了！”

索鲁禾帖妮这样说完，就对察苾笑了笑，说：“察苾今晚陪我睡吧？”

“那好啊！额吉（即母亲），我也想陪您的，没好意思说出来。”

夜深了，温暖的毡帏里只剩下婆媳俩。

“察苾，睡吧！”

“额吉不睡察苾怎么能睡呢？”

“瞧你这孩子说的，我老了，觉少。”

“额吉是在为他们担心吧？”

“唉，如今是箭在弦上了！”

“箭在弦上尚可收拾，一旦射出可就难以回头啦！”

“察苾，你也在担心？”

“额吉叫忽必烈来不就是想叫他为您解忧吗？”

“我就知道你是个聪明的孩子！我叫你们来就是想捋顺一下想法，我怕急于求成反会坏了大事啊！”

“还是额吉英明！”

“小调皮！”

“额吉，您为什么不去问忽必烈呢？”

“我倒是有心想问，只是还容不开空。不过，听你这么一说，我也就没有必要再去问他了。你俩心心相印的，肯定是一个意思。”

“哦，额吉好狡猾！这么快就从我这儿把话套走了，我真是好傻呢！”

婆媳俩畅快地笑了起来。

草原的早晨，空气清新得像用清水滤过似的，好得不能再好了。毡房外几只斑尾林鸽与斑鸠在嬉戏，远处雪白的羊群云朵一样地在绿草地上缓缓游动，天空蔚蓝如洗，洁净得连一条小云片儿都瞧不见。这时候，蒙哥兄弟四人已在小练武场上晨练了。哥儿几个难得在一块切磋武技，此时都神情专注地看着兄弟的一招一式，似乎把昨天的事情早就忘到了脑后。第一个出场的是小弟阿里不哥，他长得墩实有力，一条沉重的狼牙棒在他手中似乎没了分量，被他舞得嘶嘶生风、不同凡响。旭烈兀身材颀长、面目俊朗，他把一根长枪使得变化多端、出神入化。忽必烈面色微黑眼神沉静，手持一把青龙剑，点崩刺撩劈，动作一气呵成，剑式飘逸如行云流水，看起来非常优美。最后上场的是蒙哥，他长得肩宽腰阔，脸面棱角分明，一把微有弧状的蒙古长刀，劈砍撩挂，缠头裹脑，动作勇猛，刚健有力。哥儿几个精湛的武技让一些围观的兵士看得如醉如痴，连连喝彩。晨练完时，忽必烈就说："都到额吉那里歇息，察苾给我们煮了奶茶了。"

哥儿几个就连说带笑地走进了母亲的毡房。察苾见了，就赶紧送上刚煮好的奶茶，旭烈兀先端起一碗，吹了吹，喝了一口，咂咂嘴，笑了。

"嗬，都说二嫂煮的奶茶好，今天喝了，果然名不虚传！"

其他人也赶紧端起碗来品味，结果都是连声叫好。索鲁禾帖妮就顺势说："察苾，你把煮奶茶的诀窍说给他们听听。"

"这也没什么呀？"

察苾边说边撩着头发，沉思一下，说："其实煮奶茶也没有什么难的，关键是煮茶人的心要静，要沉得住气，要把握好火候。只有平心静气煮出的奶茶才能挥发出它醇厚浓郁的香味来，这跟做事情是一样的道理，欲速则不达嘛！"

察苾说完又撩了下头发，似乎无意地瞟了蒙哥一眼。蒙哥见了就低下头去，若有所思地瞧着碗中的奶茶。索鲁禾帖妮瞧见了，就问："蒙哥，你听察苾说得多好！"

蒙哥就抬起头，冲察苾会意地笑笑，说："二弟娶了个无比聪明的媳妇。"说完，就拍了拍忽必烈的肩头，又道："二弟，趁这会儿都头脑清醒，你就说说你对形势的看法。"

忽必烈微微一笑，说："那好吧。"

他放下茶碗，用沉静的目光看看三弟和四弟，见他俩在等着他说话，就咳了一声，然后表情肃然地说："就目前的情形，我认为我们最好的应对做法是以静制动，也就是两个字：等待。"

"等待？二哥，这会坐失良机的！"

阿里不哥霍地站起来喊着。

"四弟坐下，等你二哥把话说完！"

蒙哥阻止着。忽必烈就站起来，走过去亲切地拍拍小弟的肩膀，待其坐下，才接着说："我的老师耶律楚材大臣曾经给我讲过一则故事，说以前有一个国家叫越国，它被吴国给打败了。越国的国王勾践知耻而后勇，他以柴草为卧具，每天起来和入睡前都要品尝苦胆的滋味，以此来提醒自己不忘亡国的耻辱。就是凭了这种精神，他能够在含垢忍辱中耐心地等待。后来真正的机会来临了，越王勾践一举打败了吴国，报了仇，雪了耻。"

蒙哥点点头，但随后问道：“二弟的意思是说我们真正的机会还没有来临？”

忽必烈就又微微笑了笑，说：“我只是认为我们应把眼光放远些。我们不仅仅是为了报仇雪耻，也不仅仅是为了夺取一个汗位。我们应有更大的雄心壮志，实现圣祖大汗的战略目标——攻金伐宋，完成天下大统。现在金国已亡，但宋国还在。而眼下的汗位之争只是我们蒙古人内部的事情，往小里说是圣祖孙辈们的纷争。试想，如果我们内部起了战争，那宋国就会趁我们两败俱伤之时一举收复中原，甚至攻打我们的蒙古领地。那样我们几面作战，力量分散，其后果难以想象。更何况别的邻国也可能伺机而动，墙倒众人推嘛！那就更糟。退一步，即使没有外部势力的介入，我们就是倾其所有跟汗廷作战，似乎也难有必胜的把握。乃马真手中的几万‘怯薛’都是精兵，其将领也都是死心塌地之人。再有，出师要名正言顺。我们当然可以以‘保皇孙’为名出师，可乃马真也可能以‘平叛逆’为名进行讨伐；而且她还可以凭借汗廷的有利条件号召各宗王贵戚起来反对我们。再退一步，即使各宗王贵戚不参与，就算我们‘清君侧’侥幸成功，可谁敢保证东西道诸王不会如此效法我们到汗廷争雄？那时我们的力量还能应对他们吗？如此反复轮回，不仅圣祖的伟业将毁在我们手里，就是偌大的蒙古国也将分崩离析不复存在了。最后我们不仅成不了事，反而还会背上千古罪名。难道我们忍辱负重了这么多年，就是为了攥个被后人唾骂的罪名吗？”

忽必烈的这一番分析，真是高瞻远瞩，既透着卓识远见，又全面深刻，既条分缕析，又字字重如千斤。忽必烈说完就坐下喝起奶茶，可大家却沉默了。忽必烈见大家不吱声，就问：“大哥，我说得没有道理吗？”

蒙哥便站起来，沉吟一会儿，反问道：“二弟，那我们就只有等待了？”

忽必烈点点头。阿里不哥这时嘟囔道：“可什么时候还会有比这更好的时机呀？”

蒙哥冲阿里不哥挥挥手，示意他别说话，然后把目光转向母亲。

“额吉的看法呢？”

索鲁禾帖妮看出大家已被忽必烈说得心悦诚服了，只是一时在情绪上还转不过弯子来，担心日后连这样的机会也不会有了，就说：“我老了，也许我看不见圣祖伟业实现的那一天了。但我有句话留给你们：在我们草原上，不到万不得已就不要刀枪相见，以免兵连祸结，百姓遭殃。察苾啊，你也说两句。”

“我？我一个女人家能有什么高见啊？”

察苾笑了。索鲁禾帖妮拿眼光鼓励她。蒙哥见了，就说：“察苾，你读书多，就将你的想法说出来吧。都是自家人，不必客气。”

“那好，我说上两句，也许这都是妇人之见呢！”

察苾就趁撩头发的时候看了丈夫一眼，见忽必烈点头，就说：“这几年乃马真打压异己，专断强横，任意妄为，这都是有目共睹的，我相信秉持公正的各道宗王是不会真心拥护她的。她现在为了能继续掌控朝政，推出一个才学平庸的傀儡贵由，更会激起人们的不满。只是她有时很会伪装，也还控制着‘怯薛’大军，一般人是敢怒而不敢言。我想这样，我们不妨帮着她把贵由推上大汗的宝座，让他们母子再尽情地表演一番，让人们再充分地观察一阵，看她乃马真是真心放权，还是拿贵由做木偶。我认为乃马真是不会甘心缩手放权的。到那时，待大家实在看不下去的时候我们再相机而动，也许到时候不费吹灰之力就会达到我们的目的。我想这母子是不会让我们等得太久了，他们这棵表面粗壮的大树，其内里早就开始腐烂了。那就让它再腐烂些，到时候只需一阵风，它自己就会倒地的，这样就免去了刀枪相见百姓受苦了。”

察苾的这番话让大家彻底服气了。索鲁禾帖妮爽朗地笑着说：“简直如须眉所言！”

蒙哥则对察苾一拱手，笑道：“你这是巾帼胜过须眉！”又对忽必烈笑了笑，说：“二弟跟察苾给我们拨开云雾露出了太阳！唉，都怪为哥的太着急太不冷静了。”

忽必烈和察苾就赶紧起身，齐向蒙哥深鞠一躬。然后忽必烈颇为动情地说：“大哥为光大圣祖伟业如此心急如焚，实令小弟感动。还望大哥带领我们继续努力，小弟等定会不遗余力，竭诚为大哥摇旗呐喊、冲锋陷阵，早日实现圣祖的遗愿！”

说完，哥儿几个就都情不自禁地走到一起，环抱在了一块。看到这激动人心的场面，察苾开心地笑了，索鲁禾帖妮却高兴得流出了眼泪。

其实蒙哥是一个刚毅智勇的汉子，经过西征的锤炼就愈加成熟老练了。他这次误判了形势，实在是因为他刚从战场回来，对蒙古草原的情势缺乏深入了解的缘故，又因为几年的驰骋沙场使他太过于倚仗武力，再加上父一辈子一辈的恩怨情仇，如害父、辱母、削兵等奇耻大辱，这多种因素的掺杂，终于致使他按捺不住了。但蒙哥也是一个知错就改的人，忽必烈夫妇对形势的分析全面透彻，使他彻底醒悟。他几乎一宿未眠，对下一步需要做的事做了一个全面缜密的安排，天快亮时，才伏案睡去。

忽必烈吃完早饭，就来看蒙哥。听说蒙哥还在睡觉，他就打算退身回来。

“二弟，快进来！”

蒙哥被外面的说话声惊醒，听出是忽必烈的声音，就大声地喊二弟。忽必烈进来，见蒙哥眼里充满了红红的血丝，就笑了。

“熬夜了吧？”

“还不是被你闹腾的。”

说完就自己先笑了。他接着就将自己的计划说给忽必烈听，并征求意见。忽必烈表示同意和赞许。蒙哥说：“我们表面上要保持低调，私下里抓紧准备。对乃马真皇后和贵由，我们须主动向他们示好，以便迷惑住他们的眼睛。对各宗王贵戚，我们也要多联络感情，能争取的必须争取，不能争取的也要摸清他们的态度。当然，做这些事情决不能暴露出我们的意图，要间接巧妙地去做。拔都那里我会跟他保持联系的。二弟则侧重结交一些文臣和社会名流，你的学识和气质便于跟他们打交道，何况还有察苾的帮助。三弟四弟就主抓操练兵马，多演练一些攻守套数。二弟，你看这样安排有什么不妥和遗漏吗？”

忽必烈一边听着一边用钦佩的眼光看着蒙哥，猛劲地点点头。

“大哥，你的部署非常全面周密，我看不出有什么不周全的地方。”

“那好，我们就像猎手一样睁大眼睛等待猎物吧！”

忽必烈和察苾又住了两天就回了自己的封地。在回去的路上，俩人愉快地谈论着此行的收获，他俩一致认为蒙哥是一位出类拔萃的帅才。

察苾说：“大哥做事干净利索，又非常有魄力！”

“是啊，我们做弟弟的，自小就跟在他的屁股后面转，受他的保护，他既是我们的大哥，又酷似我们的父亲。只是这次……”

忽必烈欲言又止，他勒住马，有些茫然地望着翠绿而又丰美的草原微微发愣。察苾看着忽必烈那有些忧伤的表情，就轻声道：“你是为大哥难过吗？”

“我怕大哥多想啊！从前我们都对他的话百依百顺，这次我这个当弟弟的突然站出来阻拦他，并且当着众人的面，你想大哥的心里能好受吗？”

“可你不站出来谁还能站出来？额吉叫我们来不就是要阻拦他们的做法吗？”

“你可够聪明的，连额吉的心思都猜得透，看来我得多加小心了。”

“看你，说正经的呢！”

“是啊，这些年来，都因为有聪明的额吉，吉里吉斯才会一次次逢凶化吉，没有额吉就没有我们的一切啊！”

“额吉真是我们草原上一位伟大的女性！”

“我看出来了，我的小察苾也错不了的。”

“快别说了，这样夸妻子会惹人笑话的。”

“那你是承认了？”

“不跟你说了，净拿人寻开心！”

夫妻俩笑着打马疾奔起来。

蒙哥在几个弟弟先后离开他的封地后陷入了沉思。这时他的心情是很不平静的。他既感谢忽必烈使他避免了“一失足成千古恨”的下场，又从忽必烈表现出的雄心壮志和高远的眼光中看出，自己二弟的智慧远高出自己了，这不知是家族的幸事还是祸事。他想：要是自己让贤，三弟和四弟会听从二弟的么？他们都是自己带大的，三弟尚可，四弟那狗脾气是肯定不行的；可是自己要是不让贤，二弟还会真心拥护我这个大哥吗？俗话说“打仗亲兄弟”，可坐了江山后兄弟相残的也不在少数啊！蒙哥反复权衡着利弊，他最后坚定了决心：自己是长子，从这一点上，二弟最起码不会轻易反对自己，三弟四弟也会唯大哥马首是瞻，如此这样，家族才不会分裂，或不会过早分裂。蒙哥理顺了关系，就长出了一口气。他敬重二弟，赏识二弟，而此时他还认为，除了敬重赏识外，自己对二弟还要多加几分警惕，以免家族出现动乱，这令他的心里很不是滋味。

忽必烈一回到封地，刘秉忠、赵璧、李简、王恂、董文炳、董文用等一批谋士俊才就前来看他。

刘秉忠，邢州（今河北邢台）人，出身于金代官宦世家，自小聪慧过人。他八岁入学，日诵数百言，其同学张文谦称赞他“为诸生称首”，十七岁出任邢州节度使府令史。他后来仕途不顺，怀才不遇，先从道门后隐居佛门，潜心研读儒、佛、道诸家学著，博览群书，洞察世事。1242 年随其师海云和尚来到漠北，受忽必烈真诚挽留。海云法师只身南返时对刘秉忠说：“‘瓜熟而蒂落，因缘而天成。’佛门非你施展才华之场所，今遇明主，如潜龙入水，尽可畅游也。中原衰颓，无以救药，不日蒙古人将南占中国，但愿因有你在，中原或许会有不少生灵免于涂炭。”

至此，佛门少了一个有为的弟子，天下却多了个治世的能臣。刘秉忠认为，成吉思汗是马上可取天下，却不能马上治理天下。天下民为国之根本，民穷则国难富，民亡而国不兴。他规劝忽必烈治国当用儒法。他说儒学不兴，世道难宁，国而无法，祸乱从生；为君之道，实是爱民之道，民顺则天下兴盛。这让忽必烈更加深了对汉文化的了解，更坚定了他要以孔子为师、以唐太宗为榜样的决心，广纳人才，从汉文化中去寻找大安天下之道。

很快，刘秉忠又向忽必烈推荐了张文谦。张文谦对忽必烈说：“历代凡成大事者，须有含垢忍辱之能，在困难与不幸中磨砺意志，耐心等待。如此，他日机会一旦降临，他内心爆发出的力量将是无人能比的。”

张文谦的这番话对忽必烈有很大启发。不久，李简、王恂等名流才士又陆续到来，至此，忽必烈在漠北时期的智囊团已基本形成。

夜深了，忽必烈的宗王府里还是灯火辉煌，此时，年轻的宗王正踌躇满志地和刘秉忠等一干谋士筹划着今后的策略。多少年后，这座宗王府便被称为“漠北潜邸”。

第三章　听风观雨　沉着应对

时令临近年终岁尾，从哈尔和林传来老臣耶律楚材的死讯，这对忽必烈来说，绝对是一件令他大为哀痛的事情，这不单因为耶律楚材是曾辅助过两代大汗的忠臣，更因为这位饱学之士对忽必烈有着耳提面命般的师恩之情。忽必烈得到这消息时，这位实则被弃而不用的老臣早已下葬了。据说送灵的场面十分冷清，哈尔和林的宗族贵戚忌惮于乃马真监国的淫威，谁都不敢公然前去，这让忽必烈更是哀叹不已，只好带着家人去草原上跪地遥祭了。

耶律楚材原是辽皇族之孙，不过在他出生之前辽国就已经灭亡。他知识渊博，深得儒学精髓，曾在金朝任职，后因蒙兵劫掳，遂到草原。圣祖得知他是契丹人，因爱惜人才，便让他负责管理记录法律与税收等事宜，久之，视其为近臣，给予其充分的尊重。窝阔台大汗在世时早就看中了这位忠于职守，学养深厚，敢言人所不敢言的老臣，始终将其带在左右，常询问他一些问题。1231年，始立中书省，窝阔台大汗任命耶律楚材为中书令，事无巨细，皆先问之，可见对他的信任与尊重。而耶律楚材也确实从政治、经济、思想文化等各个方面竭力推行封建化政策，对蒙古社会的进步做出了不可磨灭的贡献，他在成吉思汗时期就力主南伐中原，以取其丰富资产，为大汗固国拓疆所用。只可惜圣祖将精力放在了西征上面，无暇顾及。窝阔台即位，实施了进攻中原灭金的计划，采纳了耶律楚材提出的治理汉地的方略，并责成他“试为朕行之”。

几年下来，耶律楚材就用实际成果让蒙古大汗看到了农业和封建税收对国家的好处，这是蒙古政权保护农业经济、实行封建赋税制度的开端。乃马真皇后监国后，开始重用奸猾之臣奥都剌合蛮，此人随心所欲地废弃了许多国之典章，这令耶律楚材痛心不已。他几次直言进谏，皆遭冷遇。而后来乃马真皇后对奥都剌合蛮的信任到了无以复加的程度，竟将汗廷的印章和御用白纸交给他，让他自行填写。朝纲紊乱，奸贼得宠，耶律楚材独木难支，他悲愤地大喊：“老臣事太祖、太宗三十余年，无负于国，今实不忍看圣祖基业坍塌，只求早日瞑目也。”

耶律楚材不久忧愤而死，年仅五十五岁。

谁料，就在耶律楚材逝去百日之时，乃马真皇后却要为这位“汗廷第一儒”追思补祭。有点头脑的人一看便知，这是乃马真皇后借用老臣对汗廷的忠诚与威望，来示意大家效仿，并以此来笼络人心，以促使“忽里台”大会早日召开，使贵由尽快登上大汗的宝座。狡猾的乃马真皇后深知，自己再这样把持“监国”大权不放恐招来灾难，因为臣民们只承认成吉思汗的嫡系子孙主政。而时间再往后拖延，再以窝阔台大汗指定的继承人失烈门年幼为理由不让其登上汗位就不行了。如此就不如把孱弱的贵由扶上台，自己躲在后面掌控实权显得名正言顺。

接到乃马真皇后的诏告，蒙哥思考再三，认为这是主动向汗廷示好的绝佳机会。但由于他在“长子西征”中因支持统帅拔都而与贵由结下了矛盾，恐前去反倒会弄巧成拙，就派二弟忽必烈代其前往了。他看出忽必烈沉稳老练工于心计，尤其是在自己西征期间，二弟竟能在悄无声息间帮助母亲将整个封国治理得井井有条，蒙哥不由得从心里佩服。

忽必烈欣然受命。他一到哈尔和林，就先带察苾觐见“监国”乃马真皇后。因为慑于拔都合汗的威望，应诏前来者并不十分踊跃，重要的宗王贵戚亲临者更是寥若晨星，他们大多是派属下前来应付。所以当忽必烈亲王代表实力雄厚的拖雷家族应诏前来，这令乃马真皇后大为兴奋。她不待忽必烈尽完礼数，就快步走下座，一手拉住忽必烈，一手牵住察苾，左瞧右看，大夸侄儿英俊侄媳漂亮，当说到汗弟拖雷时，她还眼泪汪汪的，显出很是伤心动情的样子。

她问忽必烈：“你额吉身体可好？”

“额吉身体很好，她让侄儿代以问候监国。”

“唉，大汗兄弟皆已离世，草原上就指望你们这些圣祖的孙辈们打理了，还望你们齐心协力，不负前辈的厚望。”

“皇后尽管放心，我兄弟当竭尽全力帮助贵由殿下治理国家，如有需要，当效犬马之劳！”

说毕，忽必烈便将价值连城的金银珠宝进献给乃马真皇后，以示忠效。随后，又将所带骏马美女献于贵由殿下。

“这些薄礼均是家母与兄长蒙哥亲自挑选，万望笑纳。蒙哥因偶感风寒不能前来，临行再三叮嘱我，要视皇后为再生之母，要视贵由殿下为手足，凡事皆应唯皇后和殿下是从，听命调遣。”

乃马真皇后听了大笑：“真是打仗亲兄弟，上阵父子兵，到了关键时刻还得是圣祖的嫡系子孙们最为给力。看来，圣祖先辈尽可宽心瞑目了！”

晚上，哈尔和林的万安宫内摆起了宫廷盛宴，忽必烈带着察苾向众臣及前来的宗亲贵戚一一问候。年轻的亲王忽必烈举止大方、彬彬有礼，美丽的察苾艳丽惊人、温文尔雅，这引来了大家的连连赞叹。

“真不愧是圣祖的皇孙，沉稳豁达，风度翩翩啊！”

“弘吉拉的美女，要比传说中的还要美上千百倍，真是美貌绝伦啊！”

忽必烈夫妇酷似一道美丽的风景，把晦暗的大殿映衬得辉煌明亮起来，人们再也感觉不到先前的沉闷与压抑了，转而欢快地互相敬着酒，寒暄叙旧，谈笑风生了。乃马真要的就是这样的气氛，她似乎也受了感染，就多喝了些酒，脸儿红红的，态度也和蔼可亲到了极点，并对前来的众臣宗亲大加赏赐。什么追思礼祭，老臣耶律楚材早就被忘到脑后了。

乃马真皇后认为笼络人心的目的已经达到，就敷衍了事地为耶律楚材举行了个追思补祭仪式。仪式由忽必烈主持，仪式过后，忽必烈取得了汗廷的信任，乃马真皇后和贵由殿下又分别宴请了他，弄得氛围蛮和谐亲切的。忽必烈还看望了耶律楚材的儿子耶律铸，除了对其极尽安慰，还对其人品才学大加赞赏，并把他推荐给乃马真皇后做了汗廷的书记官，这无疑加深了耶律铸与忽必烈之间的感情。忽必烈还很有礼貌地探望了一些宗亲老臣，有意地拜访了一些良将才俊，并与年轻人去哈尔和林近郊打了一次猎。忽必烈的所言所行，很受大家的夸赞，大家都说他很亲民，不摆宗王的架子，这使他在汗都有了“贤王”之称。而忽必烈在明里却屡次谦恭地说“这些都得益于监国与殿下不忘旧臣，才使我有机会幸会诸位”，由此更获得乃马真皇后的欢心，得贵由殿下的信任，受大家的喜欢与敬佩；可暗里忽必烈却不失时机地表扬兄长蒙哥，常说“无兄长之远见卓识，难有今日之收获”，话里话外都夸赞兄长，这些话传到蒙哥耳朵里，蒙哥由此对忽必烈更加敬重。

虽有监国和殿下贵由的再三挽留，忽必烈还是以“当将汗廷之盛况速告蒙哥”为由谢绝了。乃马真皇后在忽必烈临行前再次召见了他，除了套近乎外，还回赠了多于他进献数倍的金银珠宝，可乃马真毕竟是奸诈狡猾之人，她对拖雷系还是不能完全放心，尤其是蒙哥未能前来让她颇有疑虑。因此，她就满脸带笑地说：“蒙哥西征屡立战功，不能不有所表示，为表祝贺，我特将内侄女塔腊海赐婚于合汗为妃！”

此举很明显是在蒙哥身边安插眼线，这叫忽必烈不由一惊：蒙哥的领地是吉里吉斯的核心地带，是拖雷系的指挥中心，是操练兵马的主要场所，如此一来岂不坏了蒙哥的大事。

忽必烈正想着如何回绝，那边察苾却说话了："请容小女子斗胆进言，这也太不公平了！蒙哥长兄不仅地广人稠，而且妻妾众多，而我夫君忽必烈却只有小女子一个妻子。忽必烈在家时还不觉得怎么的，可一旦他出外巡视做事，家中就只剩了我一个人独守毡房，实在是孤单寂寞得很。我恳请皇后将塔腊海赐婚于我家忽必烈，也好使察苾身边有个伴儿啊！"

这单纯得如小孩子的要求惹得左右侍卫都忍不住发笑，许是乃马真皇后被察苾天真无邪的话语打动了，心想，嫁给忽必烈也是一样的，只要能进入拖雷系内部就行，何不做个顺水人情呢。乃马真就微微一笑，说："那就依了察苾。唉，我侄忽必烈真是个有福的人，娶的媳妇都处处为他着想。"

说毕，乃马真皇后也忍不住抿嘴笑了起来。

忽必烈只好跪地叩谢。

离开哈尔和林，走在回归的路上，忽必烈就又想起了恩师耶律楚材对他说的话："小王子，你一定要记住我的话：打仗不是打猎。打仗的目的是为了征服人心。人心归顺，才会扩大自己的势力。从前圣祖太仰仗武力，每到一地杀尽抢光，一走而过，没有做长久治理的打算。如果有一天你要是继承了汗位，就应采用'仁政'治理国家，让百姓安居乐业，繁衍生息。如此才能不断地拓展疆土，才能使江山巩固，万民称颂。小王子，你记住没？你当勤勉努力，思大有为于天下！"

这是耶律楚材最后对忽必烈说的话，表达了这位老臣对忽必烈寄予的殷切厚望。

"大有为于天下。"忽必烈反复咀嚼着这句话。当进入吉里吉斯草原的时候，忽必烈就驻马而立，他深情地仰望着高阔而又蔚蓝的天空良久不语。察苾见了就一捂嘴笑了，然后就故意用揶揄的口吻说："呦！小女子要是没有猜错的话，我那郎君此时一定是在想，这天空可远比我们草原宽阔得多呢！"

忽必烈收回目光，看察苾一脸调皮的样子，想了想，就冲她狡黠地笑了一下，跟着抽冷子抬手打了察苾的白马一鞭子，白马突遭袭击，就蹭地向前跑去。察苾就赶紧伏身握紧了马缰，待平稳了以后，便回头咯咯笑着喊："哦，我猜中了！我猜中了！"

哈尔和林之行，除了获得汗廷的信任，赢得众大臣、宗王、贵戚的尊重，忽必烈还结交了前金朝状元王鹗。王鹗很能看人，他毫不隐讳地说忽必烈将会成就一番经天纬地的大事，并告诫忽必烈凡事不可操之过急，要善于审时度势，避实就虚，从容面对世上的风云变幻，如此，才可能做出一番惊天动地的大事来。俩人纵论天下治国之道，互相倾慕，相见恨晚。在忽必烈的诚心邀请下，王鹗便欣然跟随他踏上了吉里吉斯草原。他们先去了蒙哥处，兄弟相见，分外高兴。听完忽必烈的陈述，蒙哥就看着察苾哈哈大笑起来。

“嗬，我二弟真是好福气，娶了这么一个能顾家的媳妇，就连女人也帮丈夫往家抢！”

察苾噘起嘴，说：“大哥真是得了便宜还卖乖，看来我是多此一举自作自受了！”

“哪里的话？你这样为大哥着想，大哥岂有不谢的道理。今为哥的特赏给察苾黄金百两，貂皮裘衣一件，以表心意，如何？”

“这还差不多！”

见察苾笑了，蒙哥就说：“只是你们今后可要多加小心了。”

忽必烈点点头。察苾就问：“那什么时候迎娶塔腊海呀？”

蒙哥想了想说：“这事能拖就拖拖，看情势再作决定。”

转眼又过了一年，为了不使汗廷过多猜忌，蒙哥开始为二弟忽必烈操办婚事，迎娶塔腊海。当迎亲的人马在蒙哥的率领下浩浩荡荡向汗廷出发的时候，忽必烈不由频频回头看为他送行的察苾，见察苾牵着儿子真金的小手，孤单无助痴情地目送着他，心里就涌起一阵酸楚。队伍越走越远了，察苾母子都缩小成了小点点了，忽必烈就不由得轻叹一声，慢慢转过头来。蒙哥见了就说：“都怪哥无能，让你和察苾受委屈。有朝一日我们得势了，哥一定将最好的封地赐予你们，以尽我手足之真情，绝不食言！”

几天后，汗廷为忽必烈和塔腊海举行了隆重的婚礼，乃马真皇后、贵由殿下、塔腊海的父亲都亲临祝贺，宗王贵戚及众大臣都尽数到场。但让蒙哥兄弟想不到的，汗廷还在哈尔和林为忽必烈和塔腊海修建了一座新王府，看来，乃马真皇后对拖雷家系还是存有很大的戒心，这是拿忽必烈当人质了。蒙哥安慰了忽必烈，然后又说：“那就将计就计吧，借此机会多注意些汗廷的动向。唉，只是苦了察苾，她得独自支撑起封地的一切了。”

忽必烈在哈尔和林，表面上很安静悠闲，偶有出访就带上塔腊海，这就免去了汗廷的注意。塔腊海虽然充当了乃马真皇后的一枚棋子，但她毕竟是嫁给了忽必烈，在感情上已渐渐在向自己的丈夫倾斜。何况她年纪又小，只有十五六岁，还不谙世故，所以只要忽必烈稍动一点心眼，她根本就构不成威胁。忽必烈又相当谨慎，从不在她面前与人谈论当今汗廷的事情。塔腊海只见忽必烈置弓马于不顾，总是津津有味地跟王鹗学习赋诗填词。赵璧是语言通，蒙古语、畏兀儿语说得特别好，忽必烈就让他把一些汉人书籍翻译成蒙古文，有时还请他给自己讲解。这段时间，忽必烈不但自己学习汉文化，而且还让阔阔、廉希宪、阿里海牙、阿合马等跟随王鹗学习，他的新王府俨然成了汉语学习班了。

廉希宪和阿里海牙是西域人。阿里海牙是战功彪炳的将军，廉希宪既是一位纯粹的儒者，又是一员武将。廉希宪十八岁入侍忽必烈于漠北潜邸，他精明能干，会多种语言。这二人实际上负责着收集汗廷情报的工作，阿里海牙侧重军队，廉希宪侧重府衙。这样，蒙哥通过忽必烈随时掌握着哈尔和林的政治、经济和军事情况，如乃马真皇后虽不乏精明，但她越来越骄横跋扈和越来越多的深宫秽闻已激起不少上层人士的不满；贵由尚未登上大汗之位便开始大张旗鼓地广选美女，过起了纵情酒色的生活，让人大为失望。再有，乃马真皇后的二儿子阔端对母亲的做法颇有抵触，最终说明他们母子矛盾的事情是：大臣镇海和牙剌瓦赤恐受皇后迫害，逃到阔端处得到庇护，并给予重用。而乃马真皇后几次往回要人，却被阔端以各种理由婉拒，最后甚至明说“此二臣在你处如鱼置沙地曝晒，置儿处则如鱼得水”，把乃马真气得不行。

乃马真皇后也通过侄女塔腊海得知忽必烈已经胸无大志，他正偏安一隅过着牧歌式的生活，不是看书就是弹琴赋诗，要不就跟几个落魄儒生聊一些不着边际无关实际的话题，甚至跟披着袈裟的出家人也谈得不亦乐乎。乃马真皇后听后大为欣慰，暗笑圣祖当年是错看了这个嫡孙。皇后一高兴，就赏赐给塔腊海不少珠宝。

而忽必烈的内心却对乃马真皇后充满了刻骨的仇恨，每当打万安宫外经过，他都不由得在心里发着狠誓：我迟早有一天要将这个女人凌迟处死，以报杀父之仇，以雪辱我家族之恨，以光圣祖伟业。

因为拖雷之死始终是拖雷家族挥之不去的仇恨。当初窝阔台大汗在答应金哀宗求和后，忽得重病，多日不愈，便请蒙古人信奉的萨满教珊蛮按他们的习俗施以巫术。随后，窝阔台就将拖雷急召身边，无限凄楚地说：“巫师虽为我祈祷，但上天怨我杀人太多，非要拘我而去。哥知自己不日将亡，特召弟安排后事。”

拖雷便急问：“就没有一点办法了吗？”

窝阔台就长叹一声，缓缓地说：“若我不去，除非亲王代我方可。可我们兄弟情深似海，我怎可忍看吾弟代兄赴死呢？更何况我才智平庸，国之无我尚可，无你是万万不行的。”

拖雷听后霍地站了起来，大声道：“圣祖在诸多兄弟中选中了兄长，让你担任了统治众百姓的重任。如果兄长有个不测，我蒙古百姓将成为遗孤，圣祖伟业将付诸东流。今既然小弟可替哥哥代罪，弟当快意赴死！”

拖雷说完，便接过巫师手中的“圣水”喝了下去，转身对兄长说：“我醉了。”微微一笑，便去世了。

对于拖雷之死，不少人都认为是乃马真皇后设下的骗局，因为她始终视实力雄厚的“守灶”拖雷势力为汗廷的一大威胁。而窝阔台大汗为保住“汗位”架不住这女人的再三劝说，最终忍痛除掉了自己的亲弟弟。不然，前期那么英明睿智的窝阔台大汗为什么竟在拖雷死后再也无心打理朝政了呢？前后期的窝阔台大汗简直判若两人。而据宫内传出来的话说，窝阔台常在醉酒后边喊着弟弟拖雷的名字边痛哭流涕，有时还大骂乃马真无情无义。这一切都表明拖雷之死的罪魁祸首就是乃马真这个阴毒的女人，当然，窝阔台也脱不了干系。而如此深仇大恨又怎能轻易就冰释了呢？这在拖雷的几个儿子心里是难以排除的痛。

蒙哥此时正按部就班地为复仇做着准备。他派亲信带着自己的亲笔信赶赴到遥远的钦察封国，跟拔都合汗交换意见。为了不致出事，蒙哥连书信都用了少有人懂的蒙古文字书写。蒙古文字是成吉思汗命人以畏兀儿拼音符号首创的第一套本民族文字，只可惜后代子孙只注重武功而对此文字不屑一顾，在草原上能会者已寥寥无几。蒙哥心思缜密，尚知圣祖苦心，很早就掌握了这套文字，遇事发令多用此文字传达，隐秘得很。

拔都在回信中说，贵由那厮有辱汗位，本应弃之不理，但他既然已是一头快断气的残驴，姑且依吾弟运筹帷幄之计而行吧。又说，为兄已有些精力不济了，愿长生天保佑吾弟早成伟业吧。因为蒙哥曾在信中夸赞过忽必烈，拔都为了跟拖雷系永结同盟，便将妻妹伯要·兀真随回信一起送过来，嫁给忽必烈。为此，蒙哥还特意赶到忽必烈封地，来做察苾的工作。而使他绝没想到的是弟媳的那份超脱，察苾平静地说：“拔都如此好意，实为我家合汗之幸，察苾谨遵兄命就是了。”

“可是真话？”

“一只羊也是赶，两只羊也是放嘛！”

蒙哥听后笑了。而当蒙哥将伯要·兀真带到了汗廷面见乃马真皇后，她却不悦了。

“拔都此意无非拉拢结盟，贤侄难道不懂此意吗？”

蒙哥似胸有成竹，微笑着回答：“监国明鉴，拔都之意侄儿心中有数，只因‘忽里台’大会要想顺利召开，尚需拔都意见。如监国认为不妥，侄儿可立即送其回还。”

闻听此言，乃马真皇后才舒出一口气。

“既然如此，就依了侄儿从事吧，也算是照顾了拔都的脸面。你就转告他，这可是监国我亲自赐婚的。”

“侄儿当如实禀告。”

“婚礼嘛，你就看着办吧。”

这样，忽必烈就又当了一次新郎。伯要·兀真是一个颇具西部风韵的美少女，既热情活泼，又妩媚妖冶，初夜同房，她就发出一声声欢愉的喊叫。叫喊声飘散出来，各屋中人都难以入睡。从此，她便得到了忽必烈的宠爱。

1246 年暮春时节，“忽里台”大会终于召开了。

哈尔和林郊外，紧傍鄂尔浑河岸边的平坦而又翠绿的草地上，扎起了无数个黄色的蒙古包，似无数朵硕大的黄花在草原上绽放。战马嘶鸣，旌旗猎猎，人来人往，场面十分壮观。东西道诸王和贵戚大臣们均已按时赶到，只差拔都推说身体不好没有前来，可也派来了使臣代他莅会。乃马真皇后看见这盛况空前的景象，不由暗暗得意，认为一切都在朝着自己预计的方向发展。但她忽略了大家踊跃前来的原因：一是拖雷系在暗中做了各宗王的工作，二是拔都已放弃了反对的态度。这两家是当今蒙古实力最雄厚的家族，他们的一举一动影响着其他宗王贵戚的态度。乃马真皇后也是老谋深算，她竟然将拖雷的遗孀索鲁禾帖妮请了来，并将其迎上了王座的高台，以借这位在草原上人人传颂的伟大母亲的声望来争取人心。经过反复协商，历经十几天，各道诸王贵族和文武大臣们在汗位问题上达成了协议：鉴于前大汗窝阔台指定的继承人尚未成年，大汗之位又不可旷日空置，为了继续光大圣祖的伟业，现一致拥立窝阔台长子贵由为“也客蒙古兀鲁斯”的第三任大汗。协议一宣布，贵由谦让一下，便坐上了大汗的宝座。

贵由终于登上了大汗的宝座，乃马真皇后终于看见大权没有旁落。但就在乃马真皇后欣喜若狂地要以垂帘听政的方式继续掌控朝政的时刻，她却突然撒手人寰，死得蹊跷而又神秘。这才叫机关算尽太聪明，反误了卿卿性命。正在大家纷纷猜疑乃马真皇后的死因时，后宫深处的另一个女人款款走到了汗廷的前台，这就是贵由的正妻海迷失王妃，当今的皇后。海迷失出身于斡亦剌氏，祖辈是成吉思汗的功臣与亲家，在蒙古帝国具有很高的地位。海迷失是一个美貌妖冶的女人，常以姿色柔情缠绕贵由，使贵由对她非常迷恋。其实海迷失也是个权欲心极强的女人，只是慑于乃马真的淫威强势，始终小心翼翼地躲在后宫，以致没有引起人们的注意。贵由登基后，海迷失立时原形毕露。乃马真之死就是一个谜团，很多人都怀疑此事与海迷失有关，只是找不出证据。但乃马真刚刚过世，贵由就对母亲往日的亲信加以严惩，则是带上了浓厚的海迷失色彩了。

当时，最能影响海迷失走向前台的有两个人：一是乃马真重用的异域女子法蒂玛，此人主管后宫，专能从各地收罗美女供大汗和王子享用，窝阔台因沉迷酒色而丢了性命就跟她有很大关系；二是把持汗廷重权的奥都拉合奥，因为此人太被乃马真看重，以致从不把别人放在眼里。杀掉法蒂玛，是海迷失担心贵由重蹈其父旧辙；干掉奥都拉合奥，是海迷失踢开了走向前台的拦路石。客观上讲，除掉这二人是大快人心的好事，因为他们一个是掀起淫荡之风的祸首，一个是迫害忠良的奸臣。但海迷失支持贵由这样做的目的绝不是为了荡浊扬清，而是为了一己专权的私欲。所以为了"杀一儆百"，海迷失还迫害和罢黜了许多正直而有才干的大臣，一时间汗廷上下人心惶惶，皆有人人自危的感觉。

贵由实是一个平庸之辈，但海迷失也比他高明不了多少。这二人行事冒失，少政治头脑，玩弄权术的能力远逊于乃马真皇后。他们在一阵"杀一儆百"的血雨腥风之后，便认为天下大吉，从此可以高枕无忧了。这样，在炎热的夏日来临后，贵由和海迷失便离开了哈尔和林，去北边一处风景优美、湖光山色的地方避暑休闲去了。谁料，就在他们在所谓的"夏宫"吃喝玩乐之时，汗廷却危在旦夕了。

原来东道诸王中有一位名叫斡赤斤·铁木哥的人，他是圣祖成吉思汗庶出的幼弟。因其辈分高，又继承了其母的全部家业，实力雄厚，故而在宗亲中有着很高的威望。他本来就对贵由继承汗位颇有微词，只是因乃马真皇后始终在表面上对他尊重有加，碍于面子和情势，他才勉强同意贵由登基。可如今乃马真已死，贵由和海迷失又目中无人，就使这位老宗王愤而起兵讨逆了。他在檄文中陈列了几条理由：一是贵由不遵守窝阔台大汗遗诏篡夺皇孙失烈门汗位；二是没有拔都亲自参加的"忽里台"是无效的；三是贵由登上汗位便逼死乃马真皇后；四是贵由滥杀无辜迫害忠良，打压异己。总之，历数了贵由许多罪状，怒斥其为不忠不孝不义之人，人人当可诛之。

但从其行动上看，这位老宗王似乎蓄谋已久。他不仅训练了一支精悍的骑兵，而且还在汗廷安插了内应。檄文只是表面文章，实际上是权欲膨胀，要夺取汗位。但凡事往往百密恐有一疏。老宗王在汗廷众内应中有一个人，正好跟耶律铸走得较近。他在与耶律铸饮酒时很为耶律楚材感叹，酒到酣处，就劝耶律铸改投明主。耶律铸表面沉静，事后便赶紧告知忽必烈，细心的忽必烈马上就有了警觉。经过秘密的暗中刺探，忽必烈得到了老宗王斡赤斤的谋反计划，这叫他不由大吃一惊，因为老宗王的两支人马就要出动了。形势严峻，时间紧迫，忽必烈赶紧亲自飞马面见蒙哥。

蒙哥听了，也是大为震惊，越想越觉得这事后果严重。蒙哥分析说："贵由登上汗位毕竟是大家同意了的。要是斡赤斤真的杀了贵由，草原上肯定会发生内战。别有用心之人会打出各种旗号寻找各种理由争夺汗位，那圣祖的伟业可能会因此断送掉了。"

忽必烈点点头，还补充道："斡赤斤还拿拔都的名号为挡箭牌，这很容易引起误解，人们会以为拔都参与了此事。试想，一旦斡赤斤的事情败露，那贵由会对拔都怎么想呢？依贵由的头脑，他会不辨是非曲直就发动起一场战争的，结果草原上还得是一片混乱。"

蒙哥听了后拿拳击掌，恨恨地说："真是老而发昏，自己闹事偏要把别人也往里头拽。拔都兄现在肯定是什么也不知道呢，却被这老家伙污了清白。而且这样的话，我们也脱不了干系，以我们跟拔都的交情，贵由能不疑心于我们吗？我们就是保持中立，汗廷都会认为我们是在帮助他人。唉，这个老浑蛋！"

"大哥，看来我们只好跟他交手了，否则，我们到时候真是百口莫辩哪！"

"没办法了，我们就再帮贵由一次忙吧。三弟！"

旭列兀站起来说："大哥吩咐！"

"你带一支人马务必在哈尔和林东边击退来攻占汗廷的军队，决不让他们进入哈尔和林一步。"

旭列兀得令跑出了毡房。阿里不哥还没等叫他，就站了起来。蒙哥就拍拍他的肩膀，说："你就镇守家园。为了便于保护，你得立即把几家的家眷集中到这儿，以防流窜的军队趁乱打劫。"

阿里不哥听完就跑了出去。蒙哥随后又派人给拔都报信，让他知道形势的严峻。

"二弟，你还是速返哈尔和林吧，跟耶律铸一起密切关注汗廷的动静，如果汗廷内部有变，就让阿里海牙带亲兵迅速平叛。"

把几个弟弟的任务分配完，蒙哥就亲率了三千骠骑连夜直奔贵由的避暑胜地，去救这个令他十分讨厌的蒙古大汗。

旭列兀是四兄弟中话语最少的一个，但他又是他们中最有军事天才的人。在他的率领下，吉里吉斯的人马不仅挡住了前来攻打汗廷的军队，而且在哈尔和林郊外将其全歼，仗打得既干净又漂亮。而蒙哥是文武兼备的帅才，他引兵到达作战地点后，见斡赤斤的人马才到，还没有完成对贵由的包围，就赶紧将自己的人马隐蔽在了茂密的山林中，下令大家喂马吃饭歇息。蒙哥是有政治头脑的人，他认为出击早了反而易使贵由产生疑心，搞不清谁是叛军，出击迟了，也许斡赤斤已要了贵由的命，那就前功尽弃了。蒙哥在拿捏着分寸，他是要选择最佳的时机出击，这样才会令贵由感激涕零。

率众奇袭的斡赤斤年老体弱，虽自己不服老，可他气喘吁吁的却明显拖了部下的后腿，所用时间比预计的整整多出了两天，不然蒙哥就赶不上了。眼下斡赤斤所率骑兵也因为路途遥远而成了疲惫之旅。待到了目的地，已比原计划晚了，斡赤斤担心走漏消息，就没有给部下喘息的时间，马上就排兵布阵，完成包围后随即就发起了进攻。

此时，贵由的避暑胜地“夏宫”尚是一片灯火，不时还传出狂呼纵饮的喊叫之声。因为认为天下太平，所以负责保卫的“怯薛”护卫也都放松了警惕，不少人还喝了酒，步履踉跄。

斡赤斤见状暗自欣喜，事不宜迟，他将拔出的战刀在月夜下抡出一个漂亮的半弧，打牙缝中跳出一个字：“杀！”

话音还在寂静的山林中回响着，潜伏的悍将骁勇就高举着火把飞马冲了出去，刹那间喊杀声四起，漫天的箭矢也如蝗虫般罩住了避暑胜地“夏宫”，一会儿，一座座蒙古包就变成了一堆堆燃烧的柴火，冲天蹿起高大的火舌，而转眼间，这些火舌又连成一片，成了火海了。只见逃命的人们在火海中连喊带叫地挣扎着，凄厉的哭声响彻山谷。

蒙哥见时机已到，就将战马向前带了几步，声音沉着地说：“出击！”

他率先冲下山去，老宗王斡赤斤正领着他的人马杀得性起，怎么也料不到这时竟有一支人马从身后旋风般地杀到，一个措手不及，大半士兵已被人家砍下马来。又一个回合，蒙哥已来到了眼前。正在斡赤斤惊恐万状体若筛糠之时，只见蒙哥微微一笑，喝住扑向老宗王的士兵，哼了一声道：“都跟我来，赶紧救大汗！”

斡赤斤愣怔一下，忽然明白这是蒙哥放他逃命，就赶紧拼命地冲出了山谷。

贵由大汗和海迷失此时已浑身发抖地紧拥在一起，他们是被眼前的喊杀声和熊熊的大火吓蒙了。这时一个护卫跑了进来：“禀告大汗、皇后，叛军已被杀败！”

“什……什么？”

“蒙哥合汗率领的援军杀败了叛军，现在蒙哥合汗就在帐外候旨。”

“蒙哥？快，快让他进来护驾！”

“遵旨！”

贵由大汗和海迷失惊慌之中都忘了整理一下穿戴，就在帐篷内接见了蒙哥。贵由感激涕零地使劲拉住蒙哥的手，声音颤抖着说：“蒙哥——我的好弟弟！你是从天而降吗？”

当飞马来报旭烈兀已聚歼了东线之叛军，贵由便又在返回汗廷的途中，将蒙哥叫上大汗乘坐的马车上，紧握住蒙哥的手，反复地说：“你们兄弟都是我贵由的救命恩人，今后我们必以兄弟相待。”

贵由和海迷失回到哈尔和林，重赏了蒙哥兄弟，随即便追杀反叛之人。历时多日的血腥镇压，难免又杀掉了一些与此事无关的臣民。叛首斡赤斤知道罪不可赦，就在他自己的领地拔刀自刎了。但他千不该万不该留下了他那连累了拔都的声讨贵由的檄文。

“怪不得这老家伙如此猖狂，原来竟是拔都那厮在为他撑腰！”

贵由和海迷失气得暴跳如雷，根本就不对此事做深入的调查，就开始匆匆筹划攻打钦察封国的事宜了。

1247 年，贵由派大将野里知吉带原花子模地区的军队。那一带本该归拔都的钦察封国来管辖，贵由却强词夺理地说拔都的都城离那太远，不容易掌控，那里又时常有部落闹事，所以汗廷得派驻军。而拔都心里却恨得痒痒的。

“我看贵由这头蠢驴实在是不知道天高地厚，他也太不自量力了。”

拔都的部下就纷纷请战。拔都却说：“姑且让这头蠢驴再蹦跶几天，就权当是让他给大家演戏看了。”

又过了一年，贵由以养病为由，说自己在西方打了几年仗，回来反而不适应了，得再去西方休息一下。于是就带了十万大军西行了。他在途中与野里知吉的军队会合在一起，继续西进。

在哈尔和林的忽必烈迅速跟他的智囊团研判形势，并将此情况飞马报知蒙哥与拔都。蒙哥迅速回信，预言道：“贵由此去凶多吉少。”拔都得信，急召兄弟与部下商量对策。拔都有一个弟弟，名叫昔班，是一位著名的武将，他主动要求去迎一迎贵由，以探虚实。拔都就拨给他一万人马，叮嘱道：“弟弟一定要小心！”

“放心吧，看他一头蠢驴能有多大能耐！”

贵由从东向西，昔班从西往东，两军相遇在横相乙儿（今新疆青河东南）。

贵由见了昔班，很是吃惊。

“昔班将军，你这是要上哪里去?”

“奉钦察汗拔都将令，专程迎接大汗。”

“你们怎知我要前来呢?”

“大汗兴师动众西来，天下皆知，我们怎么会不知道呢？我兄拔都还在萨莱城专为大汗准备了一座华丽无比的行宫呢!”

“哦？拔都兄长的一番好意朕领了。朕此次西来，是因身体不适，来做疗养的。说不定过些时日就回去了。告诉拔都兄长，在没有接到诏命之前，不必为朕做什么准备。”

“有备无患嘛!”

昔班微笑着这么说，贵由听了心里很不是滋味。但贵由知道对方是一员悍将，也就没敢发作，暂叫其歇息去了。当晚，贵由在自己的帐篷内宴请昔班。酒至酣处，昔班怒目而视，问：“请大汗赐教，今大汗既然是前来疗养，为何一不通知我兄拔都，二还率领如此众多的人马，这似有别情吧?”

“那依你昔班认为呢?”

“大汗行事只有大汗明白。不过，我钦察封国兵多将广，时刻准备着打败任何来犯之敌，谁也休想在这儿占半点便宜!”

“昔班！你这是想造反吗?”

贵由怒不可遏，拔剑刺向昔班。昔班也腾地跳了起来，挥刀应战。因为事发突然，大家还没缓过劲来，二人就已倒在了血泊之中，同时停止了呼吸。军中大臣随后声称大汗是饮酒过量，病发而死。

第四章 新汗莅位 大展宏图

贵由死后，海迷失彻底走向前台，暂时摄政监国。海迷失空有治国热望，却并不懂得如何处理国政，缺少乃马真皇后的政治权术。她热心于萨满教的巫术，凡事都依巫师占卜，其结果就往往是朝令夕改，令臣子们茫然无所遵从。她的两个儿子忽察及恼忽也跟她难于同心，他们各自建了府邸与母亲对抗，于是大蒙古国便形成了三个政治中心。这时，宗王们也纷纷暗中积攒实力，各行其是，帝国几乎陷入了无政府状态。

此时，蒙古贵族上层还开始热衷藏传佛教，修缮及兴建寺院等，藏传佛教是印度佛教传入吐蕃以后，与当地本教斗争融合的结果。其中最著名的有萨迦派、噶举派、宁玛派、噶当派等。严重的政治割据与宗教的分裂导致了吐蕃地区的混乱与贫困。但从藏传佛教宣扬的“佛教一体”的理论都对蒙古贵族推进统一战争，建立和巩固统治十分有利。当时窝阔台大汗的第二个儿子阔端经营河西走廊和西凉一带，这一带紧傍青藏高原，他便派军队由四川入藏。入藏的军队在快抵达拉萨时，遭到噶当派寺院武装的反抗，蒙古军将领道尔达便以武力攻占了热振寺，杀死了数百僧人。接着蒙古军队一路烧杀，向拉萨进发。当时萨迦派法王萨迦班智达为了西藏的安宁，特派人面晤将军道尔达，劝说他放弃武力。其实道尔达在甘肃期间就对佛教颇感兴趣，双方谈得顺畅，从此，道尔达在拉萨留驻两年有余，再没有与当地的僧俗势力发生过武装冲突。道尔达利用这段时间还比较全面地了解了当地各种情况，尤其是对藏传佛教的各派进行了深入的研究。他认为要想使西藏达到长治久安，对佛教给予充分的尊重是很重要的。他因此给阔端写了一份报告，这对吐蕃的归附起到了极其重要的作用。

阔端认真地研读了道尔达的报告，决定迎请藏传佛教法师来凉州王府会晤。不久，道尔达奉命回到凉州，当面向阔端详细地介绍了吐蕃的情况，特别还强调了佛教在西藏人生活中的重要地位。

“要彻底征服吐蕃，必须征服吐蕃人心，要征服吐蕃人心，必须尊重其信仰。”

阔端肯定了道尔达的观点，他请道尔达选择一位藏传佛教的法师速来凉州。道尔达就向他推荐了萨迦派法王萨迦班智达。

“我认为萨迦班智达法师对教法最为精通。当然，迎请何人还请亲王您明白指示。”

阔端就摆摆手，微笑着说：“只有将军熟知内情，我听将军的。”

阔端是蒙古亲王中颇有政治头脑的一个人，为人谦和又通达事理，很得部下的拥戴。1244 年，阔端派出使者给萨迦班智达送去一封邀请信。信中先动之以情，赞许了法师的功德，称他是文殊菩萨的化身；又晓之以理申明利害，让萨迦班智达在文治与武治之间做出选择，或臣服蒙古大汗，或被蒙古人奴役；最后又授之以利，“我为报答父母及天地之恩，需要一位能指示道路取舍的名师，我选中了你……请尽快前来，我将使你管领西土之僧众……”

萨迦班智达从邀请信中看到了吐蕃面临的危险，就赶紧与藏传佛教各派法王商议，终了推举他作为吐蕃各派势力的全权代表，去凉州商讨吐蕃归属事宜。

于是，六十二岁的萨迦班智达在两位年仅十岁和八岁的侄儿陪伴下，经过两年的长途跋涉，在 1246 年抵达阔端的王府。

1247 年，阔端与萨迦班智达举行正式会谈，双方达成了吐蕃归附蒙古帝国的协议，从此不再对吐蕃使用武力，而吐蕃则归附蒙古帝国。阔端责成萨迦派代管吐蕃政教事务，当地官员百姓一律登记造册。官员任免须经汗廷同意，不得滥用权力。双方还对贡赋等事情做了商定。这次会谈之后，萨迦班智达给吐蕃的藏传佛教各派写信，通知了协商的内容，建议他们采取联合行动，遵行蒙古的法度。

阔端在整个谈判过程中，也表现出对法师的充分尊重，他言辞恳切地说：“你是用头来归顺，他人是用脚来归顺，你的心情我岂能不知道？你是受我召请而来，他人是因为恐惧而来，这样的区别我岂能不知道？你带着如此年幼的八思巴和恰那多吉艰苦跋涉来到凉州，你的诚意我岂能不知道？”

萨迦班智达就双掌合拢说：“亲王是仁德之人，不忍用兵吐蕃，苦心劝我等归顺，实是为僧众着想，是积善行德之举。”

阔端就抱拳以礼道：“法师你可以安心地讲经说法，你所需要的我都可以供给，你做善行我知道，我的作为是不是善行上天知道。”

从此，藏传佛教便在蒙古人中迅速地传播起来，西藏便成为日后元朝多民族统一的国家中不可或缺的一部分。

“在阔端面前我难称‘贤’，阔端才是名副其实的贤王。”

多年后，忽必烈这样评价阔端。

可海迷失的确是一个不识时务的女人，她竟异想天开地想要两个不争气的儿子忽察或恼忽继承大汗之位。在一次召见忽必烈时，她就十分露骨地亮出了这个意思，以试探拖雷系的态度。忽必烈当场就婉转平静地回绝了。

“两位皇侄睿智过人，实在是令人倾慕。只是选汗事宜须经‘忽里台’大会的确定，臣不敢在此诳言，以免旁生枝节。”

这样的回答叫海迷失很没面子，她突然很是生气地质问道：“忽必烈！汗廷历来对你们家族厚待有加，你现在告诉我，蒙哥为什么特意放跑了罪魁祸首斡赤斤？你们事先是怎样考虑的？”

忽必烈就知道海迷失早晚会拿这个说事，就微微一笑，反问道：“监国是在责怪我兄蒙哥吗？”

“难道放跑了斡赤斤还想得到奖赏吗？”

“奖赏倒没必要，救援贵由大汗和皇后是我们义不容辞的责任，何况我们都是圣祖的后代，决不能坐视不理。我现在感到可悲可叹的是：监国竟置圣祖的遗训于不顾，任意怀疑起我兄蒙哥的忠诚来，实在是令人心寒。”

海迷失问两侧文武官员：“圣祖有何遗训？”

耶律铸就站出来朗声回答：“圣祖说，凡我蒙古臣民，晚辈必须尊重长辈，即使有错也决不允许轻易冒犯。斡赤斤乃圣祖幼弟，没有大汗旨意，蒙哥是奈何不了他的。”

海迷失沉思一会儿，然后又逼问：“不能杀死，把他控制住总能办到吧？”

忽必烈就摇头苦笑，说：“斡赤斤明知罪孽深重，他要是趁乱当场拔刀自刎，责任谁负？难道蒙哥就不怕汗廷以‘杀人灭口’之罪问责么？试问，那么多宗王贵戚难道就谁知道斡赤斤谋反之事吗？为什么偏偏只有我吉里吉斯兵马前去救援？可见，汗廷之事太过复杂，谁都不愿去做费力不讨好的事情。难道我说得不对吗？”

眼见忽必烈有了火气，已被汗廷请回来的老臣镇海侧身出列，说：“监国陛下，此事监国和蒙哥合汗均无失当之处。监国事务繁忙，不可能将圣祖的遗训条条记牢；蒙哥做事小心谨慎，也是在尽为臣之道。今日尽释前嫌，真是不亦乐乎啊！”

镇海给打了圆场，海迷失就势下坡，自言自语道：“这汗廷的规矩也真是够多的。”

海迷失说着朝忽必烈微微一笑，说：“你也不要多虑，吾只是就事论理地问问，解释通了，也就没什么了。”

“谢监国明鉴！”

通过这次交锋，海迷失从忽必烈不甘示弱的态度上看出，以拖雷系现在的雄厚实力，人家根本就不憷她了，只是在表面上还不想跟她撕破脸皮罢了。倘若蒙哥和拔都的军队联合起来，那是谁也无法抵挡的。海迷失经过与谋臣商议，认为忽察或恼忽都不具备承接汗位的条件，起码在蒙哥和拔都那儿就不会通过，提他们中的任何一位都是自取其辱。最后，他们决定再次拿出窝阔台大汗的遗嘱，由阔出之子失烈门继承汗位。阔出是窝阔台的第三个儿子，早在战争中死去。

可就在这时候，蒙古帝国诸王中最有资格，最有能力争夺大汗之位的拔都向诸王发出诏令，他要在钦察汗国召集和主持选汗大会。拔都是各宗王之中的长王，在新任大汗的选举中具有一言九鼎的地位。但窝阔台和察合台系诸王拒绝了拔都的邀请，他们的理由是“忽里台”大会历来都是在成吉思汗圣祖的发祥地召开的，我们没有必要到钦察草原去。直到最后时刻，皇后海迷失慑于拔都的实力和威望，才派出代表赴会。

跟窝阔台和察合台系诸王贵族的态度相反，索鲁禾帖妮王妃接到拔都的邀请后立即把几个儿子聚到一起，他们都认为这次选汗肯定对吉里吉斯有利。尤其是忽必烈的谋士们仔细研判了贵由死后的形势，得出了一个结论：蒙古草原上没有人在实力和威望上超过蒙哥。拔都本人也未必有兴趣参加此次汗位之争，他召集召开选汗大会，十有八九是因为他与贵由长期的积怨，不希望大汗之位由窝阔台后人来继承。从拔都与蒙哥的往来书信上可以看出，拔都是很看重蒙哥的。况且拔都近来身体也不太好。

最后，索鲁禾帖妮对蒙哥说：“既然别的宗王不听长兄的话，懒得到他那里去，你就带着兄弟们走一趟，去给撑撑场面，顺便探望一下你们的兄长。”

于是，蒙哥、忽必烈、旭烈兀、阿里不哥，还有他们同父异母的兄弟木哥及大将兀良合台率领一支精骑向西进发了。

大会按原计划在钦察汗国东境的阿脱忽剌兀准时召开。在宴饮数日后，拔都和大家协商达成了选汗的条件：必须选一个有威望有实力有能力的人，这人选是必须经历过事业中的磨难，品尝过人生的苦甜，并在战争中屡次率军获胜的有着丰富阅历的人。

海迷失皇后派去的代表名叫八剌，他因为不是宗亲中人，没有资格参与提出选汗条件的会议。但选汗条件一经确定，八剌便抢着发言。八剌能言善辩，他企图推翻刚达成的选汗条件，妄图让会议按照海迷失的旨意来进行。

他说："窝阔台大汗在世时，曾指定皇孙失烈门为汗位继承人，这是诸王百官尽人皆知的。如今海迷失皇后已指导失烈门在处理政事。今失烈门已经长大，各位却要另立他人，这将窝阔台大汗的遗命置之何地？"

八剌的理由不能说不充分，他话音落下，大家就沉默起来。木哥见此情景，就指着八剌说："窝阔台大汗的遗命谁敢违抗？可真正违抗这遗命的恰恰就是窝阔台的后代贵由，是你们早就取消了失烈门继位的资格，今天还能归罪于谁呢？你们不能只要是对你们有利的时候就废除遗命，对你们不利的时候就又搬出遗命吧？"

因为大家目睹了窝阔台系治政的混乱，有的还深受其害，就都为木哥聪明机智的反驳而叫好。这时，忽必烈站起来，对大家躬一躬身，然后说："我看大汗之位由拔都合汗继承最为合适。拔都合汗是诸王之长，是我们的最高首领。他人生阅历丰富，治政有方，又是一位能征善战的英雄，完全符合选汗的条件。而且他对国家和汗廷的政事最有发言权。我看这样，要么拔都合汗本人继承汗位，要么由拔都推荐另一人来继承。大家意下如何？"

除了八剌外，大家纷纷同意，忽必烈就说："少数服从多数，就此立下文据，以作凭证。"

王鹗拟了文稿，大家在文稿上签上自己的名字。见八剌不动，木哥就说："八剌！少数服从多数，你难道还想拒签吗？"

八剌无奈，只好也签上名字。忽必烈就将文稿呈给拔都，并说："全部通过，我们决不食言或者违背拔都合汗的命令。"

拔都放下文稿，颇有威严地把大家扫视一遍，然后说："诸位既然相信我拔都，那我就举荐一人，他在各方面绝不比我差，只能比我强。我没说谁，大家也能猜得出来，他就是蒙哥！"

众人就异口同声表示同意。蒙哥便起来推辞。拔都走过来，握住蒙哥的手，然后面向众人说："蒙哥不仅符合所有条件，而且按照'札撒'和蒙古人的习俗，父位是传给幼子的。蒙哥的父亲，我的叔叔拖雷，本应继承汗位，但当初圣祖有他的想法，就错过了。现在可以说，蒙哥合汗继承汗位，是我们又回到我们应该遵守的传统上来了，这真是可喜可贺的大好事啊！"

著名将领速不台之子兀良合台也说："蒙哥文武兼备，拔都合汗言之有理！"

会议终于通过了蒙哥为大汗候选人的决定，并定于明年在蒙古本土召开

"忽里台"大会，正式选举蒙哥为蒙古国大汗。

会毕，拔都诚心挽留蒙哥一行在钦察封国多逗留一些时日，可是忽然来人报信说索鲁禾帖妮病危，蒙哥等人便立即告辞，速速回返。拔都担心海迷失采取极端手段，在路上截击他们，就派自己的弟弟和大将护送蒙哥兄弟回去。

当兄弟几人赶回吉里吉斯草原的时候，索鲁禾帖妮又坚强地站了起来，她似乎是在一种信念的支撑下战胜了病魔，看见儿子们安全地归来，索鲁禾帖妮放心地笑了。在这几个月中，察苾始终陪伴在老人家的身边，悉心地照顾老人家的生活。但焦虑和操劳使察苾变得消瘦多了，这令忽必烈对她充满了感激之情。因为额吉离不开察苾，忽必烈就把管理封地的一切事务委托给了刘秉忠，自己就又去了哈尔和林。临走前，忽必烈握住察苾的手说："再坚持一阵，我们很快就会团圆了。"

但窝阔台和察合台系却一直反对拔都推举蒙哥为大汗候选人的决定。他们的理由是推举汗位人选的大会未在蒙古本地进行，诸王也没有全部到齐，因此他们不能服从会议的决定。而海迷失也还在坚持由失烈门继承汗位。为此，拔都特给汗廷写了一封信，他在信中有针对性地着重指出："忽里台"大会应尽快在蒙古草原召开，这没有丝毫问题；至于不能让失烈门继承汗位，是因为他没有丝毫的战功，试想让一个没有实际经验的年轻人来治理一个从日出之处到日落之处的大帝国，是多么轻率和不负责任。

拔都的弟弟别儿哥护送蒙哥兄弟回到吉里吉斯草原以后，就代表拔都筹备"忽里台"大会事宜。他与各宗王贵戚联系，希望他们支持"忽里台"大会的正式召开。但海迷失皇后以及窝阔台、察合台系多数宗王们坚持自己的意见，致使会议日期一再更改。在此情势下，拔都愤然大怒，他给别儿哥的信上说："你拥立蒙哥登上汗位吧，那些背弃'札撒'的人都要掉脑袋!"

拔都召开的选汗大会是在1249年，直到1251年6月，"忽里台"大会才在蒙古本土三河源头召开。海迷失皇后拒绝出席，失烈门等也没有到会。但术赤系、拖雷系诸王，东道诸王全部按时赶到。这些蒙古帝国实力派的参加，致使窝阔台系和察合台系部分亲王也被迫赶了过来。因为如今在本土召开"忽里台"大会，那些原来对在钦察封国选举不予承认的人，再也没有理由坚持了。拔都因病未能亲自来，他委托弟弟别儿哥主持会议。别儿哥让忽必烈协助他维持会场，并让全体都听从忽必烈的话。忽必烈安排异母弟弟木哥操刀守在大帐门口，不准持不同政见者进入；让旭烈兀带领士兵巡视，禁止任何人发表不同意见或大声喧哗。吉尔吉斯的大将兀良合台和来自钦察封国的大将忙哥撒儿等率多支卫队负责会议的安全。正是在如此严密的控制下，蒙哥登上了大汗宝座，成为蒙古帝国的第四任大汗。别儿哥、忽必烈与诸王贵族解下腰带，挂在脖子上，对蒙哥行上九叩大礼。

蒙哥坐在大汗之位上被众人簇拥着，顿时有一种眩晕感，这幸运的降临令他如在梦中一样，简直不敢相信它是真的。

但窝阔台系的失烈门、恼忽等并不甘心就此罢手，他们妄图以前来祝贺为名，在会议上发动政变。

最初发现这一兆头的是吉里吉斯草原上的一个牧民，因为他丢失了几匹马，就到西南的草地上寻找，他无意中遇见了失烈门的骑兵和许多由军队保护的车辆。按理，这样大规模的军队开进吉里吉斯草原是应有蒙哥的人马监视的。但这个牧民环视周围却没有看见本族的士兵。这时正赶上其中的一辆车子坏了，赶车的士兵误以为牧民是自己人，就招呼他帮帮手。牧民在帮忙间发现车内装载着许多兵器，就问："装这么多兵器干什么，怪沉的？"

"你还问我，你们车上不也都是吗？"

这牧民闻听此言，就感到这里边有问题，就悄悄骑上马离开了。这牧民稍微绕了个小圈，就拍马直奔"忽里台"大会所在地。大将兀良合台听了牧民的报告，就将他带去见了蒙哥。因为在蒙古人的习惯中，通常没有过类似的奸谋，所以蒙哥认为这事有些不可思议。

忽必烈说："非常时期，宁可信其有，不可信其无，还是派人去调查清楚吧。"

蒙哥就派兀良合台带一支彪悍的骑兵迎了上去，缴了对方的武器和马匹。经审问，这支军队还真是来援助暴动的。蒙哥一时气得脸儿刷白，立即让旭烈兀率军队疾奔汗廷包围了失烈门等人的人马。经过数天的审问，失烈门等人的大逆不道已经确定无疑了。于是蒙哥就此大开杀戒，黄金家族内部呈现出一片刀光剑影。

蒙哥根据蒙古"札撒"的规定，下令处死了窝阔台和察合台系的亲信一百多人，其中包括大将野里知吉。失烈门等几个亲王未被处死，但下令终身监禁。窝阔台汗国也就此被分化成几个小王国，由他们家系未参与政变的子孙充任王爷。阔端因与蒙哥交情甚好，又一贯不支持海迷失的做法，就任原职未动。海迷失皇后拒不承认新大汗，就与失烈门的夫人一起受审。大断事官忙哥撒儿当众列举了她们迫害良臣并杀死成吉思汗小女按塔仑的罪行，命人将她们各包在一个皮袋中丢到河里活活淹死了。自此，蒙古帝国的权力中心转移到拖雷家族手中。而索鲁禾帖妮在亲眼看见了自己的梦想变为现实后，在盛夏的一个黄昏，静静地将头歪在了察苾的怀中，瞑目长眠了。

在安葬完索鲁禾帖妮后，兄弟们还没有从悲痛中完全解脱出来，蒙古帝国的新大汗蒙哥就开始实施他的宏伟蓝图了。他先是废除了窝阔台系当政时留下的种种弊端，如“宽纵滥责”“政出多门”“群臣滥权”等，尽快恢复了圣祖的“札撒”（即法令）和“必力克”（即语录）所规定的秩序。他重用旧臣镇海和拔都留给他的大将忙哥撒儿，将政权军权集于一身。他严崇祖法，恢复了叛逆斡赤斤的封国，诏其孙儿继承了王位，换得了东道诸国的拥戴。他廉洁自律，“不乐燕饮，不好侈靡”。他事必躬亲，身体力行。他在政权逐步巩固的基础上，便开始调整赋税，充实国库，激发众志，整顿军备。他大力积极地推崇祖宗之法，不蹈袭他国所为。

蒙哥大汗在使国内安定下来后，有一天，他把自己的几个弟弟召集到一起，说：“我请你们看一样东西。”

蒙哥神秘地笑了笑，就带几个弟弟骑上马来到了郊外的空场地，那儿有一些官兵正围着一个铸铁造的长而圆的厚壁铁管。蒙哥和几个弟弟下马后，一个叫郭侃的汉人跑上来，说：“大汗，一切准备就绪！”

“那就开始吧！”

只见官兵往铁管里装填了铁块和石头之类的东西。填完，其他人就往后撤了一些，只有郭侃把点燃了的火把向铁管的下端一挨，那儿便有似爆竹捻子样的东西哧哧地燃着了，他就边向后撤边喊道：“把耳朵捂紧！”

忽必烈等刚将耳朵捂上，就听轰隆一声响，只见粗大的铁管里蹿出一道浓烟，随即二百米开外的一道临时搭砌的石墙就倒塌掉了。

忽必烈被突如其来的响声震得浑身一激灵，还没弄清楚是怎么回事，就见蒙哥兴冲冲地走上前去，边摸拍着铁管边对大家说：“怎么样，够厉害的吧？”

原来这是一种火炮，能平射也能曲射。平射能打三百米开外，曲射能打一百来米。这火炮是郭侃研究出的能攻克城墙和堡垒的武器。蒙哥大汗高兴地说：

“卿能研造出这样威力巨大的火炮，实在是了不起！”

“这全仗大汗英明！”郭侃大声回答。

回到汗廷，蒙哥大汗就对几个弟弟说：“时机已到，我们该去实现圣祖的遗愿了。”

几个弟弟刚观看完火炮试射，都非常兴奋，听蒙哥这么一说，就纷纷请战。蒙哥大汗就立即下令，派忽必烈以皇弟、亲王的身份总领漠南汉地军政事宜，准备向南宋发动进攻；派旭烈兀带领人马向西南亚进军，扩展疆域。

阿里不哥见蒙哥大汗没有提到他，就着急地说："小弟也愿为兄长开疆拓土，厮杀于战场!"

蒙哥拍拍他的肩膀，笑着说："我们四兄弟也不能全部出外厮杀呀？小弟就留在大哥身边，主持封地事宜，协助我料理汗廷事务吧。"

蒙哥将阿里不哥留在封地，就是为了显示他推崇祖宗之法，暗示他将幼弟当"灶主"重用，将其推上"少汗"的地位，为日后的"汗位"选择便宜行事了。而忽必烈和旭烈兀深知，他们将以自己的能力去开疆拓土为自己的生存和前途打拼了。但蒙哥大汗如此安排，也有他对几个弟弟能力的考量在里边。他知道忽必烈是他们几兄弟中最熟悉汉地文化的人；蒙哥大汗唯尊祖法，但他从未对忽必烈召集汉人中的名儒有过异议，这一方面表示他是很尊重二弟的，另一方面也可以说是他早就有此打算了。三弟旭烈兀是一个军事天才，西南亚环境险恶，地形复杂，易守难攻，以前不管是成吉思汗还是拖雷，都没能占领过这些地方，而蒙哥派三弟前去征战，显然是看中了三弟指挥作战的能力。至于阿里不哥，蒙哥大汗显然对他是不放心的。这个小弟脾气暴躁，在各方面都还不成熟，放他出去独当一面怎能行呢？另外，蒙哥也很重视"幼子守灶"的传统，把小弟放在身边跟自己多加历练打磨，也许日后会把他打磨成一个合格的汗位继承者呢。

旭烈兀于1253年率领西征部队从哈尔和林出发。他这次不仅带去了郭侃和火炮，还随军带去了许多工匠。旭烈兀不愧是一代名帅，他表面上少言寡语，但心里的想法却很多。他用一年左右的时间做着出征的准备，他甚至想到：一个善谋的将军，搭起桥来是不如一个普通的木匠的。考虑到西南亚复杂的地势，他就选带了一些工匠。事实证明，他的这个判断是十分英明的，要是没有这一准备，他的西征将是十分困难的。

旭烈兀统率大军经过多年征战，于1264年成立伊利汗封国，忽必烈封旭烈兀为伊利汗。伊利汗国的疆域东起阿姆河，西至地中海，北起高加索，南抵阿拉伯海、波斯湾和北非的部分地区。1265年，旭烈兀去世，其长子阿八哈即位。

第五章　漠南招贤　燕京私访

1251年年末，忽必烈来到金莲川。

金莲川，原名曷里浒东川，是滦水北岸的一片草原，东西长近十里。南北宽二十三里。川中长满颜色深黄的花儿，一茎数朵，若莲大小，六月盛开，遍地金色，故曰金莲花。金世宗曾在此游猎，就以花名命取地名，将此地称为金莲川。忽必烈受命统领漠南，其汉人谋士刘秉忠等就提前出发，把金莲川选为亲王府地。金莲川处在蒙古草原的南缘，往南就是汉地，是草原和汉地的连接处，也是南北交通要道，既有利于南下中原对其实施有效的统治，又有利于与汗廷往来，是一处进可攻退可守的绝佳处所。只是因多年的战争，这里已是荒野一片，再也看不见往日金朝皇帝在此游猎避暑时的盛况了。但不久，先期到达的人就为忽必烈筑起了一片毡包连营的驻屯之所。中为亲王府，左右为毡包宫闱，四周是近臣谋士，内侍宫女与贴身护卫，还有驿站传吏候身之住处。再往外，则是几处兵营，几乎占满了十几里的金莲川。这里将是忽必烈事业的起点，也是忽必烈成就王业的重要阶段，人们习惯上把金莲川和后来的开平王府称为“漠南潜邸”。

这年，忽必烈只带着察苾和长子真金及所属军队开进了金莲川。此时正逢天寒地冷、山瘦水枯的季节，放眼望去，景色很是惨淡荒凉。忽必烈忍不住对察苾说：“怎么选了个穷山沟做府第呢，我这又不是出家，亏这和尚想得出。”

因为刘秉忠是出家人，所以忽必烈在心情不好的时候就背地里称他为“和尚”。察苾对眼前的住地也颇为失望，但她想到忽必烈身上担当的重任，就安慰他说：“刘秉忠不是说这里进退都很方便吗！等我们安定下来，再好好安排吧。”

晚上，大臣跟谋士给忽必烈设宴接风，也没能提起他的兴致。刘秉忠几次想跟忽必烈说些什么，见他一副心不在焉、闷闷不乐的样子，就没敢吱声，只好早早地就结束了酒宴。第二天，太阳都升起老高，忽必烈也没有去亲王府升帐议事，而是懒懒地待在寝帐中愣神。察苾看他没精打采，就拉着小真金悄然出去了。待到中午，察苾突然笑着走进来说：

“亲王，霸突鲁看你来了！”

“霸突鲁在哪儿？”

“在亲王府等你呢。”

霸突鲁是成吉思汗的开国元勋木华黎的孙子，与忽必烈自幼相交，年长后更成为知己。其祖父木华黎曾受圣祖之命统军治民经略中原，并被诏封为太师、中原国王，子孙可代代继承。木华黎死后，子孙袭其爵。霸突鲁长期在汉地生活，对中原形势了如指掌。故忽必烈听说霸突鲁前来，就似换了个人似的，急忙和察苾去了亲王府。挚友相见分外高兴，互相问候之后，忽必烈就嘱察苾吩咐下人摆上酒菜。忽必烈因初到汉地，就不断地打听这里的情况，霸突鲁倾其所知一一详答，不知不觉间竟聊到了晚上。待察苾端上茶来，霸突鲁就问：“亲王把亲王府放在此地，可是煞费苦心了吧？不知你们是请了哪位高人，这一定是深谙《易经》之妙的人才会有此慧眼啊！”

“哦？”

忽必烈把霸突鲁上下看了看，便问：“此话怎讲？”

“我在汉地待得久了，多少知道些汉人的风水之说。你看，亲王府脚踏金莲川，南依滦河水，北靠南屏山。依背山水，脚入金宝盆，这是吉祥之地呀！这里人把这样的地势称为‘龙岗’。‘龙’为历代中原皇帝所独崇，汉人把他们的皇帝就称作‘真龙天子’。而且这些地方是连接汉地与草原的交通要道，各方面优势集于一身。可见，能为亲王选择此地之人是神通八卦的高学大儒啊！”

忽必烈听完霸突鲁的讲解心里顿时豁然开朗，他竟然高兴得情不自禁地哈哈大笑起来。

“那好，霸突鲁，我就让你见一见这位高学大儒。”

察苾见忽必烈已变得心情这样好，就喜笑颜开地走开了。

刘秉忠等一干谋士近臣正忧心忡忡难以入眠，听忽必烈这时诏见他们，就迅速来到了亲王府。忽必烈先介绍刘秉忠，霸突鲁就笑着作揖而拜道：“原来是海云大师的高徒，佛界的精英，看来亲王的事业将有神相助了！”

接着，忽必烈又将王鄂、廉希宪、郝经、赵璧等众人做了介绍。霸突鲁暗自赞叹，真不愧有“贤王”之称，竟网罗了这么多的高儒名士。阔阔和阿里海牙跟霸突鲁早就熟悉，就以相拥做见面礼了。忽必烈环顾众人，悄声问察苾：“姚枢怎么没来？”

“先生已经安寝，就没叫他。”

忽必烈想想就冲察苾会心地笑了。原来这姚枢是一个极其耿直而又倔强的人，他要是睡着了，任谁也不能打扰，不然就跟你急。但他又是有名的大儒，与窦默、许衡齐名，都崇尚程朱理学，提倡内圣外王的思想。忽必烈和察苾对姚枢十分尊敬，他们的小王子真金就在跟姚枢学习汉家文化呢。

霸突鲁久居中原，对汉人的礼数和文化颇为了解，他很快就跟刘秉忠等欢声笑语地畅谈起来。他最后又看似对大家说实则是提醒忽必烈道："亲王久居漠地，对汉地只有耳闻而未有亲历，治理汉地跟治理草原绝非一个模式可依。你们中有许多汉地名士，深谙汉地民俗与文化，今后在汉地治理上还需大家多出谋献策，齐心协力辅助亲王。亲王胸怀天下，广纳贤才，大开言路，从善如流，相信用不了多长时间，中原的面貌就会焕然一新的。"

忽必烈拍拍霸突鲁的肩膀，真诚地说："你的到来为我拨开了乌云，让我看见了阳光。说心里话，我们意气风发地从草原出发，就是想来做一番大有作为的事业。可到了这里，突然看不见遍野牛羊，看不见辽阔无边的草原，我就猛然心慌起来，知道今后的一切都不可能再沿用治理草原的老办法了，可是又苦于没有新思路。霸突鲁刚才说的话如醍醐灌顶。我想有在座各位的鼎力支持，只要我们集思广益，不断地探索，就没有战胜不了的困难，就一定能寻出好办法来。察苾，去上些酒来。"

侍从摆上酒宴后，忽必烈就起身朗声道："我必须敬敬大家。我忽必烈从今日起，将视你们为我的手足兄弟，不知你们可愿否？"

大家起身齐声回答："谢亲王待我等亲如兄弟，愿为亲王赴汤蹈火，在所不辞！"

众人皆举杯欢呼，然后一饮而尽。

夜深人静的时候，忽必烈和察苾还没有睡意。察苾见忽必烈还处在兴奋之中，就试探着问："治理汉地就得抛掉治理草原的老办法，可蒙哥大汗言必称'札撒'，他那儿能行得通吗？"

因为兴奋，忽必烈还没有认识到问题的严重性。

"想当年木华黎主政中原，圣祖还曾赐其九脚百旄纛，说'木华黎建此旗以出号令，如朕亲临！'难道我的权力还在他之下吗？临来时，蒙哥再三交代，漠南事宜全权由我定夺，大哥焉能失言？"

"就怕蒙哥大汗日后有什么疑心。"

"放心吧，只要我们是诚心诚意地辅佐大哥，他就不会有什么想法了。好了，睡觉。"

第二天早晨，霸突鲁前来告辞，忽必烈夫妇依依不舍地将他送出很远。不得不分手了，忽必烈拉住霸突鲁的手说：

“我没路走时，你来给我搭了桥，你来得真是及时啊！”

“亲王善于纳谏，中原有幸啊！”

送走霸突鲁，忽必烈就升帐议事。忽必烈端坐在王位上，面向文武百官和谋士亲从，朗声读了大汗的诏旨。大意是命他积极准备，时机成熟就挥师南下，并将漠南之土地及今后新开拓的领土都封给他，连同这里的军队，包括此前在这里的蒙古军队和归附的汉人军队。一切事宜，由他全权处理，并有监察全部中原地区的权力。众人听后，为此欢呼起来。因为单是现在的漠南之地就东起燕地，西至秦陇，其疆域比数个封国还大呢，大家怎能不欢呼雀跃？可是忽必烈忽然瞧见那位姚枢先生却脸色忧虑、闷闷不乐，难道是先生没有睡好吗？

升帐结束后，忽必烈就叫谋士幕僚们给亲王府起个名字。有说叫“龙岗幕府”的，有说叫“曷里浒东川幕府”的。而这些又被王鹗等儒士一一否定，叫“龙岗幕府”有僭越之嫌，叫“曷里浒东川幕府”又似非蒙非汉，称之拗口，读其有老气横秋之味。刘秉忠就说：“还是请王妃说个名字吧！”

“让我说，我们既然是来治理汉地的，就干脆用个纯粹的汉化名称吧，就叫‘金莲川幕府’怎么样？”

刘秉忠就连声说：“这个名字好！好啊！把美不胜收的金莲花之意融入其中，很有寓意呀！”

大家也都认为这名字恰到好处。

“既然都认可，就这么定了！”

忽必烈说完就朝察苾投去赞许的目光，可他无意间又瞥见了姚枢，见他还是忧心忡忡、一言不发地坐在那发呆，就忍不住问：“姚先生身体不适吗？”

姚枢摇了摇头，也不言语，忽必烈就走过去坐下，轻声问：“姚先生，我刚才读完诏旨大家都很高兴，独先生面带忧色，您能跟我说说为什么吗？”

“唉，亲王！今天下土地之广，但真正能称得起富庶的地方是哪里呢？”

“恐怕只有汉地了。”

“那大汗把它封给了亲王。而大汗诣旨上说，今后要征服的南宋之地，那更是一片殷实之地，大汗还要封给亲王。大汗把最好的土地都封给了亲王，那大汗本人要什么呢？大汗可能让亲王凌驾在他之上么？”

“这，我怎么就没想到？”

“亲王军民土地尽皆有之，那大汗还能做什么呢？这就是我忧虑的事情。”

“那依先生之见呢？”

“倘若有一天大汗来收回土地，不如亲王现在就辞去封地之赏，只掌兵权，这才不失明智之举，免得大汗日久生疑。汉人中有句话是这样说的‘普天之下莫非王土’，谁敢跟皇帝争土地呀？”

忽必烈想了想，就紧握住姚枢的手摇了摇，说：“多谢先生提醒，不然就被我误了大事！”

“只有这样，亲王才能施展开拳脚而不受汗廷羁绊，因为亲王怎么做都是在为大汗做事，大汗岂有不乐的道理。而亲王掌控军队就握住了实权，又有谁敢小觑？”

“好！如此，连粮饷都有汗廷供给了，省去了不少麻烦。”

忽必烈马上就写了一封书信，派人快马送交汗廷。蒙哥大汗看完信后，对二弟忽必烈越发敬重，随即回书恩准。忽必烈没有了顾虑，便顿感获得了更大的自由。此时经姚枢的推荐，另两位大儒窦默和许衡也来到忽必烈身边，再加上新到的郝经、商挺、张德辉等，一时间金莲川幕府英才荟萃，群星闪耀。大家纷纷谏言，希望忽必烈能够像北魏孝文帝那样实行汉法，“下明诏，蠲苛烦，立新政，去旧淤，登新茂异，举用老成，缘饰以文，附会汉法”。

郝经对忽必烈说：“能行中国之道，才可为中国之主。”

徐进隆也建议：“欲帝中国，当行中国事。”

刘秉忠则以汉代陆贾“以马上取天下，不可以马上治”的道理劝说忽必烈实行汉法。而对忽必烈实行汉法推动最有力的当属许衡。许衡以兄弟之间的争吵为比喻，批评民族间的隔阂。这个故事的大意是，有一对兄弟因小事而互相恶骂，这个骂对方的父亲，那个咒对方的母亲，殊不知兄的父母也是弟的父母。许衡说：“元者，善之长也。所以善大，则天下一家，一视同仁。天下不分胡越，民族都是平等的。”

许衡从“元”字的训释入手，引出天下一家的民族思想，劝谏忽必烈以民生为重，实行汉法。并说魏、辽、金能用汉法，历年最多，其他不能用汉法，皆乱亡相继。当然，许衡也考虑到推行汉法必然遭到蒙古贵族中守旧势力的抵制，建议实行汉法要循序渐进，不可一蹴而就。

窦默则称赞忽必烈不因循守旧，善于集思广益，虚心纳谏。

汉人谋士都竭尽全力想使忽必烈明白无误地认识到：治理汉地必须施行汉法，创建制度才能恢复秩序。那么这些本来处于隐居或半隐居状态的汉儒为什么都“出山”来辅助忽必烈呢？因为经过多年的战乱，人们渴望和平，这些汉族的儒生们终于在忽必烈这位蒙古“贤王”身上看见了希望。他们认为忽必烈就是一位既能使他们保全身家性命，又可以与他们共同治理天下的英明君主。他们奔走相告，把忽必烈的“爱民之欲，好贤之名”迅速传遍天下。人们争先恐后地推荐自己了解的人才，一批有识之士很快就云集到金莲川幕府来了。昨日僻陋的金莲川，今天变成了吸引人才的圣地了。

不久，察苾的老师元好问也来了。元好问并不是来这里久居的，而是应察苾之邀来看望他的学生的。在与察苾的多次交谈中，他敏感地意识到忽必烈的思想正在发生变化。为了让忽必烈早日认识到治理好汉地就必须采用汉法，元好问就会同姚枢、窦默、许衡等众人，恳请忽必烈接受“儒教大宗师”这一称号，并建议遵照耶律楚材的方针，考选儒士，减免儒户兵赋等负担。忽必烈欣然接受了“儒教大宗师”这一称号，此举，不仅让汉儒受到了统治者的关照，也表明了忽必烈坚定了他将以儒学安治天下的决心。

正当忽必烈和谋士们在金莲川幕府研讨治国之道的时候，忽必烈治下的邢州地区传来令人头疼的消息，由于当地的统治者答剌罕不懂汉地情况，横征暴敛，导致当地百姓纷纷逃亡，使本来比较富庶的地区变得贫瘠荒凉了。

当地贵族向忽必烈陈述详情，希望亲王尽快选派良吏前去抚治。刘秉忠与张文谦同为邢州人，便建议忽必烈派人前去治理。刘秉忠说：“有邢州封君的请求，我们正可以趁机在那里试行汉法，如成效显著，可推而广之。”

忽必烈就委任蒙古人脱兀脱为断官，其他安抚使张耕、商榷使刘肃、安抚司“幕长”赵良弼等皆是汉人。几人得令，迅速走马上任。

元好问在金莲川盘桓一些时日后便要回去，忽必烈和察苾就把他送出很远，临分手时，元好问对忽必烈说：“亲王要在中原大展宏图，燕京（今北京）势必据之。自古幽燕之地龙盘虎踞，形势雄伟，南控江淮，北连朔漠，战略位置十分突出。亲王欲治理天下，非控制此地不可。”

“先生之言正合我意。”

元好问给忽必烈提出这条建议后，不久就病逝了。噩耗传来，忽必烈夫妇悲痛不已，尤其是察苾，一时哭成了泪人。

转眼春天到了，金莲川树青草绿，景色宜人，一天升帐后，忽必烈又留下一些近臣谋士，对幕府事宜做了一番安排，就与察苾带郝经、阿里海牙、阿术和一支卫队悄然去了燕京。

燕京，周代是燕国的都城，名蓟。汉代起，以蓟城为幽州府第，改为幽州城。辽朝统治以后，燕京是辽农业地区中最大的城市。女真贵族完颜亮夺得皇位后迁都燕京，并将燕京改为中都，成为金代的首都，在全国政治生活中的地位又大大提高了一步。

忽必烈以前没有到过燕京，当燕京城越来越近时，他开始为这座城市的雄伟壮观暗自惊叹了。离城三里地处，忽必烈叫阿术带卫队在此停歇听令，自己和察苾带郝经和阿里海牙及六个贴身护卫先微服私访燕京城。

进了城，逛了几条有名的大街后，忽必烈不禁眉头紧皱，虽然这里不乏林立的商铺，临街的摊贩，穿着时髦的显贵达人，俏丽迷人的美女，但更多的是衣着褴褛、面黄肌瘦的穷人和乞丐，这离他想象中的景象相去甚远。又逛了几条街，郝经就小声问："亲王，还想到哪儿看看？"

"你们给我戴了顶'儒教大宗师'的帽子，你说我们应该拜访哪里呀？"

"哦，亲王是要去太极书院。"

元初以前，朱熹的理学只在南方盛行。后蒙军在德安（今属江西）之战中将南方名儒赵复俘获。赵复被俘后，得到了姚枢的悉心照顾，便应姚枢聘请北上燕京讲学，把朱学的种子带到北方。后来，北方名儒杨惟中曾去汗廷任中书令，受乃马真排挤，愤然离开汗廷到燕京，以自身家产在此建太极书院，请赵复为师儒，广收弟子，传播理学，以此明志。

走进青砖覆地的太极书院，几个人伫立在一棵粗大的老槐树的荫庇下，听着从书院大厅里传出来的整齐的诵读声，在氛围上就能感觉到与闹市的巨大反差了，人的内心深处也变得肃然起来。不一会儿，郝经便引杨惟中和赵复走了出来。因为杨惟中在汗廷做过官，他来到忽必烈跟前便要行跪拜大礼，忽必烈上前拦阻住他。忽必烈说："孔孟之地，唯崇师道尊严，今我等特来看望两位德高望重的老先生，请许我等执学生之礼！"

忽必烈和察苾等便躬身行礼。杨、赵二人见了便赶忙回礼，然后便引他们进了客房。忽必烈详细询问了太极书院的教学事宜，再三赞许后又说："素闻唐朝文化的繁盛是多元文化取长补短兼容并蓄的结果，这很值得我们关注。"

忽必烈一句话，敏锐地点出了当时已出现的儒道释互相排斥、唯我独尊的文化分裂势头，这令两位名儒肃然起敬。

正说着，一儒生匆匆进来对杨惟中说："课税的来了！"

话音刚落，外边便传来吵嚷声。杨惟中冲忽必烈施了个礼，赶紧和那位儒生出去了。

忽必烈问赵复："学院也需纳税吗？"

赵复就用手慢捋胡须苦笑，答道："教学行中要纳银，生徒寥落太清贫。唉，别说学院了，这燕京城是连乞丐都不得免税的。"

这赵复的话中显然饱含了讥讽与无奈，可忽必烈不仅没有生气，反而顺其意接了两句："可怜一片繁华地，空见春风长绿蒿。"

忽必烈等离开太极书院，就又到街上溜达。他们走走停停，有时跟小摊贩主聊聊天，有时还走进一些商铺买点小零碎，随便跟商家拉拉话，有时似真似假地借着跟街上老百姓打听道，顺便也问点什么。遇着汉人就由郝经上前，遇着蒙古人忽必烈就亲自跟人家攀谈。郝经是儒士打扮，忽必烈和察苾是蒙古庶众的穿戴，故走在街上也不引人注意。而阿里海牙与六个卫士则跟他们保持了一定的距离，装作不认识的样子，分散到街上的行人中去了。他们这样溜达着就到了晌午，忽必烈就说："郝经，找家饭庄歇歇吧。"

察苾听了抿嘴一笑说："逛了一上午的街，还真感觉饿了呢。"

于是他们进了当街的一家饭庄。阿里海牙见了，就使了个暗号，几个护卫就在饭庄附近散开了，为了不引人注意，有的还在路摊买了小吃细嚼慢咽起来。阿里海牙见护卫们已各就各位，这才走进饭庄，捡了个临窗的位置坐了下来。这时忽必烈那三人已开始用菜，他们只要了几个简单实在的小菜，一壶老酒，看起来和他们的穿戴很合宜。阿里海牙独自一桌，他把裹了刀的包袋往边上一放，只要饭菜不要酒。饭庄除了他们几个人外，还有四个官府当差打扮的人围聚在一桌说笑着喝酒。忽必烈这桌人边吃边说些无关紧要的话。正边吃边聊着，又从外面走进三个人，一男一女俩大人拉着一个七八岁的小女孩，都衣服破旧得不成样子，进得门来就跪下来哭哭啼啼地讨要饭吃。跑堂的小伙计赶紧过来往外撵他们。

"赶紧出去！赶紧出去！客人们正在用饭，你们在这连哭带叫的算是什么呀？"

"小伙子，行行好，就给我女儿点饭吃吧，她饿得连路都走不动了。我们是打邢州来燕京投奔亲戚的，不想亲戚家出了大事，我们是走投无路了！"

做母亲的一边抹眼泪一边哀求着，小伙计就面露难色地说："不是我不想行好，只是来这里要饭的也太多了，谁都施舍，我们这饭庄就无法再做下去了。"

这时里边喝酒的那桌有人不耐烦了，喝道："快让邢州穷鬼滚出去，哭丧似的，难听死了！"

见有客人发脾气了，小伙计就急得开始往外推搡这一家三口人。这时忽必烈和察苾悄声说了些什么，就见郝经走过去，拉住小伙计，说："算了算了，看着孩子饿得怪可怜的，上我们这桌吃些饭吧。伙计，你就掂量着给上些饭菜，钱算我的。"

说完，郝经就把这家人都扶起来，带过来坐下。俩大人千恩万谢，察苾就把自己那碗才吃了几口的饭给了小女孩，又把桌子上的菜推了过去，忽必烈和郝经也把饭给了那两个大人。

他们确实是饿坏了，端起碗就狼吞虎咽地吃了起来。察苾说："慢点慢点，慢慢吃！饭菜还会上的，千万别噎着！"

吃过了饭，郝经又叫了茶水给他们喝。

"别急，坐这歇歇，喝点水！"

忽必烈见这三人有了精神，就问那男子："老乡，你们在邢台怎么就生活不下去了呢？"

"唉，恩人！我们是交不起赋税出来的呀！"

据这男子所述，他家祖辈都是邢台的种田人家，原先过的还可以，去掉交的正常租税外，一年还能混个温饱。可这些年各种名目的赋税越来越多，除了正常的租税外，什么使臣经从、调遣军马、粮食器械等一切公用，都得从百姓身上出银，种田人一年田里所得是入不敷出，白辛苦还不算，还弄得负债累累，没办法只得举家外逃来燕京投奔亲戚。谁料昨天在燕京菜市口正逢上扎鲁忽赤（即大断事官）监斩行刑，那真是说砍就砍，一连气竟砍下了二十八颗人头。而这时正逢上有人献一环刀，扎鲁忽赤就令人将受过杖刑释放了的小偷追了回来，亲手试刀将小偷人头砍下。而那小偷不是别人，却正是他要投奔的亲戚。万没想到，本欲来这投奔亲戚，谁想却得给亲戚收尸善后。眼下是叫天天不应，叫地地不灵，实在是无路可走了。

男子述说完，就绝望地叹起气来。忽必烈对郝经耳语几句，郝经听完就转向男子说："老乡，你们身无分文，在燕京又没有亲戚投靠，是待不下去的，最近我听朋友说，忽必烈亲王已派官吏奔赴邢台推行新政，目的就是能让百姓安居乐业。这样吧，我看你还是速回家乡去，那里毕竟有自己的田地，种田人离开了土地又怎么能生活呢？"

郝经见这男子点头，就拿出些银两放在他的面前。

"老乡，用这点银子做盘缠吧，剩下的就买些粮食和种子，趁着春天赶紧把地种上，也好有个指望。"

男子听到这就赶紧叩头谢恩。察苾就又让小伙计给包了些馒头和咸菜，交给这一家三口，还问了他们的住处和姓名。这家人就千恩万谢地走了。

第六章　四处探访　欲取中原

忽必烈亲王在燕京微服私访一天，晚上则出燕京城与阿术会合。第二天一早，忽必烈等皆穿戴上汗廷官吏服装，率卫队再进燕京城。燕京城扎鲁忽赤布只尔得到急报，来不及召集文武官员，只带上身边几个随从慌忙到城门迎接，见到威严肃穆的忽必烈亲王，他也顾不上有众多的百姓围观，就连忙下马跪伏，模样颇为尴尬。

“布只尔迎候来迟，恳请恕罪！”

忽必烈就连正眼也不瞧他一下，马不停蹄继续前行，布只尔只好连滚带爬地赶上去，再次跪伏在路边。忽必烈放慢马步，目视前方，朗声道：

“布只尔，你不在刑场试你那把环刀，怎么有空闲跑到这里下跪来了？我今天可是专程来看你是如何草菅人命的啊！”

闻听此言，布只尔吓得立时脸色惨白，浑身抖颤，只见他一边在地上紧爬，一边不断磕头，还一边欲加解释：“亲王明……明鉴！那都是……是一些刁民，是……”

忽必烈不容他分说，就厉声道：“住口！你贪得无厌，连乞丐都得纳税，百姓不偷不抢还能活命吗？你不思悔过还竟诡言欲辩。来人啊！将这个蠢货立即赶开！”

几个护卫挥鞭兜头罩腚的打将过去，布只尔疼得连号带叫滚到一边，然后顾不得疼，赶紧狼狈地跑回了邢台衙门，与文武官员一起站立迎候，不敢怠慢。可忽必烈转眼间就像换了个人似的，离老远就翻身下马，笑容满面地对布只尔拱手道：“兄弟只是从此路过顺便拜见大人，何劳这许多文武官员迎候，真是愧煞本王啊！”

布只尔赶紧率众官员跪地叩头，他还泣泪俱下地说：“卑臣知罪，卑臣知罪了！”

忽必烈示意大家平身，并亲手扶起布只尔，相扶相搀地走进邢台衙门。跟众官员寒暄后，忽必烈表示要与布只尔单独会晤。见众人退出，布只尔就又跪伏在地，连称“知罪”。忽必烈赶紧拉他起来，与他共坐。

见布只尔浑身还在发抖，忽必烈就心中暗笑，知道对他的威慑见效了，就平平静静地说："本王奉大汗之命总领漠南军政，兼监察中原政事。今抽空巡察各地，突然接到不少来自燕京的冤情上诉，大多是控告你布只尔滥杀无辜，滥加赋税之事宜。今入城来，为表我汗廷重视民意，特对你严加训斥，以释众愤，此举实属无奈之举，望大人见谅。"

布只尔听说，就又要跪伏谢恩，被忽必烈拦住。

"唉，这里只你我兄弟说说知心话而已，勿要做那些官场礼数。"

"亲王如此相待，卑臣实是有愧！"

"唉，你也是一时糊涂，竟将大汗委你治理地方的重任忘到了一边。大汗日理万机，翘盼国泰民安，若是知你酷刑重赋相待百姓，私用前朝皇榻龙椅，必将龙颜大怒，到那时……"

布只尔闻言，身子一软，就跪伏在地，连连磕头："亲王救命！万望亲王救卑臣一命，卑臣愿为亲王牵马坠镫！"

"唉，快起来！快起来！"

"亲王不应，卑臣唯有一死了！"

"唉，我实话相告与你，好在那些冤情诉状被我一并扣下，大汗尚且不得而知呢。我念你是老臣，往日为汗廷尽心竭力，今日特亲来相告。望你即刻起要善待百姓，轻徭薄税，聚拢民心，积攒善政，如此，他日事泄，也好为你辩护，本王一番好意你可知否？"

"多谢亲王明示，卑臣即刻就遵办无余，百日之内定见成败，否则，愿亲王治罪！"

"好，爽快！快快请起吧！"

布只尔这才爬起来。忽必烈就挽起他的手一起走到庭院，满面春风地出现在文武官员面前。布只尔庆幸自己躲过了一劫，便要大摆筵席为忽必烈接风，忽必烈拒绝了。忽必烈说当今大汗都严守"札撒"，节俭简朴，"不乐燕宴，不好侈靡"，我等做臣子的更应效仿力行。还说，眼下燕京流落街头的难民数不胜数，诸位如真心敬我，就请速在街头闹市广设粥场，替本王施惠于那些嗷嗷待哺的难民吧。众臣便齐跪于地，大喊亲王不愧于"贤王"之称号。

忽必烈离开燕京行台衙门，便去了一处临时作为府邸的客栈。在这里他大宴燕京城统兵的蒙古将帅。将帅们见亲王频频举杯，美丽的王妃频频给大家斟酒，名震草原的名将阿里海牙也跟他们兄弟相称，就都激动万分地狂饮不止。尤其将帅都得知了早晨布只尔被痛加训斥的事情，而他们却在这里受到亲王的厚待，谁能不心存感恩和骄傲之情呢？他们一再表示愿为亲王随时效命，而忽必烈则一再言明自己是向诸位劳苦功高的将帅们请教来的，只愿漠南与燕京互为声援，为蒙古国开疆拓土，为大汗效命尽忠。

第三天早上，忽必烈一行就悄然离开了燕京城，待城内布只尔和文武官员得知消息前去相送时就为时已晚了。他们只有小心翼翼遵照亲王的旨意广设粥场，减免赋税，善待百姓了。不然，说不定什么时候这位亲王再来一次，可就难以开罪了。可见对布只尔的恩威并重之法已立竿见影，而对燕京将帅的恩宠也使他们对忽必烈感恩戴德了。

燕京之行目的既已达到，忽必烈就又快马加鞭奔赴邢州，他在听取了新到任的断事官脱兀脱、安抚使张耕、商榷使刘肃、安抚司“幕长”赵良弼的汇报后，就召见了邢州两个答刺罕，答刺罕意即自由自在之王。蒙古可汗分封功臣勋戚时，赏赐土地，以该地的赋税徭役归之，称之为某地的“答刺罕”。授称“答刺罕”的人都是有功之臣，或是有功之臣的子嗣。但这些蒙古人不懂农业生产，只知敛财，自定的苛捐杂税种目繁多，百姓苦不堪受，只好辗转逃亡，致使大片的土地无人耕种，变成荒野。

面对两个答刺罕，忽必烈温和地说：“我知道你们的祖辈是圣祖的功臣，当年王罕要偷袭圣祖，是你们的先辈冒着危险救了圣祖。你们是有功之臣的后代，本王对你们也是相当尊重的。我现在只是问几个问题，你们如实回答就是。”

“亲王但问无妨，我等一定据实禀告。”

“当年把土地分封给你们的时候，有多少民户？”

“原有民户过万。”

“现在呢？”

“只剩六七百户。”

“难道是土地越来越贫瘠不适耕种了吗？”

“这倒不是。”

“那是何故？”

“卑臣也搞不明白，所以才请亲王派人治理。”

“怎么治理？”

“亲王代管也可以，接收也可以，或干脆收回封地也可以，免得我们还得按实际亩数向汗廷纳税进贡，我们实在是承受不住了。”

“你们是想让本王替你们承受纳税进贡之责任吗？”

“不敢，不敢！我等只恳求亲王救我等于水深火热之中。”

“那好吧。封地还是你们的，这是圣祖的恩泽，本王不能改变，只是你们不要干扰臣吏的管理就是了。”

“我等只有感恩，哪还敢干扰臣吏？”

“你们该得的会按实际户数按政策一分不少的给你们的。还有什么说的没有？”

两个答剌罕连声谢恩，退了出去。

与此同时，察苾去看望了在燕京遇到的逃难的那一家人。那家人得知察苾是王妃，就激动得不得了。他们详细地对察苾讲述了回来的情况，土地照样归他们种，年底按收成好坏酌情缴纳赋税，总之，他们觉得这下看到希望了。

察苾回来把这些讲给忽必烈听，忽必烈高兴地说：“邢州本是富庶之地，又地处交通要道，来往商人不断，是个天然的聚宝盆啊！可是我们的蒙古使臣不懂治理，只知敲骨吸髓，都已把它吸成一根干骨头了。不过这样也好，我们要是能使一根干骨头最终变成血肉丰满的大活人，那对治理别的地方可就有很大的借鉴作用了。”

“你是说把这地方当成试点，成功之后，再把经验推广出去么？”

“就是这个意思。我看张耕和刘肃他们的想法很好，他们不但要发展农业，而且还要兴办铁冶以资助官府的财政，印刷纸钞以满足商业流通，整肃吏治使之能恪尽职守等，这些的确都应该试一试。看来汉人在这方面确实比我们有经验，你看咱那两位答剌罕，守着个聚宝盆却愁眉苦脸的，这聚宝盆在他们手中成了烫手的火盆了，恨不得一下子就丢出去了。”

“可不是么，他们还把一些好地改成牧马场了，你说他们都是怎么想的呢？”

“他们是用屁股思考问题的蠢货！”

“就是的，一点也不动脑子。”

“汉人在这方面就积累了很多经验，他们从小就在这种环境中生活、学习、实践，我们不得不承认，在汉地的治理上，我们确实不如他们。我真希望大汗能认识到这一层，这样很多事就好办了。”

“我看大汗也不是一点认识也没有，不然他就不会让你来主持漠南的军政事务了，只是他没你认识的深刻罢了。”

“大汗确也有他的难处，这我知道。你想蒙古草原上那么多宗王贵戚都在行必看‘札撒’、言必称‘必力克’，视汉制为洪水猛兽，在这种环境中，大汗也只能推崇祖宗之法，不然草原就会乱象丛生了。”

“你说的也是，只是在汉地推崇祖宗之法就会适得其反了。”

“说得有理，在草原推崇祖宗之法，在汉地就得推崇汉人之法，汉人书上说的因地制宜恐怕就是这个意思，文化、环境变了，方法也要随之改变。”

“没有一成不变的方法，只有能‘适应’的才是好方法。”

“你说得太对了！”

“我这是受了你的启发才想到的。”

“互相启发嘛！”

“不，你是正论，我只是补充。”

两人都笑了起来，这番讨论令他们的心情很是愉快，所以，忽必烈就用别有意味的眼神看着美丽的察苾问：“我们今晚得好好睡一觉了，是不是？”

察苾装作浑然不知的样子说：“你要是怕打扰，我可以单独睡的。”

“那我不成了刘秉忠了吗？”

“你又拿刘先生开玩笑！”

察苾假装生气了。忽必烈说：“你千万别告诉刘先生，我哪敢得罪他呀？这要是叫他知道了，还不得一个劲儿地冲我叨念起‘阿弥陀佛’，叫我不得安生啊？”

“阿门！”

“阿门”是基督教祈祷的结束语“但愿如此”的意思。忽必烈听了就胳肢察苾，察苾已有准备，就飘然一个转身，嘴里喊道：“阿术！”

“阿术在！”

阿术身法灵巧地随声现身，听候吩咐，忽必烈只好做肃然状，说：“收拾一下，明天早起天亮出发。”

“遵旨！”

阿术转身离去，忽必烈和察苾都捂嘴笑了起来。

离开邢州，一天行至真定地区，望着满眼绿油油的田地，被绿树环绕着的一处处宁静安详的村庄，还有四通八达的平坦的道路，忽必烈感叹道：“来到真定，如同换了人间，看到这里的百姓过着安稳的日子，我就不得不佩服汉人的治理能力。”

郝经手指前方说：“再往前去就是世侯史天泽的府第了，他是真定、河间、大名、东平、济南五路万户，是统率中路汉军的兵马都元帅，也是唯一一家享受裂土分封待遇的汉人世侯。”

“久闻其名，只是未曾谋面，今从此过，我们就打扰一下吧。阿术，你带人绕道过去，不得惊扰百姓，在城北等候。”

忽必烈、察苾、郝经和阿里海牙四人微服进城寻到世侯家宅，只见门前无一兵守卫，清静得很。郝经皱了一下眉头道：“世侯许是不在此住了！”

忽必烈看看四周，见大门敞开，地面洁净，两旁花木似有水珠在太阳光照下晶莹闪光，就微微一笑，大步往里走。绕过影壁，穿过前院，在要进入内院之前，忽必烈就朗声道：“天泽大哥在家吗？天泽大哥在家吗？”

这样叫着踏入内院，忽必烈的叫声突然戛然而止。只见庭院的地上跪满了人，忽必烈一拱手说：“诸位快快请起，还请天泽大哥召见小弟！”

居首的中年男子跪伏不动口中答道：“这里没有什么大哥，只有臣子史天泽及家人恭迎亲王驾到！”

忽必烈急步上前扶起史天泽，朗声大笑道：“久闻兄长大有君子之风，今日相见，果然非同凡响，真是相见恨晚哪！”

那边察苾也从旁搀史天泽的妻子起身，并呼众人起来。史天泽带忽必烈和郝经入厅坐定，那边察苾却非要与史天泽妻子叙叙家常，则去了内宅。忽必烈简单地告知了自己的邢州之行，便笑道：“敢问兄长，愿与小弟小酌几杯否？小弟实愿与兄长多坐一会儿？”

“亲王何必客气，臣子与亲王相酌实是三生之幸事。”说罢，便唤人送上酒菜，其速度之快令人惊叹。两人坐定，史天泽就问：“亲王大驾光临，对臣子可有遣令？”

“只有看望，没有遣令。”

“没有遣令，有何吩咐？”

“只有讨教，没有吩咐。”

“臣子无能，岂敢令亲王讨教，折煞臣子也！”

“兄长治下，民无怨声，地无荒弃，府舍俨然，道路齐整。弟一路观之，深有感慨。弟久居漠北，不懂中原之农事，今受大汗之托主汉地之事，实是盲人骑瞎马，不敢越雷池一步。今幸遇兄长，岂有不讨教之理。弟心恳切，万望兄长体恤帮扶小弟，以使小弟不负使命。兄长如不嫌弃，就请与小弟同饮此酒！”

忽必烈说罢深鞠一躬，这令史天泽躲让不及，慌忙中与忽必烈酒杯相碰，铮然一声，酒尽泪流，然后便相视大笑。没了戒备，史天泽便有问必答，将其治下的经验尽其所有全部告知。俩人就越谈越投机，越喝就越倾心，真就是大有相见恨晚之意。后多亏察苾和史天泽妻子过来劝阻，忽必烈才再三说，天色已晚，就此告辞。史天泽就也不加挽留，将忽必烈几人送到大门之外。

出了真定城，察苾说："还从没见你喝过这么多酒。"

"还从没见过如此仁义的汉地世侯！"

忽必烈说罢，就在轿子中醉睡过去了。

初春离开金莲川，转悠了一圈，回来时已是暮春时节，川中正开满了金莲花，一望遍地，金色耀眼。经过一天的歇息，忽必烈又和"漠南潜邸"的众多谋士在幕府内谈笑风生。

察苾说在外几个月就似离开几年一样长，还是在家里最好，大家在一起其乐融融的。

王鹗就接过话茬："王妃有这样的想法尽在情理之中，可亲王是怎么想的我们就难以猜测了。那燕京乃中原灯红酒绿之都城，美女佳丽多得目不暇接，我还以为亲王流连其间乐不思蜀了呢！"

大家就笑。忽必烈就指着刘秉忠说："我倒也想过不回来，可架不住王妃的劝说。王妃说，你都是有家之人了，你要是再留恋纸醉金迷的燕京城，那对出家人也就太不公平了，倘若刘先生一生气动了凡心，那咱们金莲川从此就暗无天日了。"

忽必烈说完，大家就把目光刷地一下子投射到刘秉忠的光头上，哄然大笑起来。刘秉忠就赶紧把小真金的帽子摘下来扣在了自己的光头上，这更让大家笑得前仰后合起来。

笑声过后，察苾对忽必烈悄声说："你这当亲王的，又拿刘先生开玩笑，你就不怕刘先生冲你念叨上几天的'阿弥陀佛'吗?"

忽必烈就笑着频频摇手道："唉，王妃，你可千万别告诉他这招啊！不然，我连觉都睡不安生了！"

刘秉忠来到察苾跟前，扮出一副可怜相，双拳合拢道："阿弥陀佛！望王妃看在贫僧尚能将亲王吸引到金莲川的面子上，就赐贫僧一招，以免贫僧承受不了这般羞辱，寻了短见。"

大家正欢闹着，姚枢、许衡二位老先生走了进来。忽必烈就起身让座，等老先生坐下，忽必烈就简要地将此行要事说了一遍。

许衡颔首道："亲王此行布下了一盘很好的棋局。燕京是中原重要的门户，虽不直接归金莲川管辖，但以亲王的声望，对其施加了重要影响，日后必将有所收获。邢台的答剌罕不再干预府政。刘肃等人就可以放开手脚做事，相信年底就会见效。史天泽在汉地世侯中实力和威望都是首屈一指的，此人如真能与亲王同心，其他世侯当会纷纷效仿。在老夫看来，这几招棋走得气韵灵动，如都能见效，以后的棋步就会越来越好走了。”

忽必烈点点头，然后问：“姚先生认为呢？”

姚枢不以为然地说：“依臣看来，仅凭眼下这几招棋尚难奠定胜局，弄不好还会满盘皆输。”

忽必烈立即收了笑意，有点不高兴地掉转脸，想听听其他人的高论。

姚枢可不管你高兴不高兴的，他自顾自地说：“治国如医病，决不能头痛医头，脚疼看脚，治标不治本。今天邢州有事，亲王奔赴邢州，明天其他地方有事，亲王也要躬身亲历。可漠南这么大，亲王能每逢有事就跑过去处理吗？何况亲王的志向远非只是治理漠南，将来再有几个漠南会怎样呢？那可就要分身乏术了。”

忽必烈越发不高兴了。

“那依你呢？”

“给人医病，就要先查出病因，对症下药，才会药到病除。治国先要确立治国之道，道不明，只能徒劳往返，白费力气。试问亲王，您心里的‘治国之道’是否明确？”

姚枢如此直截了当地犯上发问令大家惊愕了，他们担心忽必烈会勃然大怒，一时就都静默起来。察苾感受到了，就走过去给姚枢的茶杯续上茶水，微笑着说：“姚先生一片良苦用心，想必早就有了治理汉地的良策了吧？我看不妨这样，姚先生跟亲王各把自己的治理之道写在纸上，岂不妙哉？”

察苾这样一说，大家脸上就都有了笑意。有人就马上给忽必烈和姚枢拿来了笔墨纸。忽必烈就笑笑说：“姚先生，如果你我二人一拍即合，今天我们就在幕王府摆酒宴庆贺，你看如何？”

“那好，但愿你我君臣能心想如一呀！”

俩人就都不假思索地挥笔而就，察苾就把姚枢的纸拿给大家看：“姚先生写的是‘孔孟之道’！”

郝经看了忽必烈所写的几个字后，兴奋地把那张纸高举过头，大声说：“亲王写的是‘以汉法治汉地’字异义同啊！”

大家都激动无比地笑了起来。察苾高兴地吩咐侍从摆上酒宴。忽必烈在向姚枢敬酒时说：“知我者乃先生也！”

可姚枢却依然不苟言笑地追问：“亲王可怎向大汗交代呢？”

“还望先生赐教！”

“亲王应谨记：言必称‘札撒’，行必遵汉法，功必归大汗。唯如此，方解大汗疑虑。”

“先生之言已先解本王之忧矣！”

在酒宴上，汉人谋士都为忽必烈终于明确了以“汉法治汉地”的治国之道而高兴异常。他们认为自己盼望已久的一位贤王明君终于出现了。

许衡就在敬酒时说：“汉法绝非分蒙将汉臣，有‘仁’心者皆可施行之；百姓不分蒙民汉人，贤明之君应视天下百姓为一家，一视同仁，方为大善。”

在座的蒙古文臣武将也跟随忽必烈多年了，受其影响，他们对汉文化也都有了比较深入的了解，所以他们都理解甚至有些人还大为赞同忽必烈治理汉地的思想。尤其像阔阔、阿术这些年轻的蒙古将领，其思想与汉人谋士的思想早就融合到一块了。

这年夏天，忽必烈应诏回到哈尔和林，蒙哥大汗在汗廷大殿上行完召见惯例后，便将忽必烈叫入御书房。蒙哥说三弟旭烈兀战事顺畅，目前我蒙古大军已推进到西南亚腹地，其势头已不可阻挡。接着蒙哥询问漠南的治理情况，并对忽必烈所采取的措施予以肯定。

正在这时，阿里不哥拉着忽必烈的次子芒哥喇走了进来。蒙哥便笑道：“二弟，看谁来了？”

可是小芒哥喇却无视其父而直接投到蒙哥怀里，这实叫忽必烈心头亦悲亦喜，悲的是儿子已和他疏远得都记不得他这个当父亲的了，喜的是儿子跟伯伯和叔叔是那样的亲近。本来阿里不哥自小就跟二哥脾气不和，可他这时却从蒙哥怀里抱过芒哥喇高举过头让其坐到自己的肩上嬉戏玩耍。

“芒哥喇，让你爸爸亲亲你！”

阿里不哥面露笑容地朝忽必烈走过来，可是芒哥喇却揪着叔叔的头发摇晃着喊：“我不嘛，我不嘛！”

“芒哥喇，你快把叔叔的头发揪下来了！”

阿里不哥笑着就把侄儿放到地上，赶紧笑着揉了揉头顶。蒙哥大汗就又搂过侄儿，歪着头对他说：“芒哥喇，你父亲来接你回家，你就要见到你的额吉了。”

“我不嘛，我不嘛！我这里有额吉的！”说完就推开蒙哥的头，摇摇晃晃地跑了出去。

阿里不哥这时才像刚看见忽必烈似的，叫了声：“二哥，你回来了！”说完就坐下不吱声了。

蒙哥开始跟两位弟弟商量起攻打南宋的事宜。蒙哥自己把这个意见说完后，就问："二弟，你在漠南，如果我们攻打南家思（即南宋），尚需做哪些准备？"

忽必烈见蒙哥主动询问自己，认为这是个绝好的进谏机会，就将谋臣们事先商量好的意见提了出来。他说："攻打南家思是蒙古实现圣祖大业、消灭威胁的最重要的事情。但从目前看，机会尚不成熟，各地方经济萧条，人心不稳。尤其是河南和关中地区荒地千里，民心困敝，强盗啸聚，几疏于治理，根本无法做我大军的粮草后援地。故臣弟认为，眼下最要紧的是派得力臣子前去经略河南关中，安定地方，发展农业，这才是上策。而不管派谁前去经略，一定要在具体做法上采用'以汉法治汉地'的策略，否则难以奏效。"

阿里不哥一听"以汉法治汉地"，就唰地站了起来。

"用汉法治汉地来经略中原怎么能行，这把老祖宗的'札撒'置于何地？"

忽必烈见蒙哥也面露不悦，便笑了笑，解释道："以汉法治汉地是根据汉地的具体情况而实施的治理之策，这不是谁凭空想象出来的。圣祖是最坚守'札撒'的大汗，但就是他老人家赐予木华黎经略中原的策略中着重强调了'并包兼容，笼络八级'之灵活做法的。因为圣祖知道，只有攻打下南家思才是最大限度地遵守了'札撒'，而只是口中念叨'札撒'，却不能扩大我蒙古疆土，这有何用？"

忽必烈接着便将邢州之治和史天泽治下的实际情况加以对比。

"事实摆在那，我们怎能不顾事实而一味地强调形式呢？"

蒙哥听了二弟的话后，眉头渐渐舒展开来，他最后说："最主要的是攻打下南家思，只要能完成圣祖的遗愿，我们就是遵守了'札撒'。二弟，河南与关中非由你经营不可，具体做法，你可以视情况而定，兄长是绝对地相信你。不过，做事要快，我们要尽早发起对南家思的攻击。"

忽必烈得到蒙哥的信任，不仅把河南从燕京行省中分离出来，又将关中划为己有，这样，几乎整个中原都落到忽必烈的治下，这实在是令他大为兴奋。但他在高兴之余却没有去测度阿里不哥的心理，他的三弟对二哥又获得如此广大的治理地域是深为忌妒的。

几天后，忽必烈给察苾带回了次子芒哥喇，同时也把妃子塔腊海和伯要·兀真接到了金莲川。

第七章　南征大理　汉制治汉

忽必烈回到金莲川幕府的第二天，恰好史天泽前来拜见。忽必烈闻报，不由心中一喜，唉，真是想什么来什么，他大步走出去，连声喊着“兄长”。史天泽闻听急忙翻身下马跪伏在地，忽必烈抢上几步扶他起来。

“兄长，真是羞煞小弟！”

“主客之礼岂能儿戏。”

忽必烈便跟史天泽亲切地扣手步入幕府。随后察苾和众谋士尽数前来问候世侯，大家兴高采烈地为史天泽摆宴接风。宴席上，史天泽见如此众多的天下英才会聚于此，不由暗自叹服：非明主不能做到这般程度。晚上，忽必烈又和几个主要谋士跟史天泽接叙，彼此越谈越是投机，当谈到治理河南与关中急需人手的时候，史天泽便突然跪伏在地。

“卑臣蒙亲王恩宠，却未立寸功，实感惭愧。今亲王大业正在用人之际，卑臣不才，但愿为亲王效犬马之劳，如有派用，敬请亲王吩咐就是。”

忽必烈赶紧将世侯扶起，哈哈大笑道：“兄长真是雪中送炭，解我之所急。不瞒兄长，昨日议事，大家都推崇兄长为经略河南之最佳人选，只是为弟不敢劳驾。今兄长主动请缨要帮衬愚弟，我真是有大喜过望之感！”

说罢，深鞠一躬，便拉住史天泽的双手紧摇几下。

“阿合马，上酒菜！”

然后又把手一挥，道：“诸位先生，我们一起再陪兄长喝上几杯，以酒助兴，一醉方休！”

很快酒菜上来，大家就又举杯把盏，谈笑风生。夜深了，机灵的阿合马见他们还没有散席的意思，就溜出去通知察苾王妃。阿合马本是花剌子模人，或曰色目人（泛指当时西方人），在蒙古军队征服花剌子模之后，被掳在按陈王家为奴，后随察苾出嫁成为王妃的随从。此人殷勤机灵，善察言观色，长于理财，所以，察苾在忽必烈赴漠南后，将其留在漠北封地做总管，最近才随另两位妃子转来幕府。察苾因为很长时间没看见次子芒哥喇了，便在宴席散后回来与他亲近，以尽快培养母子的感情。她对阿合马很放心，便把幕府杂事全权交他处理。待察苾被阿合马叫到幕府时，毡帐内的那些人都已东倒西歪地醉睡过去了。察苾闻着浓厚的酒气皱了皱眉头。

“为什么男人非喝成这样不可呢?”

几天后，在奏请蒙哥大汗同意后，忽必烈就在汴京设立河南经略司，以忙哥（蒙古人）、史天泽、杨惟中、赵璧为经略史，陈纪、杨果为参政，于田唐、邓州等地实行军屯。设陕西宣抚司，任命有经验的孛兰（蒙古人）为宣抚使，商挺为副宣抚使前去治理关中。两路人马迅速赴任，去推行“汉法”改革，发展农业，稳定地方。

当时的河南与南宋接壤，是蒙古军队进攻襄樊地区的根据地。在河南设置经略司，使忽必烈为日后的讨伐南宋做好了准备。关中地区是蒙军进攻四川的大本营，控制了关中就为忽必烈侧面迂回作战建立了巩固的后方。

当河南和关中已跟漠南连成一片，都处在忽必烈的掌控之中时，忽必烈便决定出兵远征大理，对南宋实行战略包围。因为这几天，几位主要谋士，如刘秉忠、姚枢、许衡、窦默等，都认为蒙哥大汗‘唯崇祖宗之法’，即唯崇战争；‘不蹈袭他国所为’，即决不放弃战争。窦默说：“蒙哥大汗需用战争的成果来凝聚人心，重现圣祖的辉煌。现在旭烈兀亲王远征西南亚，一路势如破竹，阔端大军也扫清了进藏的道路，下一步就要看亲王你的战果如何了。如果我们能攻下大理，完成为南家思的侧面迂回包抄，蒙哥大汗就可挥鞭南下，完成统一华夏的大梦。所以说，事不宜迟，再拖延下去，也许蒙哥大汗就会另换他人来此指挥了。”

综合了大家的意见，忽必烈就让王鹗写了出兵大理的呈子，派快马送与蒙哥大汗。几天后，蒙哥大汗让忽必烈速去哈尔和林议事。忽必烈应诏赴万安宫御书房时，蒙哥叫进一位器宇轩昂的长者，忽必烈一看长者是汗廷元老勋将兀良合台，便向其请安问候。谁料兀良合台竟抢先跪伏在地。

“末将兀良合台叩见亲王!”

忽必烈见状，就赶紧上前扶起这员老将。蒙哥大汗大笑道：“二弟，兄长为你选的主将你可满意?”

“大汗慧眼识英，兀良合台将军乃我蒙古前辈勋将，国之军魂。弟实在有大喜过望之感，‘满意’二字，已不足表达我的激动。”

但忽必烈心里明白，蒙哥大汗之所以选择这样一位功高至伟的将军跟自己搭档，实是担心他这做弟弟的军事才能。看来，大汗对他还是不太放心。想到此，忽必烈就跪伏道：“大汗知人善任，臣弟愿代大汗高扬汗廷旗号出征，并举荐兀良合台将军为统帅。臣弟愿全力配合将军，尽早完成大汗之战略构想。”

兀良合台闻听此言，立即伏地。

“万万不可，末将当听从亲王的帅令，为大汗誓死效命！”

蒙哥见二人都跪伏在地，就哈哈大笑道：“快快请起！兄有贤弟，国有良将，未曾出师就胜局在望了。好，那朕就不设帅位，全军军事由兀良合台将军节制管领，二弟负责居上统辖，并执掌此次南征生杀大权。希望你们能齐心协力，我在这里只管静候你们的佳音！”

忽必烈与兀良合台出了万安宫，就邀请兀良合台去了自己在哈尔和林的府邸。忽必烈对这位老将十分敬重，郑重地向其请教。兀良合台见忽必烈对他尊重有加，就和盘托出了他的一些看法。兀良合台认为：就他手下的侦查，大理国主段兴智太过孱弱，奸相高祥专权，君臣不和，民不聊生，国势衰微。

“所以说，仗好打，难就难在行军上。我们的兵士来自北方，惯于马上作战，而当地气候多变，山多地险，江河密布，恐怕有许多情况都难以预料。再有，为了避免与南家思的军队作战，我们还得取道吐蕃，人生地不熟，语言上也难以沟通，如不事先借道，就容易耽搁时间。”

“阔端王子不是已为我们扫清障碍了吗?”

“阔端只是象征性地试探了一下，就借口身体不好撤了回来。”

“这样看来，一切都得靠我们自己去闯了。”

忽必烈和兀良合台在哈尔和林选将择兵又忙碌了一些时日，就跟兀良合台向蒙哥大汗请示出征。一日，大草原碧空如洗，一支五万余人的蒙古军精锐接受了蒙哥大汗的检阅，跨马出征。忽必烈也热血沸腾地从大汗手中接过象征权力的“钺”，离开哈尔和林。行军几日，渐近漠南时，又与五万汉地世侯的精锐之师汇合到一处。随军而来的察苾、刘秉忠、姚枢等也尽数到达。军队在此重新整编，忽必烈又特意擢拔阿术为副手。阿术是兀良合台之子，一位杰出的年轻将领。隆冬时节，天寒地冻，大军就趁势跨过了黄河，进驻六盘山。多年来，蒙古军队对南宋的进攻因在江淮和四川遭到顽强抵抗皆未有实际收获，此次只好避开这些地方，准备经由吐蕃地区抵达大理。为此，忽必烈派人带他的亲笔信去见阔端，恳请他动员萨迦班智达前来六盘山。可此时大师已仙逝，阔端便派儿子蒙哥都王子陪同萨迦班智达的侄子八思巴一同前来。

八思巴时年十九岁，是刚继位的萨迦派的新教主。忽必烈在大帐中迎接了蒙哥都和八思巴，在一阵寒暄过后，忽必烈就直截了当地说：“此次恭请大师前来，一是请大师替我们向吐蕃各地借道，免得发生误会；二是请大师以吐蕃代表的身份到藏地征集财物，以供我大军之用。”

不料忽必烈所提的第二条被八思巴当场拒绝。

“吐蕃地区民贫物乏，务请亲王不要在此征集财物。”

忽必烈闻听就满脸不悦，第一次会谈就这么不欢而散了。刘秉忠见此，就专门拜会了八思巴，俩人在一起，一个代表了汉地佛教，一个代表藏传佛教。在说法论道中，互相倾慕。事后，刘秉忠又跟察苾王妃言及此事，受到王妃重视。察苾本就对佛教有着浓厚的兴趣，就在刘秉忠的陪同下，接见了八思巴。察苾除问些佛法之事外，还详细了解了吐蕃人的生活状况，临了还将出嫁时父母陪送的耳环上的一颗大珍珠贡献给了这位年轻的佛教大师。

“请大师收纳，算是我对佛祖的一点敬意吧!”

“施主如此慷慨，佛祖必能保佑你诸事顺利。”

察苾转而就对忽必烈说：“八思巴喇嘛道行甚高，其心系吐蕃民众，实让人感动。改日亲王可与他好好叙话，便知阔端因何热衷于信奉佛教了。”

忽必烈见察苾说得如此认真，就在第二天特意请八思巴私下密谈了半天，出来后，大家只见这二人都面呈愉悦之色。而恰此时，快马来报，阔端亲王病逝，蒙哥都便向忽必烈辞行。忽必烈因肩负重任无法前去凉州，便派人前去吊唁。在八思巴去留的事情上，忽必烈是在赠给蒙哥都一百匹军马之后，才把八思巴留下来的。不久，八思巴收纳察苾王妃等人为俗家弟子，并留在六盘山说法论道。为了顺利通过吐蕃地区，并从长远着想掌握住该地区，察苾王妃建议忽必烈亲王接受喜金刚法戒。

忽必烈关切地问：“受戒后有哪些规矩吗?”

“佛门弟子受戒后就必须遵守法誓，要以弟子礼尊奉上师。”

“那就是说上师坐上座，弟子要在下面以身体礼拜。”

“这是自然，弟子还须听从上师的教导，不违背上师的心愿。”

“那我这蒙古亲王也受上师的法旨约束？怎么可以？这不是将教权置于王权之上了吗？不是让我一个堂堂蒙古亲王在大庭广众之下向别人下拜吗?”

察苾王妃将忽必烈的想法转告了八思巴，并提出了一个折中的办法：法师只能负责与佛教有关的事情，不能参与或干涉政事。

“亲王听法没有别人在旁边时，上师可坐上座。当有臣民聚会时，由亲王坐上座。吐蕃方面的事宜悉听上师之教，不经过上师同意不下诏命。其他事务则上师不要讲论及请求，如误为他人求情，恐不能镇国。”

经过反复思考，忽必烈和八思巴接受了这个折中的办法。1253 年年初，八思巴在军中为忽必烈夫妇举行了密宗喜金刚灌顶仪式。忽必烈夫妇尊八思巴为上师，从此确立了处理王权与教权的基本原则。自此以后，八思巴便写信给吐蕃各地的领主，希望他们派出向导协助忽必烈通过吐蕃地区。于是十万蒙汉大军又踏上了新征程。1253 年 9 月，忽必烈经过忒剌（今甘肃迭县与四川交界处的达松潘），在这里召开南征大理的军事会议。会议决定兵分三路：兀良合台率西路军从松潘自川西进入云南境内，逼近丽江；忽必烈自率中军经大雪山，横渡大渡河，经南宋境内雅安地区，直指大理；木哥、塔察儿、阿必失哈诸王等率东路军取道西北草地，渡大渡河，然后跟随中路军继续前进。

蒙汉大军为躲避南宋军队，便在川藏山谷间行进。山路崎岖，许多地方皆是羊肠小道，习惯于骑马的蒙古士兵不得不牵马步行。有时走在原始森林中，因为水土不服和林中的瘴气，许多士兵与马匹就永远地倒下了。而这时候忽必烈偏又足疾突发，寸步难行，望着走不完的山路，不由双眉紧蹙。正在这时，军中的大力士郑鼎走过来，他一言不发地背起忽必烈就走。10 月抢渡大渡河，11 月初入大理国境内，行至金沙江畔。望着满眼一片葱绿的云南之景，这支蒙汉大军又斗志昂扬地乘革囊和木筏渡过湍急的江河。一路上，虽遇一些抵抗，但在蒙汉联军滚滚洪流的冲击下，敌人很快就溃败而逃了。

忽必烈在离大理城五十里的一座小城将军队停下，他要在此让士兵休整一下，以便一举拿下大理城。由于察苾的精心照料，忽必烈的足疾已经痊愈。

一天，忽必烈跟几位谋士站在山顶，眺望着这四季如春的美丽的南国风光，不由豪气勃发，就忍不住对大家说：“大理城已经被我们踩在脚下，很快它就会被我们征服了！”

“说占领还准确些，说征服则不妥。只有以仁治国才会赢得民心。民心归顺，才可曰征服。”

姚枢当面就给忽必烈泼了冷水。好在忽必烈已经习惯这位老先生的说话风格了，就笑了笑说：“姚先生，如今无事，就讲个故事给我们听听？”

“亲王要听什么故事？”

“讲个战争故事吧，最好能对我们有些启发的。”

“那亲王可知道历史上一个叫曹彬的将军吗？”

“这个人我还真不知道，他有什么战绩吗？”

“这曹彬是宋太祖赵匡胤手下的一员战将，他不只能打仗，还知道打仗的目的不是为了多杀生，而是为了征服人心。曹彬当年攻打南唐，对敌方采取的政策是，只要敌军放下武器，就不杀死。所以，南唐被攻下后，老百姓照样在街上来来往往，商家照样做生意，就好像没事发生一样。为此，人们称曹彬的军队为‘仁义之师’。而赵匡胤派另一位大将潘美去攻打后蜀，军队倒进展神速，很快就打败了后蜀的军队。但潘美纵容士兵奸淫烧杀，引起人们的愤恨，老百姓就纷纷起来反抗，宋太祖用了很长时间才使当地稳定下来。”

“哦，这倒是个很有趣的故事。”

下山了，大家赶快上了马，忽必烈回头对姚枢大声道：“姚先生的用意我明白的，曹彬能做到的，本王也一定能做到！”

姚枢听了，就一捋长髯，冲刘秉忠等谋士大笑起来。回到营地，忽必烈就派玉律术、王君侯、王鉴三人为使者去大理城向大理国王段兴智劝降。

而就在此时，兀良合台率领的西路军也赶到了大理城边，只是这支军队是悄然而至的。西路军所经之地是最为难行的道路，沿途损失了很多的人马。但老将兀良合台治军严谨，将士上下一心，这支军队反而是最早赶到金沙河畔的。当地的摩些部以为他们是从天而降，猝不及防，酋长塔里马只好率部投降了。

可就在兀良合台要过金沙江的时候，却遇到了一个白族部落的顽强抵抗。这个白族部落依山枕江，修建了一座城堡，人称“半空和寨”。寨后是崇山峻岭，左边是高耸的悬崖，右边是水流湍急的金沙江。兀良合台见势，便派人带了礼物前去说和借道，但“半空和寨”的酋长不但没有答应，还令手下将劝降的人砍了头，当着蒙汉联军的面，将使者的头颅和尸体投入湍急的金沙江中。

“这个蠢驴，我一定要将他碎尸万段，为我的将士报仇！”

兀良合台咬牙大骂着。可是上下几百多里都没有适合渡江的地段，这叫兀良合台很是急躁。儿子阿术见此状，就不声不响地走出大营。几天后，阿术引父亲兀良合台来到江边，指着对岸说：“阿爸，你看！那山寨有条小路，从山顶一直通到江边。你看，有女人背着水桶下来打水了！”

“哦？他们原来要到江里取水的。”

“那条小路就是他们打水的道路，只要我们截断它，山寨就不攻自破了。”

兀良合台大喜，马上调集来火炮，只要见有人下来，就开炮轰击。寨里无法汲水，就人心惶惶了。一天，寨主的儿子阿成带领一支敢死队冒死泅渡过来想要夺炮，又中了阿术的埋伏。阿成战死，其余有的被俘，有的回逃。阿术便趁机率领士兵紧随在回逃的那些人的身后，一直追到寨内，把全寨人悉数杀掉。兀良合台于是率大军渡过金沙江，一举攻下丽江地区，直奔大理城。

大理城依傍秀丽的洱海，背靠险峻的苍山，经三百年经营，可谓城池牢固。在751年，唐朝皇帝企图降伏它，损失了近六万人马，最后不得不退了回去。

有鉴于此，宋朝便与它始终与它和平共处，因为宋朝皇帝知识，与其损兵损马，还不如把这个地方留给它互相缠结的部落。但如今的末代国王段兴智却懦弱无能，朝廷的实际大权把持在权臣高祥、高和两兄弟手里。大理国的各个部族领主也纷纷拥兵自立，相互征伐，整个国家已处于崩溃的边缘。所以当闻知蒙古大军压境，大理城就乱成一团了。待玉律术等三人进城向国王段兴智陈述利害后，这个善良而又懦弱的国王就有心打开城门向蒙军投降了。

就在这时，高祥和高和不召而到。高祥严厉地训斥了国王的想法，责备他太糊涂。段兴智就吓得一时没了主意，只得问："两位爱卿有何高见？"

高祥就上前一步，暴怒地指着来使说："什么蒙古仁义之师，你们就跟草原上的牛马一样，都是牲畜一样的东西，是一些未开化的魔鬼。我大理国民安分守已，不曾招惹过你们一草一木，你们却千里迢迢，前来犯我疆土，杀我百姓，还自称仁义之师。呸！真是一群不知羞耻为何物的畜生！我今天要是不杀了你这几个魔鬼，又怎能解我心头之恨？来人哪！砍下这几个畜生的狗头！"

段兴智刚要阻挡，高和就怒目而视道："国王是要叛国吗？"

"啊，不，不！"

这时，一群士兵进来，不由分说，便将来使押出去砍了，并将头颅悬于城门外的大树上。

高祥、高和离开大殿，便商议如何退敌。高和说："我们断了国王的退路，只有跟蒙古人开战了。"

"拼一下，胜败还不一定呢。胜了，我们兄弟就乘势夺取王位；败了，我们兄弟就躲到山里，伺机再动。蒙古人从来都是杀了人抢光了东西就跑掉的，到那时我们再回来也不迟。"

"但愿他们杀了国王这老东西。免得我们动手落下个不忠的名声。"

忽必烈闻听玉律术等人被杀，气得不行，他立即命令一位叫伯颜的将军发起进攻。伯颜是一位善于用脑的将领，他先用弓箭手破了高祥兄弟俩的"大象阵"，然后指挥铁骑紧跟败军冲进大理城内。

得知城池已破，忽必烈两眼喷火地怒吼："将大理城内男女老少通通杀光，为玉律术等人报仇！"

刘秉忠见此状，就连忙找来察苾王妃。察苾王妃规劝道："亲王，姚先生讲的曹彬征南唐的故事您还记得吗？您当时对姚先生发过誓的，说'曹彬能做到的，本亲王也一定能做到'，您难道不记得了吗？"

忽必烈听后，就愣愣地发了一阵呆，然后慢慢地对刘秉忠说："晓谕全城百姓，除高祥兄弟外，不杀一人。如有犯规者，军法论处！”

布告很快就贴满了大街小巷，大理城的老百姓人心安稳，沿街的商铺也都陆续做起了生意。在打扫战场时，发现了高和的尸体，而国王段兴智和高祥却没了踪影。问及百姓，才知道高祥是趁乱往姚州方向逃跑了。忽必烈便叫伯颜将军立即带人前去追杀。

高祥本想跑出大理城就高枕无忧了，没想到人家竟很快尾追过来，待他再想跑时，蒙军已将他团团包围了。高祥被带回大理，忽必烈下令将他斩首示众。

不久，逃到善阐（昆明）的大理国王段兴智也被阿术揪了回来。忽必烈说：“他毕竟是一国之主，又没有与我们为敌，就交给大汗处理吧。”

蒙哥大汗根据忽必烈的书面说明，不久就将段兴智放了回来，并让他继续当大理国王。

此次征战大理国历时一年有余，十万大军最后只剩不到两万。这不是战斗惨烈所致，而是南方气候恶劣潮湿、森林瘴气、岭峻河险、雪山泥淖和水土不服所造成的，损失实在是太大了。但是，蒙古国终于完成了对南宋的战略包围，终于开疆拓土将广大西南地区（包括青藏高原）纳入中华版图，从这个意义上讲，其所付出的代价又是微乎其微的。而对忽必烈而言，这位从未立过战功的亲王，终于在蒙古帝国内赢得了军事声誉，这为他日后争夺汗权也奠定了一定的基础。此外，忽必烈还锻炼出了一支能征惯战的精锐之军，这也为他日后在战争中取胜赚得了资本。

征服大理以后，忽必烈将兀良合台父子留下，继续清剿未归顺的州郡，自己则与察苾王妃及诸将、谋士班师北返，回到六盘山军营避暑消夏。这时，八思巴也由西藏返回，在此与忽必烈相遇。

此时，由于阔端过世，其子蒙哥都逐渐式微，八思巴的萨迦派已不受汗廷重视。蒙哥大汗几次诏见藏传佛教领袖，独独没有诏见萨迦派的八思巴。八思巴是个十分聪明的人，他这时候只有舍弃凉州来与忽必烈建立关系，等待时机，改变萨迦派面临的被动局面。而忽必烈也认识到吐蕃对帝国的重要性，就及时地以亲王的名义赐给八思巴一份诏书，以书面形式承认他与察苾王妃已经皈依喇嘛教，尊萨迦派五祖八思巴为上师，双方已经结成上师与施主的关系，并公开宣布，免除僧人们的兵差税役，让他们一心讲经论道。因为这是萨迦派从蒙古汗王那里得到的第一份诏书，故而八思巴对此十分重视，一直将其供奉在萨迦寺中。这相当于是忽必烈亲王的一份宣传书，它对于提高萨迦派的地位发挥了重大作用。

忽必烈的军队在六盘山休整期间，邢州商榷史刘肃首先前来报喜：经过两年的治理，邢州不仅人口大增，农业连续两年丰收，而且由于兴办铁冶以资助官府财用，大大减少了百姓的赋税。刘肃说："纸钞的发行，活跃了市场的流通，商业很是繁荣。去年经请示小王子，罢免了脱兀脱，官吏们也都恪尽职守不敢胡来了。"

原来，被忽必烈派去任邢州安抚使的蒙古将领脱兀脱竟处处与汉臣作对，跟当地的蒙古贪吏合在一起拒绝推行"汉法治汉"。因为脱兀脱是亲王钦点的蒙古官吏，汉臣拿他没有办法，而那时忽必烈又在去大理的路途中，汉人安抚使张耕只好回金莲川求助。在金莲川，张耕就跟王鹗和许衡诉说其事，可这二位老先生听了，一时也拿不出办法。正在着急之时，小王子真金跟他的老师窦默走了进来。小真金原来是跟姚枢学习的，姚枢随亲王出征后，就由窦默做小王子的老师。窦默听明白了张耕的来意，就哈哈大笑，说："看你们几个都笨到家，亲王不在金莲川，那不还有小王子真金吗？王子之令脱兀脱敢违抗吗？几个人就想了想，觉得这招确实值得一试，就派廉希宪拿了小王子真金的亲笔诏令急召脱兀脱来金莲川幕府议事。脱兀脱初时犹豫着不想来，廉希宪就呵斥道，难道你脱兀脱敢不遵王子之令吗？抗令不遵，可是要杀头的。"脱兀脱无奈就只好去见小王子了。

在窦默等几个老先生的导演下，那天，小王子真金端坐在亲王宝座上，两旁站立着文武官员。脱兀脱一进帐，就左右张望，小王子真金就质问道：

"脱兀脱！拜见本王为何不跪？"

脱兀脱听了就一愣怔，犹豫间，就听小真金大声呵斥：

"在本王面前如此无礼，难道你就忘了祖宗的'札撒'了吗？来人！把这蠢货推出去重打四十军棍！"

脱兀脱闻听此言，不由双腿一软，扑通跪了下来，但还未等他辩解，几个军士就上前把他拖了出去，随即就传来了啊啊的号叫声。待再传他进来时，这位蒙古将军已不能行走，只好忍着疼痛爬进了大帐，然后跪伏在地说："罪臣脱兀脱叩见王子！"

小王子真金"啪"地一拍桌子，怒斥道："大胆脱兀脱，竟敢置我父王的安排于不顾，勾结贪官污吏，敲诈百姓钱财，阻挠执行汉法，你知罪么？"

"我……我知罪！"

"来人，推出去斩了！"

"小王子饶命！小王子饶命！"

这时候，廉希宪站出来说：“小王子，请看在脱兀脱将军昔日曾为大汗立下过战功的份儿上，就免其一死，另作处罚吧！”

“哼！念你昔日尚有功劳，本王子就网开一面。但死罪免去，活罪不饶，从即刻起削其百户之职，贬为军中马夫，以图自省。”

“谢小王子不杀之恩！”

刘肃绘声绘色地讲完，又将小王子真金夸奖了一番。

“我们真担心小王子演不好这出戏，实没想到小王子竟把这出戏演绎得如此精妙绝伦！”

忽必烈听罢就哈哈大笑，然后说：“有什么老师就有什么学生，这都是窦默老先生教导出来的！”

接着，史天泽和杨惟中也赶来述职。史天泽详述了河南对地方管理机构的改革，罢免了不合格的官吏，用熟悉汉法之人才取而代之；调整赋税，减轻了百姓的负担，实行以仁治国的政策；推行纸币制度，积极发展商业；设立粮仓，保证军队粮食供应；派军屯田守边，敌至则御，敌去则耕。经过一年多的治理，不仅恢复了社会秩序，繁荣了经济，还为进攻南家思做好了准备。

忽必烈听了史天泽的介绍十分高兴，就转而问杨惟中：“听说杨先生也有发怒的时候，快给本王讲讲！”

杨惟中就讲了他怒杀贪官刘福的事情。

河南监河桥万户刘福原本是河南道总管，此人贪婪残酷，鱼肉百姓多年。别的不提，仅从谁家嫁娶都必须得先给他财物才准其操办上，就看出这个人有多么贪婪。他的管家董主簿，狗仗人势，贪财好色，变着法地敲诈百姓钱财，强娶民女三十多人，民恨极大。杨惟中、赵璧等人在核实其罪行后，处死了董主簿。但刘福却拒绝传讯，杨惟中大怒，准备了一支大梃，严令刘福必须到大堂听审。刘福无奈前往，竟在大堂上百般狡辩，杨惟中一气之下就挥梃将其击倒在地。数日后，刘福死去。此举震慑了当地的贪官污吏，他们再也不敢任意胡为了，而老百姓则拍手称快扬眉吐气了。

邢州和河南在推行“汉法治汉地”上都取得了较明显的成效，只有关中来人谈及了困难。因为关中一带蒙人强户比较多，他们对新政多持抵触态度。忽必烈在听取汇报后，就又任命文武兼备的廉希宪为关西道（即关中地区）宣抚使，姚枢为劝农使，奔赴关中地区，与已在那里的孛兰、商挺相配合，尽快打开局面。

第八章　经略中原　奸佞作祟

在六盘山休整期间，察苾生下了第三个儿子，取名叫那木罕。天气一见凉爽，察苾和原幕府人马就回了金莲川，忽必烈只带了蒙将伯颜率剩下的蒙军悄然前去哈尔和林，显露不出丝毫凯旋的样子。忽必烈等行至萧关，就过早地与蒙哥大汗派来劳军的皇子玉龙答失相会。因为按惯例，出征者在凯旋进入母地前要交出军权，但此地离母地尚很遥远，就遇到了皇子玉龙答失，忽必烈就不由一愣。

待叔侄寒暄过后，忽必烈就把专征之钺交给了皇子玉龙答失，并笑着说："有劳皇子速将此物连军队一同带回草原，奉还给大汗，微臣在此恭候谕令！"

王叔忽必烈十分平静的话语令皇子玉龙答失颇不自然，他解释道："侄儿本想在草原腹地恭迎王叔凯旋，可抑制不住思念之情，就迎了出来，为的是要早日跟王叔相聚，别无他意。"

"多谢皇子惦记！那就请皇子先通报大汗，微臣不久便到。"

皇子玉龙答失便将钺和军队带走了。

蒙哥大汗听了皇子玉龙答失的汇报，就开始在御书房内踱来踱去，他内心总是有一个声音在对他说：你这个当哥哥的做得太过分了，这样对待一个居功至伟的凯旋者是不公平的，何况你能继承汗位，这背后也有你这位二弟的许多功劳啊！可是，身为大汗的蒙哥，也知道汗廷内外已把他这位二弟说得神乎其神，什么文能治国武能安邦，什么腹有才华用兵如神等，其光环简直要盖过他这位大汗，这已关乎他这位大汗的权威了。

蒙哥大汗这样想着，不由得在心里暗道：二弟，休怪为哥的不念兄弟手足之情，自古兄弟为争权夺势刀枪相见的可不在少数啊！就是在我们王族中不也暗含着争斗吗？我们不幸的父亲不就是相当典型的例子吗？看来，为哥的只能推你一把，待你走远了，还得把你拽回来，不可让你走出可控的范围啊。

蒙哥在收了二弟忽必烈的兵权后，旋即便派刚到汗廷述职的霸突鲁前去迎接皇太弟。待忽必烈返回了哈尔合林，蒙哥大汗又亲率文武百官与皇室宗亲迎之于万安宫外，场面十分热烈隆重。但忽必烈并没用带来大队人马作陪，甚至连那几十名护卫也留在了郊外，只带了伯颜随霸突鲁步行而来。

当离蒙哥大汗还有十几步远时，忽必烈就紧走几步，扑通一声跪伏在地，蒙哥大汗急步上前单腿点地把二弟紧紧抱住而相拥而泣。他们久久不愿分开，其情景实是感人。待起来后，又携手而行，嘘寒问暖，关怀备至。在汗廷大殿上，蒙哥大汗当着文武百官大赞二弟的功劳，什么借道吐蕃啊，翻越大雪山啊，抢渡金沙江啊，智破大象阵啊等，总之，二弟此次征战大理，完成了对南家思的战略包围，为最后战胜南家思奠定了胜利基础。忽必烈则大颂大汗的雄韬伟略，什么运筹帷幄之中，决胜千里之外啦，什么运用之妙存乎一心啦，什么深谋远虑神机妙算啦等，然后又将大理美女金银及奇珍异宝令人呈上，这引来了百官的欢呼与激动。最后，忽必烈又上前伏地，说："鉴于漠南治理已初见成效，大理国已在大汗掌控之中，大汗的战略构想已初步形成，南家思已成我蒙古国囊中之物，微臣特回来复命，愿听从大汗调遣，或留漠北，或另遣他用，请大汗吩咐。"

"二弟文武双全，能征惯战，功勋盖世，朕必重用。待二弟歇息数日，再做详议。"

是夜，万安宫内灯火辉煌，热闹非凡。蒙哥大汗在这里为忽必烈摆下了盛大的庆功宴，并对其大加封赏，高宣其功。群臣也纷纷向忽必烈敬酒致意。随后几天，蒙哥大汗、阿里不哥等又纷纷设家宴招待忽必烈。到了第五天，在早朝上，蒙哥大汗宣布：皇太弟今后不但将继续总领漠南军庶事务，而且中原其他诸地，也皆由其代朕节制；准其开筑开平王府；中原事务由皇太弟代朕全权处理，他人勿扰。

忽必烈便跪伏叩恩。

离开哈尔和林，忽必烈迅速回到金莲川，排除了一切应酬，竟在几日里跟察苾王妃和众妃子与三个儿子其乐融融地享受起家庭的亲情与温馨来了。小真金和霸突鲁的侄子小安童这几年一直跟着老先生窦默学习，因为想念父母，小真金在此期间还大病一场，病愈后显得不似先前那样活跃了。有鉴于此，忽必烈就任命刘秉忠的弟子王恂为侍读，除了小安童外，又添了康里人燕真之子不忽木为伴读，使小真金不再孤单寂寞，而又能专心跟老夫子窦默就读。二儿子芒哥喇有些傻里傻气的，天生就不是学习的料，每逢要其读书就不停地打哈欠，一会儿就睡着了，可他的样子很可爱，胖胖乎乎，憨憨厚厚的，很招人喜欢。三儿子那木罕尚小，还不会走动，但只要瞧见二哥芒哥喇，他的眼睛里就充满了笑意。

休息了几天，忽必烈就又跟众谋士和文武百官忙碌起来了。除了加大力度治理邢州、河南和关中外，忽必烈又派孟速思赴任燕京行台。孟速思大人是亲王的亲信大臣，也是状元公王鹗的入门弟子，当过王府“怯薛”统领和藩邸的家臣领班，文武双全，为人沉稳，机智多谋，让他去燕京跟那些蒙古官员打交道是忽必烈深思熟虑后决定的。

到了1255年，在众臣子的努力下，忽必烈经略中原已大见奇效了。为了感谢为他立下过汗马功劳的汉地文臣武将，更为了表达自己尽快放弃草原游牧生活的习惯，以表明对以孔孟之道治国的决心，忽必烈责成刘秉忠，于桓州东，滦水北，参照各国都城的样子，修建一座新城，建造新王府和宫室。新城的建立，改变了众汉族幕僚难以适应蒙人帐居的状态，也使忽必烈有了个像样的府邸。开平城的兴建是一件大事，它历时三年，使一座新的草原城市终于出现在滦河边上。

之所以取名“开平”，是汉族谋士提议的，意即开天下太平之世的意思，这是与忽必烈的“思大有为于天下”相吻合的，因此得到了忽必烈的认可。开平城的总体格局类似于唐长安城，只是面积要小许多。修建开平城，标志着蒙古族从游牧经济开始向汉族的农业经济发生转变，也成了忽必烈统治中原的政治、经济、文化和军事中心，为以后他夺取汗权、平定内乱乃至灭亡南宋都起到了积极的作用。

开平城的兴建，在民间留下了忽必烈向龙借地建城的传说。相传当地有水池名曰“龙池”，不管如何干旱，此池四季盈水，当忽必烈决定在此地建城时，便有龙从水中飞上云霄，随后水池干涸，新城就此打下了地基。这个神话传说不足为信，但它却为蒙古保守派贵族提供了反对忽必烈的借口。尤其是阿里不哥心急如焚，眼看二哥忽必烈的势力日益强大，很担心日后汗位旁落，就在暗中唆使人散布诋毁忽必烈的言论。大汗的亲信们不断地将这些无中生有的不实之词呈上，尽管不能尽信，但为了维护自己的绝对权威，为了平息蒙古保守势力派的怨怒，也为了防止来自二弟的居功自傲的威胁，蒙哥大汗还是决定狠狠打压一下二弟的雄心壮志。什么“思大有为于天下”，须知道实现圣祖遗愿的只能有大汗一人，成为“成吉思汗第二”的也只能非大汗莫属。即使是亲兄弟也要划条底线，不管是谁，只要他稍有“功高震主”的苗头出现，就应毫不留情地迅速泼以凉水，不仅要浇灭这火苗，还要浇透他的头脑，使他再也不敢动此念头。

为此，蒙哥大汗在一天早朝快接近尾声时突然甩出要群臣评论一下漠南乃至中原的治理情况的议题，并希望大家直言。这简直就似一簇火星掉进干柴堆，转瞬间就引起了一场熊熊大火。因为蒙古宗王贵戚们大多在中原有自己的封地，而忽必烈推行“汉法治汉”触动了他们的特权，这怎能令他们心甘情愿呢。

“纳税？我们蒙古人还要向汉人纳税，这可是‘札撒’上所没有的。”

“纳的税哪儿去了？还不是让那些汉人中饱私囊了！这简直就是对我们蒙古人的污辱！”

蒙哥表面上看似平静地听着，心中却暗自窃喜，就凭这就足够二弟受的了。可是，窝阔台和察合台系的西道诸王却一反常态，纷纷积极踊跃地向大汗进谏，好像只有他们才是最效忠于大汗的臣子。

“忽必烈高喊‘大有为于天下’，难道他要做‘天子’吗？在他眼中将大汗置于何地？”

“大汗是允许他修筑开平城，可他修筑的却是汉式皇城，比我们哈尔和林还要雄阔，还要漂亮，其用心何在？这明显就是要做中原的皇帝嘛！”

“忽必烈的所作所为已明显地背叛了圣祖之‘札撒’，他就是一心要做中原之主，那些汉人们就是要拥立他做中原的皇帝，臣子们恳请大汗迅速派兵攻占中原，捉拿叛贼。”

“少汗应代大汗出征！”

“对，我等愿听命于少汗阿里不哥的调遣！”

蒙哥大汗闻听至此，不由心中大为震惊：这哪是在维护他大汗之权威，分明是在挑拨离间，分明是在鼓动他们兄弟互相残杀，分明是在借他大汗之刀砍他大汗之手足，其目的是要削弱他大汗之力量，颠覆他大汗之地位，夺取他大汗之江山。这招借力打力之毒计实在是阴狠毒辣至极。

蒙哥大汗不由将愤怒的目光射向阿里不哥：只有他利令智昏、不分敌我做了他们的幕后主使，才使他们有这么大的胆子要置二弟于死地而后快。这个自私而又蠢笨的小弟，被人家利用了还自觉聪明呢！阿里不哥在蒙哥似要喷火的眼光盯视下，不由低了头，他也感觉到了事态的严重，自己已被人家利用了。蒙哥不仅感到尴尬，他已深感汗廷又处在了危险之中，而这把火恰恰是由他自己点燃的，现在却烧向了自己，真是又后悔又着急啊。

这时，刚才还怨恨忽必烈侵害了他们利益的东道诸王中的塔察儿宗王率先站了出来，大声道：“你们几位王爷想栽赃陷害忽必烈亲王吗？是想离间亲王跟少汗么？亲王历来心胸坦荡无私，南征大理归来立即交卸兵权，去治理漠南和修建开平城也都是秉大汗旨意而为，何谈另有所谋？臣知少汗向来是尊兄敬长，何来统帅征讨之言？忽必烈亲王是有不足之处，但这是他操之过急所至，其本意实是为大汗尽快经略好中原汉地，而误被汉臣所用，怎谈得上刀枪相对？你们这么做无疑于是要毁掉大汗的基业，无疑于是要陷少汗于不义，无疑于是要图谋不轨、乱中夺权罢了！你们所言实是居心叵测之言！”

塔察儿宗王一语中的，一针见血，他的话赢得了众多赞许的目光。蒙哥的心变得安稳了，他知道偏离了航向的船重又归于正确的航线了。

见舆论导向被引回到蒙哥大汗所期望的轨道上来，察合台系的一个老宗王气得破口大骂：“塔察儿小儿，你这是血口喷人！老夫岂容你在大汗面前胡言乱语，我非宰了你不可！”

这位老宗王说罢就拔出剑来。

“休要放肆！”

蒙哥大汗低沉地吼了一声，老宗王便悻悻地退了回去。只见蒙哥大汗泰然自若地看了看大家，轻咳了一下，微笑着说：“身为大臣，怎么能耍小孩子脾气呢？诸位爱卿皆能直言不讳实属可嘉。朕之二弟天性仁厚，一时误被汉臣所惑实属太过急躁。为正本清源，推崇祖制，朕将派人速去中原‘钩考’，清查赋税，惩办秽吏，扬清激浊，匡谬正俗。”

一切又在蒙哥大汗的掌控之中了，一切又按蒙哥大汗的意思发展了。

散朝后，蒙哥大汗将阿里不哥招进御书房，语重心长地说：“额吉在时，最大的心愿就是希望我们兄弟要同甘共苦，任何时候都要亲如手足。眼下你二哥远在漠南经略汉地，虽呕心沥血，但那里情况错综复杂，智者千虑，必有一失，有差错总归难免。今天我将漠南之事供以朝议，就是以表明我们并不袒护私情。但有人却居心叵测，妄想浑水摸鱼，离间我们兄弟之情，趁乱颠覆汗廷，这实应引起我们的警惕。须知，这种人若是得逞，你我兄弟都得遭殃。”

蒙哥大汗用话敲打完阿里不哥后，又给小弟以抚慰：“就派阿兰答儿、刘太平等领人去中原‘钩考’吧。”

这两人都是阿里不哥的亲信，派他们去严办忽必烈的手下，那可是决不会含糊留情的。

所谓“钩考”，就是审计，而蒙哥大汗的用意是借“钩考”之名鸡蛋里挑骨头，剪掉忽必烈的翅膀，让二弟变成只能匍匐在地的“雄鹰”。耶律铸见大汗决心已定，很为忽必烈担心，连忙暗地里派人趁夜色掩护疾速去漠南报信。忽必烈得讯后，马上跟众谋士商量，大家很紧张地想着对策。刘秉忠建议赶紧给各地传递消息，令他们把没入国库的税银抓紧入库，停止一切蓄积粮草的行为。郝经摇头，说先前不交，现在再交，只能是弄巧成拙，徒增怀疑。

就在大家七嘴八舌议论之时，伯颜将军掀帐走了进来。他现在是漠南地区的军队统帅。只见他神色严峻地说：“各地府衙均被汗廷‘怯薛’（即禁卫军）把守，各地府吏已失去自由，阿兰答儿和刘太平已到了河南、关中，设钩考局，审查税赋。眼下形势严峻，末将已传令各地驻军少安毋躁，静候将令。”

郝经听了就跌坐榻上，绝望地说：“大汗派这两个恶奴来就是要置我们于死地的！”

蒙古青年将领阔阔却按剑而起，吼道：“汗廷对功臣如此不公，亲王，请派末将前去捉拿了这两个恶奴，看他们还有何话说？”

姚枢一摆手道：“使不得，绝对使不得！大汗，君也，兄也；亲王为皇弟，臣也。君君臣臣，不可违逆。何况亲王远离汗廷，大汗也未必详知中原之事，一些别有用心之徒势必在其间煽风点火，造谣生事，其目的就是挑拨离间其君臣兄弟反目，趁势夺取汗位。所以，我们必须要看到‘钩考’背后可能引发的种种危险。依我看，眼下我们所能做的就是静观其变，看情势发展再寻对策。”

察苾点头称是。忽必烈沉思一会儿说：“也只好如此了。伯颜将军速下旨令，各地驻军不得擅自行动，要及时将情况详细上报。”

伯颜听令急速出去了，忽必烈又令阿里海牙去燕京协助孟速思大人维持治安，让阔阔掌管金莲川王府卫队随时听令，吩咐阿合马将金莲川府邸财物登记造册，令刘秉忠继续去监管开平城的修建。一切安排就绪，忽必烈就和留在幕府的文臣武将天天静观其变。

一天，阿兰答儿阴鸷着脸，带人杀气腾腾地来到了河南经略府上，杨惟中问：“大汗派特使来此，不知有何指令？”

阿兰答儿目中无人地一屁股坐在正座，斜睨着眼睛冷冷地说：“臣特奉大汗旨意，对中原地区各地进行钩考，请速将税赋账目送来，供我等检查。”

史天泽就问：“可有忽必烈亲王的指令？”

阿兰答儿不屑地撇撇嘴道：“都听仔细了，臣是奉大汗之命来中原钩考的，不受其他任何人的节制，希望你们还是尽心配合为好，否则，别吃不了兜着走。来人哪！你们给我睁大眼睛，严禁闲杂人等随意出入！”

说罢，他阴鸷的脸上牵强地抽动两下，嘿嘿地冷笑两声，也斜着眼睛瞅了瞅大家，又厉声说：

“除了世侯史大人，别人就暂请委屈一下，没有‘钩考局’的指令，不得乱动！”

史天泽气愤地站起来说："经略司的一切事宜由我主治，是非功罪，皆当问我，这与他们无关，请大人收回指令！"

但阿兰答儿不为所动，只说："臣只是奉大汗旨令行事，请世侯大人莫要干扰。"说完，就令士兵严加看守，自己则扬长而去。

在京兆宣抚司（即关中地区府衙），刘太平也虐焰汹汹地把廉希宪、商挺、赵良弼等众多府吏关押起来，并进行逼供迫害。他们诬蔑赵良弼贪污钱物，逼他退赔，以为这样就会迫使赵良弼认输服软，变节叛主。但赵良弼在酷刑之下却始终拒不低头，忽必烈得知后，及时替赵良弼交足钱物，这才使刘太平放出赵良弼。但对于中原的一般官员，阿兰答儿、刘太平充分暴露了自己的酷吏本色，对其严刑拷打，或盛木器中置烈日下曝晒，或以火燎烤，刑讯逼供，逐个审查，以莫须有的罪名定案。残害致死者就达几十人，关进大牢者不计其数。并扬言，除了勋旧之臣史天泽、刘黑马外，其他人都有被斩首之可能。一时间，许多官员人心惶惶，惊恐万状。

应该说，蒙哥大汗只是想利用这些酷吏使二弟忽必烈的"汉法治汉"的成果付之东流，使二弟忽必烈再也不敢动"思大有为于天下"的念头，使二弟忽必烈日后服服帖帖跟在他这个大哥身后唯命是从。而阿兰答儿却另有图谋，他每每想起在弘吉拉草原追赶察苾时的倒霉情景——自己被忽必烈剑指脖颈，跪在美丽的察苾和众多的士兵面前的狼狈相——就感到自己受到了天大的污辱，就咬牙发誓要报此仇。正因为有这个原因，他很快就投入了与忽必烈相对立的阿里不哥的怀抱。

阿兰答儿是带着强烈的复仇心理来到中原的。

他想：即使我现在不能将忽必烈置于死地，我也一定要让忽必烈的内心流血，一定要将忽必烈搞得身败名裂，一定要让忽必烈永世不得翻身。阿兰答儿表面上看不能触及忽必烈身上的一根汗毛，但他对中原官吏的威逼折磨，却似拿一把锋利的小刀一点一点地切割着忽必烈的内心。阿兰答儿暗自狞笑：我看你忽必烈能忍受到什么程度，当你忽必烈心痛得受不住而蹦跳起来时，我就会以你造反的名义，立即抓捕你，并亲手将你杀之而后快。至于察苾，嘿嘿，阿兰答儿美美地想：我要让她成为我的女人，当我的奴隶。

阿兰答儿终于让忽必烈心痛得受不住了，他又一次召开了幕僚会议，商讨应对当前形势的对策。忽必烈悲愤地说："我们不能再这样沉默下去了，我们再也不能忍看每天都有官吏委屈地死掉！这些官吏都是忠诚职守之人，他们勤恳地为我做事，我岂能置他们的性命于不顾？我们必须改变这种束手无策的局面，必须得改变!”

窦默咳了一声，不紧不慢地说：“亲王曾记得否，当初蒙哥大汗没有继承汗位的时候，是亲王给兄长提出了‘等待’之策。我看眼下大汗并没有要把亲王置于死地的想法，他只是不想看到亲王坐大。所以我们现在还必须得‘忍耐’，只有在‘忍耐’的前提下想出应对之策才是正确的。”

郝经受了窦默老夫子的启发，就说：“那我们需要做的就是要打消大汗的顾虑，让他确实放下心来，只有这样才会有转机。”

郝经的话音一落，大家就都觉得他说的有道理，便都沉思起来。这时只见察苾和姚枢在悄声地说着什么，似乎他们已有了办法，忽必烈就问：“姚先生可有应对之法?”

姚枢点点头，说：“我跟察苾王妃的想法是一样的，若单‘静观’而不求‘变’，我们就陷于被动，就只能被人家牵着鼻子走，就没法解当前的危局。窦默和郝经都说得很有道理，我们眼下必须要‘忍耐’，在‘忍耐’之前提下还要表示出‘归顺’之意。眼下只有亲王交出漠南亲率家眷回归哈尔和林，才会令大汗彻底放心，才会解中原官吏之灾，唯此而别无他路了。”

姚枢说完，见大家都沉默不语，就又说：“不要担心我们会前功尽弃，有句话说得好，‘雁过留声，人过留名’，亲历过这场改革的人有谁会忘却亲王的仁德呢？我看中原百姓不仅不会忘却，而且还将在对比中更加怀念亲王。留得青山在，不怕没柴烧。只要人在，就不怕没机会，谁能肯定今后没有重返中原的机会呢?”

尽管道理是这个道理，但大家一想几年来忘我忙碌的成果就此将付之东流，在感情上怎么也接受不了。最后他们就不约而同地将目光落在了忽必烈的身上。

察苾见了，就站起来说：“韩信有胯下受辱的隐忍，刘邦有‘明修栈道，暗度陈仓’之计，现在我们最要紧的是要保住人，有了人就会有翻身的实力，没了人纵使有了翻身的机会也只能眼巴巴地看着机会从你的身边溜走。大家不能只看只争眼前的得失，要高瞻远瞩，要从长计议。干大事就要能忍辱负重。”

听了察苾的话，忽必烈眼前一亮，他认识到自己是因为感情冲动而变得不冷静了，想到这，他不由自主地挺了挺腰，然后果断地一字一顿地说：“那就宜早不宜迟，明天我就回哈尔和林!”

为了保护汉臣谋士，忽必烈给他们每人发了足够的银两，把他们遣散躲避起来，只留下蒙古文臣武将于府邸，并责成伯颜全权负责，自己则只带了文臣姚枢、郝经，武将阔阔及几十名护卫携家眷踏上北归之路。而此时，三王子小那木罕正发着高烧，忽必烈的脚疾也正重又复发。

蒙哥大汗闻听忽必烈回来了，先是一愣，继而又令人不易察觉地微笑了，他破例未带护卫只带着耶律铸迎出万安宫来。当看见这一行人风尘仆仆面带倦容立在大门外的时候，当看见察苾怀抱着那木罕愁眉不展的时候，当看见忽必烈眼里含泪踉跄着奔过来跪伏在他面前的时候，这位大汗一时也眼里湿润起来了。

“大汗，罪臣忽必烈前来叩见！”

声音未落，察苾等人皆跪伏在地。蒙哥大汗见状就赶紧一边扶起忽必烈一边招呼大家平身。

“这不是堂上，叫我大哥。二弟，你的脚病怎么又犯了？”

“不碍事！”

“察苾！快让我看看这个侄子，自他出生以来我还没见过呢？”

“大汗切莫靠近，那木罕不知得了什么病，还一直高烧不退呢！”

察苾边这样说着，边往后退了两步。蒙哥大汗闻听，竟赶紧过来瞧看，见侄子脸烧得通红，就喊耶律铸：“快叫御医来！”

这时忽都岱大皇后等人赶了过来，二王子芒哥喇见了，就不管不顾地边跑边哭喊着：“额吉！额吉！”就一头扎进大皇后的怀里，大皇后竟也激动得泣泪横流。这情景又让蒙哥大汗心里一阵难过。进到宫里，蒙哥大汗就叫忽必烈来到了御书房。

“二弟，怎么也不打个招呼，就丢下军队回来了？”

“大汗，微臣……”

“在家里叫我大哥。”

“大哥，二弟是负荆请罪而来。二弟既没有治理好漠南，又对臣下管束不严，劳大汗操心钩考，实是羞愧难当。尽管大哥与我乃一奶同胞，但还望大哥莫念亲情，从重发落罪弟，以匡扶汗廷之制。”

蒙哥一闻“一奶同胞”就不由心头一热，想这二弟对自己承继汗位功劳最大，而且不久前又远征大理替自己完成了迂回包抄南家思的战略构想，就有些怪自己做得过分。

“我的好弟弟，你何罪之有？即使有错，也是怪哥哥没有及时提醒你。我们都是太操之过急了，总是想尽快拿下南家思一统天下，这就让汉臣钻了空子。我派人去钩考，只是查偏扶正，是在帮二弟，实在是别无他意。你身体不好，又何须亲自来，传个信就可以了嘛。”

“大哥替我改正错误，我不当面聆听大哥教诲，怎会安心？再有，我之所以回来，实在也是为了妻儿的健康。因为水土不服，先是小真金得病险些丧命，继而这那木罕又高烧不退。我向八思巴大师讨问，他说蒙古人的后代最好能闻着草原上的气息长大。我想，漠南是大汗的漠南，军队是大汗的军队，换谁去经略都可以的，可我的几个儿子是断不可命丧漠南的，正好赶上大哥派人去钩考，我就趁此机会赶紧回来了。希望大哥留下我一家在哈尔和林，汉地的生活气候实在于我们是不相宜的。”

“要是这样，那开平城不就白修了吗？”

“大哥，那城就是给您修建的避寒胜地，怎能会白修呢？我想这开平城除了给大哥做个避寒的去处，还可以在攻打南家思时派上用场，大哥在那里坐镇指挥会比在这方便得多的。”

“二弟做事想得就是周到。对了，阿兰答儿他们钩考得怎么样了？”

“这小弟也不太清楚，我想大哥派去的人是不会怠慢的，他们会好自为之的。”

晚上，蒙哥大汗特地在后宫设下家宴，并由阿里不哥一家作陪，席间大家避开“钩考”话题，只是叙旧，甚至聊到小时候淘气的事，气氛甚是融洽。

快结束时，耶律铸来报：“那木罕小王子高烧已退！”

大家就又举杯庆贺，蒙哥大汗就说：“看来那吐蕃和尚还真言对了。”

忽必烈说：“还是在家里好啊！”

接下来的几天，先是阿里不哥做东摆宴为二哥接风，接着是木哥，接着是一些宗王。有一天，耶律铸到忽必烈在哈尔和林的宗王府告之，大汗已召回了阿兰答儿和刘太平等，“钩考”之事就此打住，整个中原事宜暂由霸突鲁主持管理。这样忽必烈系念中原臣子命运的心终于放轻松了，他就暂且在哈尔和林做起了尽失颜面的“闲王”了。

蒙哥利用“钩考”对忽必烈来了个“釜底抽薪”后，就又对他这位二弟格外关心起来。他不仅让御医很快医好了忽必烈的脚疾，而且还让阿里不哥、大皇后忽都岱和大皇子玉龙答失不时来忽必烈住处探望。就是他自己也很难得地在一天晚上过来闲聊来了。他考考小真金，逗逗那木罕，因为芒哥喇又被大皇后领了去，他就又讲了几个芒哥喇的趣事。跟孩子们逗完了，他才和忽必烈、姚枢进了书房。

蒙哥大汗坐定后就问姚枢：“姚先生，你对征战南家思有何高见？”

姚枢也毫不谦虚，直言道：“蒙军过去屡次伐宋，但只是乱砍乱杀一气，马上去马上回，秋天去春天回，攻占之时土地入蒙军之手，退撤之后土地又复归原主，因此，百姓视蒙军为敌，视宋军为己，不足怪矣。如果蒙军每占一地即长期治理，抚民安心，那么百姓久而久之也就认同蒙古国了。这样再对宋军发起攻击，其距离也就近了许多，省去了奔波之苦和粮草的运转，真是方便多了。”

蒙哥大汗颔首称是。

“姚先生所言果然不凡，怪不得二弟一再提起先生呢。”

“其实不管是谁为君王，只要善待百姓，民则拥护；反之，民则反对。天下一家，一视同仁，此乎理也。”

“姚先生所言甚是，甚是！”

此时的情景，让忽必烈忽然想起了自己小时候总是受大哥关爱的事情来。唉，大哥还是那时那个大哥么，自己还是昔日的那个自己么？究竟是大哥变了，还是自己变了呢？人要是总也长不大该有多好啊！

第九章　佛道激辩　挂帅南征

蒙哥大汗终于决定要攻打南宋了。

蒙哥大汗既要完成圣祖的遗愿，又要让自己成为成吉思汗第二，而实现这两大心愿的唯一途径就是要灭掉南宋。

1258 年 2 月，蒙古大举攻宋，三路进兵，似三把大刀砍向南宋。西路由蒙哥大汗亲自率领攻打西川，中路由东道诸王塔察儿等人率领攻打鄂州，南路由兀良合台率领攻打潭州（今长沙）。三路大军共同搅动，南宋大地燃起战火，黎民百姓又遭涂炭，背井离乡，四处奔跑，苦不堪言。

其实，在 1256 年春，成吉思汗之婿，亦乞剌思部的帖里垓就提出了南下攻宋的建议，他说："南家思国离我们这么近，又无心归顺于我们，我们为什么还允许它的存在而拖延着不去征服这个国家呢？难道我们等着人家来征服我们草原吗？"

蒙哥大汗表示赞同，说："我们的父兄们，过去的大汗君主宗王们，他们每一个人都是在征战中建立了功业，征服过某个地方，在人们中间提高了他们的名声。我们是他们的后代，我们的身上流着他们的血，我们决不当胆小鬼，我们也要亲自去骑马砍杀，去攻打与我们为敌的南家思。我们要用战功来证明我们自己，证明我们不是孬种，而是草原上的雄鹰！兄弟们，拿起刀枪吧，跟着我消灭南家思，杀死他们的男人，夺取他们的女人和财宝吧！"

这时的蒙古民族，确实是一个刀马至上、极力主张狂热扩张的民族，任何人要想赢得这个民族的尊重，唯有用战功来实现，即便是蒙古大汗也如此，久不出兵征战，就会被各宗族轻蔑，就会被他的臣民耻笑。所以蒙哥大汗要进攻南宋也不需要什么理由，如果非要勉强找一个，那只是为了"提高自己的名声"，再有，就是女人与财物。这看似荒唐至极的理由，这注定要给其他民族带来灾难的行为，却被蒙古族人看得那么认真、庄重与神圣，以致他们竟然群情激愤，好似南宋人掳走了他们的爹娘与妻儿一样，一场大规模的攻打南宋的战争就这样决定了。而忽必烈在漠南推行的"汉法治汉地"引起了蒙古草原中心主义旧贵族的反对，也引起了蒙哥大汗的警惕与不满。在一次军事会议上，成吉思汗的异母弟，当时在世的唯一的一位老一代贵族，这一年已经一百一十岁的别勒古台宗王奏告道："忽必烈亲王已经出征过一次并且完成了任务，现在他正患脚疾，我看他可以待在家里了。"

这位老前辈的话无疑剥夺了忽必烈的军权，而这也正符合了蒙哥大汗的想法。

但蒙哥大汗要御驾亲征却招致了不少人的反对，他们倒也是从大汗的安危出发而有意见的。他们认为蒙哥大汗已有七个同父兄弟，完全可以让这些兄弟领兵出战。他们的理由是"陛下身为天下的君王，不应身临险地与敌人作战"。

蒙哥却坚决否定了这样的意见，他说："我要跟兄弟们一起流血，一起拼杀，一起攻下南家思。我以前发过誓，要亲率兄弟们踏平南家思，已经说过的话不能食言，出尔反尔不是蒙古大汗所为。"

其实，蒙哥的真实想法是：我是至高无上的大汗，我必须用战功来树立我大汗至高无上的形象。尽管蒙哥在继承汗位之前曾在"长子西征"过程中立下过赫赫战功，但蒙哥大汗总觉得人们已把他昔日的辉煌渐渐淡忘了，如今人们一提起战争，就会津津乐道地讲起旭烈兀横扫西南亚和忽必烈奔袭大理国的事情，似乎蒙哥大汗以前的战绩再也不值得一提了。所以蒙哥大汗急需用战果来再现自己昔日的辉煌，让整个草原都狂热地尊崇他这个无人可以替代的英雄。

阿里不哥当然也急于要用战功来证明自己，为日后继承汗位积累资本。但蒙哥大汗在最后的一刻还是把这位四弟留在了草原，因为一方面，在大汗出征的时候必须要对草原严加防范，另一方面，在一母所生的四个兄弟中，阿里不哥显然是最无头脑的一个，就是基于对幼弟的关爱也不能让他去战争中出丑。为了安慰阿里不哥，蒙哥大汗任命他为"监国"，当然这任命也有防范二弟忽必烈的成分。但他又将留守汗国的"怯薛"统帅之权交给了自己的儿子玉龙答失，这也看出他对阿里不哥也似存戒心。这些安排足见作为一个大汗的复杂心理。

当然，他在表面上也没有冷遇二弟忽必烈，在几次会议上，乃至在最后的出征誓师大会上，蒙哥大汗都挽着二弟忽必烈的手，或叫他坐在自己的右侧，因为按草原习俗看"右首为大，右首为尊"，由此可见蒙哥大汗的用心何其良苦了。只是在宣布出征宗王与将领名单的时候，蒙哥大汗才用极其惋惜的语气说："忽必烈亲王因身体状况就不参加这次征战了，这对我们来说实在是一大遗憾！"

各路大军浩浩荡荡踏上征程，只有忽必烈悻悻地回了王府。瞧见他闷闷不乐、满脸愁云的样子，姚枢便满脸笑容地说：“恭贺亲王尚有闲暇时刻了！”

“姚先生你就别烦我了！大汗不信任我，你还紧着逗我！”

“非也！非也！”

“那你说不是这样吗？”

“大汗这是在跟你怄气，他是要让整个草原都看到，他大汗也是能征惯战的英雄，而且还比您这个亲王更加出色。”

“可我也没说过他打仗不如我啊，跟我怄什么气呢？”

“人嘛，有时候就是有这么一股劲，争强好胜，唯恐不如别人。尤其是你们蒙古男人，好像不会打仗就不配做男人似的。大汗也是人，一个有血有肉的蒙古男人，既然是人，终归跳不出这说不清道不明的怪圈的。”

“唉，算了，那就趁此闲暇多跟姚先生学些文化吧。”

“这恐怕只是亲王的一厢情愿了。”

“怎么，还会有什么事？”

“只怕用不了多久大汗就会调你上战场的。”

“何以见得？”

“唉，据我看来，大汗一不占天时，蒙军大多出自草原，根本就没在汉地训练过，他们对汉地的气候很难适应。大汗二不占地利，汉地的地貌可是山高水多，习惯于骑马作战的蒙军也实难适应。大汗三不占人和，这条是最重要的，这里既有内部各宗王之间的不和，也有外部刚刚被‘钩考’过的中原人士的抵触。亲王试想，天时地利人和都缺失，这仗能打多久？恐怕用不了多久，大汗的锐气就会受挫，到那时大汗就会想起您这熟悉汉地情况的亲王了。”

“这么说，似乎也有道理。”

“那不妨我们打个赌，看老夫是否言中。”

“赌就不打了，我们就拭目以待吧。可是我现在做点什么好呢？”

“亲王最好是向大汗表示一下出战的要求，这样也免得到时候大汗磨不开脸面。”

“那好，我就让郝经起草奏章，明日就派人送与大汗。”

“这样最好，省得我们在此优哉游哉的惹大汗疑心，怪罪我们不关心战事。”

攻打南宋的战争一开始非常顺利，尤其是蒙哥大汗所率的西路军，先锋纽璘在遂宁大败南宋名将刘整的军队，又经过一场苦战，占领了四川重镇成都。留汉世侯刘黑马守成都，纽璘又率骑兵南下，渡马湖江，进攻叙州，活捉宋将张实。宋将吕文焕进攻涪州浮桥军，被纽璘打败。东路军在塔察儿宗王统率下已逼近荆襄。南路军在老将兀良合台的指挥下也已走出云南。三路大军捷报频传，使蒙哥大汗声威大震。

此时，蒙哥大汗率主力驻军六盘山，为出师祈祷，那摩国师也来到此地。祈祷完毕，那摩国师就向蒙哥大汗诉苦，说道教首领李志常和张真人欺辱佛教，还到处散布《老子化胡经》，根本就不执行蒙哥大汗的旨意。原来，道教全真派弟子凭借其前辈长春子丘处机曾受到成吉思汗两次诏见的恩威，在燕京、河北及晋北地区屡屡欺压儒生及佛教徒，毁寺庙几百所。他们还刊印晋人王浮所著《老子化胡经》，竟说老子暮年到了古天竺，教化胡人，后投胎于佛祖母亲腹中，成为释迦牟尼的化身。

这种做法引起佛门弟子的义愤，少林寺和尚福裕受蒙哥大汗北诏时乘机面诉道教虚妄。于是蒙哥大汗派了三个书记官在哈尔和林召集了一场宗教辩论会。佛教就联合伊斯兰教、基督教一起对道士们进行批驳。尽管道士们迫于当时的压力均保持沉默，但他们并没有从心里被佛教驳倒。他们是以沉默来表示不服与反抗。所以蒙哥大汗又令阿里不哥在哈尔和林万安阁下主持佛道两家再次进行辩论。佛教代表福裕指责全真道欺瞒朝廷，倚仗钱财取媚官府，恃强凌弱霸占佛寺，损毁佛像，打碎石塔，历数其五百多事例，使全真派掌门人李志常无言以辩。

当听完阿里不哥的汇报后，蒙哥大汗认为道家理短，就召李志常面讯，责其奉旨焚伪经，还佛寺三十七所。但在具体落实上，道士们却大打折扣，这引起了佛门弟子的不满。蒙哥大汗听完那摩国师的诉说后很是气愤，就下旨让忽必烈回开平城府主持一次佛道大辩论。随后，蒙哥大汗就将辎重留下，率大军迅速南下了。

忽必烈接到旨令，就带家眷返回开平府。这时开平城建已经竣工，遣散四处的汉臣谋士又被忽必烈召唤回来，大家别后重逢，自然感慨颇多，这自不用叙。很快，各地佛道代表奉旨来到，辩论大会按时召开。忽必烈宣布：按照印度宗教辩论的习惯，失败的一方要接受对方的教法。双方各有十七人参加辩论，辩论的中心问题已经不是孰优孰劣，而是集中讨论《道藏》中哪些是伪经，应当予以焚毁的问题。

在这次辩论中，八思巴锋芒锐利，他对道士们步步进逼。当道士们搬出《史记》等书，八思巴就问："这是什么书？"

"均是前代帝王之书。"

忽必烈就说："你们讨论的是教法之事，攀缘前代帝王何用？"

亲王一语否之，道士们就气馁了。八思巴就趁势紧攻道："你们所说的《史记》书中可曾有'化胡之说'呀？"

道士们只好据实答道说没有看见到。八思巴就又问："那么老子传下来的是什么经？"

"《道德经》一书。"

"《道德经》中可有老子化胡的说法吗？"

一个道士辩解道："老子化胡已是老子仙逝之后的事情，《道德经》是老子生前所著，这里怎么会出现他死后的事呢？"

八思巴就笑道："既然《史记》和《道德经》中均无记载，那你们的'老子化胡'之事从何而来呀？既无真实的来处，只能说明你们所谓的'老子化胡'之说是纯属凭空编造的！"

此次辩论的结果是道败佛胜，因为虚假的东西在事实面前肯定会露馅，再加上忽必烈对八思巴的偏袒，注定了全真道士终将一败涂地。最后在公证人姚枢等的监督下，道士樊志应等十七人被带到龙光寺削发为僧，焚毁道教伪经四十五部，为道教霸占的佛寺尽归佛教所有。佛道大辩论对道教的打击是非常沉重的，但这也不能说明当时是抑道兴佛，道教的失败实是咎由自取。实际情况是，蒙哥即位后仍然执行着成吉思汗宗教信仰自由的政策，虽然他本人信奉萨满教，这在元代历届大汗中都是如此，只不过有些大汗有所偏爱罢了。

失去军权和大汗信任的忽必烈，在佛道大辩论后又整日优哉游哉了。他有时与察苾听八思巴讲论佛理，有时干脆就带些人骑马射猎，或者跟姚枢等诸谋士谈古论今。有一天大家谈到蒙哥大汗进军神速的话题，郝经就发表了不同的看法。

"这些胜利都是出奇制胜所致，蒙军擅长骑马奔袭，打了宋军一个措手不及。而往后再取胜就困难了，宋军已有防范，蒙军又已进入山岭或河湖等易守难攻之地带，战争很快就进入相持阶段。何况长期僵持，在宋军坚壁清野的情况下，蒙军必被粮草所困。蒙军主动突袭尽失，又不能久战，其被动则不言而喻。"

而郝经这番话才过了几天，就传来东线损兵折将大军退却的消息。又过几天，西线和南线也无胜讯了。而不断传来的却是蒙哥大汗对部下的训斥，尤其是对东路统帅塔察儿的申斥："你们回归之日，朕必要狠狠惩罚你们！"有的宗王甚至也跟着发怒，大骂东路军将领是带着烂屁股忙于吃喝的猪。这些消息都在证明，攻打南宋已严重受挫。

有一天，近侍燕真对忽必烈亲王说："大汗越受挫，疑心越大，而亲王在此游玩享乐，势必会惹大汗生气。"

忽必烈认为燕真说得有理，就派人到四川前线向蒙哥大汗汇报佛道大辩论的情况，顺便告诉大汗：弟腿疾已愈，实难坐视大汗亲挡矢石出生入死，望大汗允弟与兄并肩作战，以尽手足之情。

正在为东路军溃退暴怒的蒙哥大汗，突然看见了二弟忽必烈派来的使者，此时他对佛道论辩之事已无兴趣，只是关心忽必烈的情况。

皇庶弟木哥就说："那下面还有一封信函。"

蒙哥大汗就拿过去看，看着看着，眉头就渐渐舒展开来，看完后脸上竟露出了笑意。木哥就问："是二哥的私函吧？"

"你二哥脚疾已好，要求打仗呢！"

"这倒是好消息，二哥熟悉汉地情况，又能指挥打仗，若是真能前来，兴许会破了眼下的僵局。"

"你说得有理，那就让你二哥统领东路军务，尽快向南家思推进。木哥，你就替我传旨去吧！"

"遵旨！我也真想二哥了。"

"那就速去速回！"

"遵旨！"

木哥接令，率卫队日夜兼程飞马进了开平城。由于木哥的母亲又是忽必烈的乳母，俩人的关系甚是亲近，所以木哥对关乎忽必烈的事情就特别上心尽力。当得知忽必烈又被重用，幕僚们就都兴高采烈地聚集到王府来了。

忽必烈与木哥在书房私下交流完，便携手来大堂跟大家见面。此时阿合马也将酒宴摆上，大家就借给木哥接风的席上为忽必烈出谋划策了。综合众人的意见，忽必烈觉得目前最棘手的有两个问题：一是如何处理与原东路军统帅的关系；二是如何改变东路军的被动局面。可因为时间紧急，这两个问题不可能马上就能解决，只好针对日后的具体情况再想办法了。

木哥因前线战事繁多，第二天就辞行了。于是忽必烈就对人事做了些安排。察苾王妃等家眷留在开平城，重新任命姚枢为王府尚书，刘秉忠与孛儿述为副，加上王鹗窦默等人一起辅佐王妃为前线筹集粮草。而伯颜、廉希宪、郝经、商挺、赵壁、阔阔、张文谦、阿里海牙等随忽必烈从征。孟速思依然坐镇燕京，也尽可能地为前线筹措钱财。

1258年11月，忽必烈自开平起行，第二年二月会东路军诸将于邢州，从塔察儿手中接过军权。果不其然，东路军已差不多军心涣散，诸将领对来自各方面对他们的指责既不服气又怨气冲天。他们认为西路大军尽遣名将精兵，给养又运送及时充足，言下之意是西路军沾了"御驾亲征"的光。但他们又不敢指责大汗，就纷纷大骂负责粮草的大臣。

忽必烈在了解这些情况后，召开了会议，他首先明确指出，东路军失利绝非塔察儿大王无能，这是多方面因素造成的，比如对汉地情况的不熟悉，比如在平原山地作战不能照搬过去的战法，比如粮草供应得不及时，等等。然后忽必烈话锋一转脸色肃然地说："有的人认为筹粮官厚此薄彼，这是不用脑子乱说话。木哥宗王告诉我，西路军之所以粮草充足，那是除了动用储备粮，他们还从蒙哥都王子那得到了支援。而我们却没有就近征集，只等待后方供给；可我们的草原是不长庄稼的。储备的粮草是很有限的。"

忽必烈见大家沉默不语，就又接着说："打仗哪有不遇到困难的。我们的失利除了粮草问题，我看还有一个人心向背的问题。我们将士不善待当地的百姓，致使我们得不到准确的情报，成了聋子瞎子。甚至，百姓由于恨我们，有人还送假情报给我们。敌人大量增兵了，可我们却一无所知；敌方换将了，我们也不知道。你们说，这仗能打胜吗？我看这才是失利的主要原因吧？"

忽必烈见有些人低下了头，就又说："我们的将士打仗是勇敢的，这毫无疑问。但现在是在汉地作战，不是在我们草原，环境变了，问题多了，我们再用以前的经验作战就不灵了。我们首先要做到知己知彼，其次要做到调整战法，再有，要做到善待汉人。从现在开始，我们就忘掉过去，一切从头开始。全军将士精诚团结，积极认真备战，群策群力，用我们的成绩来证明我们的能力。"

这样，东路军塔察儿部便投入积极备战之中了。

忽必烈也忙碌起来，他和塔察儿一个军营一个军营地巡视着，跟主要将领商量着战法。他很尊重塔察儿，凡事都征求塔察儿的意见，这令塔察儿很是感动，使他也积极地为战事奔忙起来。

五月，驻扎小濮州。得知此地住有高人大儒，忽必烈便亲自登门请教。当地大儒家宋子贞、李昶见忽必烈如此屈尊虚心，就也直言不讳地谈了起来。当谈到南征方略时，宋子贞直言不讳道："蒙军是威武有余，仁德不足。"

"何以见得？"

"宋军为什么宁死不降？是他们天生就不怕死么？不是。但如果战是死，投降也是死，那谁还会选择投降呢？若是蒙军发出传告，只要投降不仅免于杀头，而且还无须治罪，甚至有赏，那情况就会大不一样了。”

“哦?”

“不对么?”

“先生之言甚是！可是我却没有想到，惭愧啊!”

忽必烈笑了笑，很诚恳地点头称是，便又问起“治国用兵之要”。李昶就说：“论治国，则以用贤，立法、赏罚、君道、务本、清源为对；论用兵，则以伐罪、救民、不嗜杀为对。”

二人的回答让忽必烈思路变得明晰起来，他打拱道：“听君一席话，胜读十年书啊!”

忽必烈茅塞顿开，他终于理清了如何瓦解敌人、争取民心的问题，而这也正是南下攻宋的要害。从此忽必烈就开始以“伐罪、救民、不嗜杀”作为南征的旗帜。按照以上这七字方针，汉儒们马上就拟文形成传单布告，揭发南宋国君臣子花天酒地，霸地强税，搜刮民脂民膏的罪恶，这便是蒙军要讨伐南家思的原因。而讨伐南家思就是要救百姓于水火。因此忽必烈就严令军队，不许抢掠百姓财物和焚烧百姓房屋，更不许随便杀人。又向敌人撒传单喊话，劝敌人投降，说只要放下武器投降就一律不杀，包括曾经抵抗过蒙军的将士。就这样，忽必烈对南宋军民展开了一场强大的舆论攻势。

但先前抢劫习惯了的一些蒙古兵并没有把这些命令当回事。一天郝经外出办事，见一个蒙古兵小头目正在抢劫一个妇女的财物，就上前去阻止。

那小头目见是一个儒生打扮的军中汉人，就满脸不屑地说：“我们蒙古亲王瞧得起你，你就不知天高地厚了。告诉你，你们汉人在我眼里就是一条狗，甭说抢一个汉人的东西，就是杀死一个汉人又能怎样?”说着，这小头目手起刀落，竟然真把那妇女劈死了，然后冲郝经哼了一声，拿了东西便走了。

郝经立即返身回营将此事向忽必烈禀报，忽必烈气得脸色煞白，带了几名护卫就追了出去，当众砍了这个小头目的脑袋，并将此事传谕全军，重申纪律，任何人不得以任何理由抢杀汉人，从此违犯军纪的现象便没有了。

由于忽必烈在汉地推行过的“汉法治汉地”的方法深入人心，所以一听是忽必烈亲王挂帅南征，汉地世侯人家就积极为大军筹措粮草，这使军队再也不用为吃饭喂马发愁了。不久，汉地大世侯张柔派其文武兼备的儿子张弘范率万余兵马前来相助，没过几天，好友霸突鲁也率军赶到，加上一些欲向忽必烈表示忠心的其他大小汉侯的人马和原有的东路军，人数已达到十五万人。

时机成熟了，蒙汉联军就一鼓作气渡过淮河，再次来到桓城下。塔察儿曾来过这里，结果被打败了，不得不撤到了淮河北岸。守城将领见蒙军又重来攻打，就有些轻敌。蒙军在伯颜的指挥下发起攻击，只见先锋官郑鼎身先士卒挥舞着大刀，呼呼风响着边拨挡着箭矢，边登梯翻上城墙，迅速就拿下了桓城。败退的守军将领见此次蒙军不同以往，便派人打探，得知是忽必烈亲王当了主帅，就撒开脚丫子逃跑了。连克几座城后，忽必烈的各支军队便齐聚到了长江北岸。

当忽必烈连连摧城拔寨的消息传到西路军后，蒙哥不觉精神大振，他暗地里对弟弟木哥说："汉人常说'打仗亲兄弟，上阵父子兵'，这话真是一点不假。看来，你二哥还真不简单呢！"

蒙哥大汗一边派人把此消息通知南路军兀良合台，以激发他的斗志，一边率西路军一举又攻克了四川的大良坪。但远离母地连续作战，将士们已渐显疲惫。而眼看夏天又要到了，蒙军不怕寒冷，却难耐暑热，是进是退，这是摆在蒙军面前的一个关键问题。

这时候，郝经上呈给忽必烈一篇《东师议》，对蒙哥的三路攻宋几乎是进行了全面批评。

郝经虽然只是一位饱学的儒生，也从无实战经验，但他早年长期充当汉军万户张柔的谋士，对兵法战略颇有研究，这从《东师议》中可以看出。首先他认为蒙哥大汗犯了一个战略错误，就是"出师无名"，只想一心踏平南宋，却违反了古圣先贤的"以德不以力"统一天下的原则。其次，出征太过仓促，刚以"钩考"搞乱了中原，既失民心，又无太多的财物储蓄，难长久用兵。第三，违反了"万乘之尊不宜轻动"的古训，御驾亲征之举，无疑是逞匹夫之勇，实不足取。第四，以己所短克敌所长，违背了蒙古国"长于骑"和"以奇胜"的作战传统，打"阵地战"和"攻城战"非蒙军所长，最起码目前不是。最后，他提出了"先荆后淮，先淮后江"的南征方略，这一战略方向的选择与此后南宋降将刘整提出的战略几近吻合。忽必烈对郝经的大胆议论感到十分惊讶，但熟悉汉地的大将霸突鲁看了却大为赞同。反复思考后，忽必烈就也趋同了，只是不便公开表示支持。而在各路军奋战的当口，忽必烈也不能按兵不动，更不能将《东师议》呈奉蒙哥大汗。

1259 年夏，蒙哥大汗面对"进与退"召开置酒大会，会上各诸王将领意见分歧很大，吵吵嚷嚷，各执一词，各不相让。札剌亦儿部人脱欢主张北撤，他站起来说："南土瘴疠日重，将士不堪忍受，大汗应迅速北撤回草原休整，养精蓄锐。我们占领的土地，可以委派官吏来治理。待秋凉马肥之时，大汗再率军而返，必能获胜。”

阿儿剌部人八里赤却坚持继续攻打，他以不屑的语气高门大嗓地喊叫：“脱欢是害怕打仗了，他可以回去搂女人了！我们不一鼓作气拿下南家思，无异于养虎为患。我愿率人马作全军的先锋!”

一位出身西夏，长期担任成吉思汗宿卫后又随窝阔台征战过汉地的老臣木速忽里支持脱欢的意见，并分析说：“经过这段时间的攻打，虽然四川这地方的三分之二已归我所有，但归降我军的只是巴江下游地区，这些地方皆是土贫山瘦之地，连兵粮全仰仗东南救济，攻不攻已无意义。但重庆、合州是重要的屏障，城皆依险而筑，易守难攻，我们攻打他们未见有利。但如果派些精兵放在两城之间与我们的四川守军相配合，不断地惊扰他们，我们的大军就可以沿水路顺势东下，出荆楚，跟鄂州渡江的忽必烈亲王合在一起，这样东南地区可一举而下了。但这些行动应在秋天进行为宜。”

这位老臣的战略眼光确实精准，只可惜他的妙计很快就被那些只知喊冲啊杀呀的蒙古众将的意见给淹没了。这些勇敢的将军坚持：攻城应趁热打铁，不可前功尽弃，并认为老臣的妙计是妇人之见。蒙哥大汗因为建功心切，就没有深思便否定了正确的意见。1259 年夏天，西路大军贸然进迫钓鱼城下。

钓鱼城是一座屏蔽重庆、卫护巴蜀的军事重镇，它位于嘉陵江、渠江、涪江三江的交汇处，依山临江而建，地势险峻。再加上有二十多年的精心构建，连炮石都对它无可奈何。当时城中已有十余万南宋军民坚守，其守城将领王坚更是坚决主战的人物。当蒙哥大汗派宋朝降臣晋国宝前去招降时，王坚则向其表达了誓与蒙军血战到底的决心，随后便将晋国宝放出城去。可晋国宝还没退出多远，王坚又骑马追出，硬是杀了来使，以此来表达他对侵略者及投降者的愤恨。蒙哥大汗得知，气得立即就令大军攻城。

但攻打了两个月，蒙军损兵折将，却始终被阻止在钓鱼城下，以致军中流传起“钓鱼城无鱼可钓，只有钓鱼山可看”的悲观论调来。而这时候南宋又派吕文德担任四川制置副使，率军从鄂州支援合州，并打败了蒙古在涪州的守军，进入重庆。随后，吕文德又沿嘉陵江而上增援合州的钓鱼城，欲形成城内外夹击之势，一举将蒙古主力聚歼于此。

蒙哥大汗感到形势严峻了。这时多亏史天泽率汉军赶到，迎面拦击了吕文德的援军。蒙哥大汗便紧张地立马于山上观看史天泽与吕文德的恶战。

史天泽率汉军英勇作战，三战三胜，斩敌三千，挫了宋军的锐气，迫使吕文德败回重庆。蒙哥大喜，连连叫好：“真是一员神勇的老将!”

他纵马下山亲迎史天泽，重奖了史天泽等将士。

蒙军将士受史天泽汉军大胜的鼓舞，就又开始猛攻钓鱼城。这时城内已缺食粮箭矢，宋军将士与百姓处于半饥饿状态，但主将王坚宁啃树皮也要誓守此城。当将士们瞧见主将王坚总是哪里危急就出现在哪里时，就也都咬紧牙关坚持着。宋军民团结一心，昼夜坚守，毫不松懈。就这样，钓鱼城的军民打退了蒙军一次又一次的进攻。钓鱼城久攻不下，而宋廷又打算再派援军前来，蒙哥大汗知道越拖对自已越不利，可又无计破城，真是心急如焚。为了赶在宋援军到来之前拿下钓鱼城，蒙军又发起了新一轮攻势。

一天，蒙军又来攻，老将汪德臣在弓箭手的掩护下，衔刀登梯而上，士兵见此就也不顾死活地硬往上冲。蒙哥大汗见状，亲自擂鼓助威，激励士气。城上的王坚在这危险关口，丢下铠甲，赤裸上身，举起石头就往下砸。守城军民看见了，就也不顾飞蝗般射来的箭矢，拼命地往下扔石头。许是这守城军民的顽强感动了老天，忽然天降大雨，浇得登城的蒙古兵在云梯上睁不开眼睛，地下的弓箭手也抬不起头，顿时慌作一团。没有蒙军射来的箭矢的威胁，城上的宋军低头防御却看得清楚，他们准确地扔着石头，几乎扔下的每一块石头都砸在蒙军的身上，砸得蒙古兵纷纷从云梯上跌落下去，砸得蒙军将士一个个变成了肉饼。亲临战场督战的蒙哥大汗不再擂鼓，他的眼睛简直在喷火，当他眼见着老臣汪德臣从云梯上跌落下来，就下意识地拍马向前要抢回这位勇敢的老臣。

“大汗，危险!”

因为事发突然，护卫们都被蒙哥大汗甩在了后边，木哥见了，就边喊边策马追赶，弓箭手们也不顾大雨浇脸了，都拼命地往城墙上射箭掩护他们的大汗。蒙哥也真是神勇，他旋风般地冲到城下，一屈身就将汪德臣的尸体拽上马来，然后勒转马头就往回来。但这些被城上的王坚看得真切，他一看下面这人的气派，就知道前来的绝非一般将领。王坚躲避开蒙军射上来的箭矢，抓个空当，便迅速搭上支箭射了出去。许是受了大雨的影响，箭只射中了蒙哥大汗的头部右侧。蒙哥大汗在马上晃了几晃，抬手拔下箭，将其掼在地下，就打马回撤，途中被护卫们救了回来。但回到蒙军大营，他就神志不清了。

虽经御医拼命抢救，蒙哥只对他的异母同父的弟弟木哥说了一句话：“回家吧!”

这位蒙古国的第四任大汗死去了。

第一〇章 继位称汗 平叛削逆

在忽必烈大军陈兵长江北岸之时，南宋内部正展开着一场激烈的“和”与“战”之争。权相丁大全主张迁都以避蒙军之锋。太学士陈宗等人上书力战。不久丁大全被罢相。而宋理宗的宠妃贾贵妃借机向皇上举荐其兄贾似道。宋理宗就任贾似道为知枢密院事，两淮宣抚大使，令其驻军汉阳，援助鄂州，成了军中右丞相，掌握了南宋军政大权。而这时候，由于西路军开始撤退，南宋大将吕文德已率军回援鄂州。看情势，似乎一场大战难以避免了。

恰在这时，木哥暗中派出的亲信飞马进了忽必烈的中军大帐。得到蒙哥大汗的死讯，忽必烈自是万分悲痛。但他是军中主帅，尤其是在国家面临变故的时候，他更需要头脑冷静。因为木哥与忽必烈的关系，所以木哥在信中建议忽必烈迅速撤军北上夺取汗权，以完成圣祖的遗愿。

木哥在信上还说：蒙哥大汗死得突然，生前又没有确定继嗣，如稍有迟缓，必汗权旁落，而当蒙哥之死的正式通知传来时，军中的不少文臣武将也持与木哥相同的意见。忽必烈就将塔察儿、霸突鲁、张弘范和廉希宪、郝经等找到一起，说：“我蒙古大汗自圣祖以来，南征北战，从未无功而返。这次攻打南家思，大汗身先士卒死在钓鱼城下。而我们就这样撤回草原，那就等于宣告了这次南征的全面失败，这既愧对于蒙国大汗，又愧对于草原父老。我是奉大汗之命南征的，怎么可以就这样转身回去呢?”

忽必烈的这番话首先打动了东道亲王塔察儿，这位身上也有着成吉思汗血缘的老王爷掷地有声地说：“身为蒙古男人，我们决不能把羞耻带回草原去，蒙古人当以蒙古心决断之!”

霸突鲁则是从军事角度来说话：“现在撤回去，不仅我们所得的地方要被南家思轻易收回，更危险的是兀良合台将军的南路军孤军无援，必定要全军覆没。而如果我们坚持进攻，就会与南路军胜利会师，保住蒙军的实力。”

郝经更从政权方面考虑。他说：“争夺汗位不仅需要时机，更需要有实力，不然就是暂时取得汗位，也会很快就被别人夺去。西路军将广人多，他们虽然在六盘山待命，但其主要将领不可能跟我们一心，而就是留守草原的人马也比我们雄厚，一旦跟他们刀枪相见，我们很难占得上风。但如果我们继续攻打南家思，则会在诸路王爷和大臣们眼里留下一个亲王以国事为重的印象，就会赢得一些诸王大将的拥护。”

最后商议的结果，大家一致同意，大军不仅不能立即北归，反而要马上加强进攻。

1259 年 9 月的一天上午，忽必烈率几位将军登上香炉山俯瞰宽阔的长江，只见江上宋军几千只战船严阵以待，船后江南岸旌旗猎猎，连营绵延，看不见头尾。忽必烈就转身与将军们围着地图研究战法。

伯颜指着江南又在图上查找着说：“南宋防御的兵力与我们相当，均是十万人。但宋军熟悉水战，又是以逸待劳，既可以在江面与我军水战，又可在江岸凭工事阻我军上岸，倘若我军要是采取全面进攻的方式必惨败无疑。所以，我认为应选择几个点，重点进攻跟佯攻结合起来，让宋军辨不出虚实，这样我军就可集中优势兵力，一鼓作气冲上南岸，彻底突破宋军的江南防线。”

张弘范小将军点头称是，并补充道：“这样我军也可以将有限的熟悉水战的将士集中起来，形成局部优势，像锥子一样地扎出去，不求歼敌多少，唯求尽快打通上岸的通道，以便后续部队跟进。”

忽必烈肯定了这种战法，又说：“在细节上再反复推敲一下，以达到万无一失。”

伯颜听了，就又仔细地看起地图来。

第三天早晨，天阴沉下来了，不久，雨飘了起来，整条大江雨雾漫漫，能见度很低。忽必烈下令渡江。木鲁花赤将军说：“这样的风雨天，风大浪急，又看不清楚对岸，恐怕不利于进攻吧？”

伯颜笑了，他说：“你当是在草原上骑马哪，天越晴朗就越好。这样的风雨天，你看不见敌人，敌人也看不见你，这样我们就可以出其不意地接近敌人，杀他个措手不及！”

木鲁花赤将军就拍着脑袋憨厚地笑了。

“哎呀！我怎么就没想到呢？”

“你是只想自己，不想敌人。打仗，知己知彼才可以的。”

“我是真笨啊！”

将帅们大笑起来。忽必烈冲伯颜一挥手，伯颜发令：“进攻！”

汉军万户张荣实率先领水军使轻舟疾速地冲了过去，获敌大船二十艘，俘敌二百，并斩杀了宋军将领吕文信，敌溺死者没法统计。后张荣实率军冲上南岸。汉军万户解城率水军从另一地点破敌，并立即将缴获的数十艘宋军大船派人驶往北岸接蒙古人马过江。待蒙军一过江，这些骠勇的骑兵便挥刀砍杀起来。宋军士兵大多是南方人，人矮身瘦，哪架得住这番厮杀，纷纷抱头鼠窜，朝城里跑去。蒙汉大军似水漫堤，然后又如一条长河奔鄂州冲去，旋即就把鄂州（今武昌）围裹起来，准备攻城。

这时，一些传令兵向各路兵马颁传旨令：凡我军士兵如有擅闯民宅者，杀无赦；凡是俘获的南家思普通士兵，悉数释放，不得以言语相辱之。故郝经在其《青山矶市》中诗曰："渡江不杀降，百姓皆安堵。"这样的优待，让宋军被俘人员深为感动，有些人干脆就加入了忽必烈的军队。

但鄂州城都十分坚固。本着先礼后兵的战场规矩，忽必烈命王冲道和李宗杰去鄂州城下招降。但鄂州守城将领张胜根本就不让他们进城，还一箭将王冲道射下马来，然后才打开城门，将王冲道擒拿进去。李宗杰只好打马回撤才侥幸逃跑。忽必烈见守军拒不投降，就下令攻城。可是攻城月余，蒙军汉军轮番上，又是挖地道，又是炮轰火攻，全不顶用。双方死伤各数万人，守将张胜也在激战中殉职，但守城宋军就是誓死不降。

十月末，宋军将领宋文德率军来援，杀出一条血路，乘夜进入了鄂州城，这就更鼓舞了鄂州守城将士的士气。

十一月，霸突鲁硬是杀出一条通道，将只剩下不足五千人的兀良合台的南路军接了过来。但鄂州的蒙军跟宋军的僵持状态却无法打破。

但在漠北，留守哈尔和林的阿里不哥却以"监国"的身份大大加紧了夺取的步伐，阿里不哥的谋臣们分析：蒙哥大汗既然没有确定汗位继承人，那就只能从亲王中推选。亲王中有资格继承汗位者除了忽必烈、旭烈兀、阿里不哥三兄弟外，其他人都资历或实力不够。东道诸王和西道诸王欠实力，蒙哥的几个儿子，或嫡子或庶子，如玉龙答失、昔里吉等既无战功又无威望，资历太浅。而伊儿汗国的旭烈兀正忙于经略他的土地，无心回来争汗位。钦察汗国的拔都合汗现已去世，其位由其弟别儿哥承继，其情况跟伊儿汗国如出一辙。分析来分析去，谋士们最后认定，有资格、实力和有心争当大汗的只有忽必烈和阿里不哥兄弟二人。

这兄弟俩各有优势与不足。阿里不哥作为"守灶"的幼子，继承了拖雷的主要领地吉尔吉斯草原和蒙古三河源头，掌握了蒙古汗国的主要领地和蒙古军队的主力。因为一直在汗廷辅佑大汗，身边聚集了一批政治、军事人才，而驻扎在六盘山的西路军的主要将领也听命于阿里不哥。所以在政治和军事上阿里不哥占有很大优势。而忽必烈胜在能力和威望上，他在经济上掌控着富庶的汉地财物，也比漠北富有；其主要支持者是以木华黎子孙为主的蒙古东路军和以塔察儿等为首的东道诸王，以及众多汉臣汉将。鉴于此，阿里不哥的汉臣老师李槃就说："蒙哥大汗突然去世，天下不可一日无主，大汗作为'守灶'的幼子，在这国家危难之秋，应勇于担当重任，为国为民负起责任。"

阿兰答儿是阿里不哥的死党，又曾支持蒙哥大汗"钩考"忽必烈，其手段之严酷至极，他这时候最怕忽必烈上台，担心忽必烈报复，他说："忽必烈与旭烈兀二人出征去了，蒙哥大汗把国家托付给了你，你还犹豫什么呢。难道你要我们像羔羊一样被割断喉咙吗？"急切之情溢于言表。

当蒙哥大汗的庶子阿速台保护其父的灵柩一回到哈尔和林的时候，阿里不哥就以"监国"之名义通知各地诸王贵族来此会丧，同时举行"忽里台"选举大汗。同时，阿里不哥还在暗中积极备军，准备应付不测。阿兰答儿、脱里赤奉命到燕京一带征兵征粮，妄想把汉地的一些地方控制在自己手里。

察苾王妃得知，就派阔阔去责问："发兵征粮这种大事，有太祖曾孙真金王子在此，为什么不让他知道，这样做合适吗？"

阿兰答儿不敢正面回答，只说是奉汗廷旨令前来。察苾感到有阴谋，就写信派人送给忽必烈。信上说，阿里不哥少汗派人来此征兵征粮，并从蒙古军中抽调侍卫军，其用意不明。这些军队我们是否要交给他们呢？信尾又用隐喻写道："大鱼的头被砍断了，在小鱼中除了你和阿里不哥以外，还剩下谁呢？你回来好不好？"

察苾所言引起了忽必烈的高度警觉，他立刻召集谋士商讨对策。郝经说："目前处境危险性很大，这与金海陵王之事颇为类似，如不回去，就会重蹈其覆辙。"

当年金国海陵王率军数十万攻打宋朝，完颜雍仅以两万人在辽阳政变。海陵王拒绝及时回师夺权，坚持打败宋军再回去跟完颜雍算账，结果兵败。所以，郝经又说："当断不断，祸害无穷啊！"

伯颜也说："鄂州城已很难攻破。目前我军是孤军奋战，很快南家思就会将各路人马聚集于此与我们决战，以我军现有兵马是不能取胜的。不如趁宋军未从惊恐之中复醒，断然回到江北，划江拒宋，为妥善也。"

忽必烈由此便下定了班师北归的决心，只是眼下差的是一个从容脱身的时机。就在忽必烈绞尽脑汁要想出一个稳妥的撤军方法的时候，宋军却主动派人来议和了。

原来，握有南宋军政实权的右丞贾似道，本是一个以斗蟋蟀、玩女人“闻名”的纨绔子弟，他既无统军作战的经验，又无管理行政的本事，面对能征惯战的忽必烈与兀良合台，他深感恐惧。而宋理宗也是怕得要命，他担心鄂州一失守，蒙古铁骑就会直驱南宋首都临安。所以，宋理宗不断地派人来问贾似道的退敌之策，逼得贾似道心急如焚，可他无计可施却又不想辞职让贤，憋来憋去就憋出个“议和”之计来。他向蒙军提出议和的具体条件是宋蒙双方以长江为界，宋朝向蒙古称臣，每年纳贡白银二十万两，绢二十万匹。

忽必烈的谈判代表拒绝了这一条件，说这是我们未渡江前的条件，今已渡江，这条件就远远不够了。为了迷惑敌人，蒙汉联军又采取了声东击西的战术，猛攻半头山，扬言要直捣临安活捉南家思的皇帝。贾似道闻知心中大惧，立即派人再次请和。蒙军的谈判代表赵璧表示：我蒙古忽必烈亲王实不忍百姓在战争中遭受涂炭，今你方再次恳请求和，表达善意，实符亲王之心。可我们是奉大汗之命南征，还当请示方可回复，请稍等些时日。谈判结果，基本认可了前次提出的条件。

忽必烈用缓兵之计减轻了蒙汉联军北撤的压力。第二天，忽必烈带郝经等策马赶赴开平城。兀良合台在六天之中悄然将军队主力撤回江北。第七天，宋军得知蒙哥大汗已经丧命，蒙古的西路大军已撤回到六盘山待命，这时贾似道才连呼上当，连忙派兵攻断浮桥，追杀蒙古后军一百七十余人。但贾似道却向朝廷报告说反攻获得大胜，取得了歼敌一万余人的大捷。

宋理宗听了龙颜大悦，亲自率百官出城迎接贾似道，并对其加官晋爵，使贾似道俨然成了一名抗蒙英雄。而贾似道却将“议和”之事隐瞒未报，使朝廷被蒙在鼓里。

闻听忽必烈回到了开平城，阿兰答儿和脱里赤便赶紧溜回了漠北。忽必烈便又派阿里海牙去燕京城镇守，全力协助孟速思整治地方。阿里不哥闻知，便派了一名万夫长和使者，带了五只海东青送给忽必烈，并说征兵征粮之事纯属阿兰答儿和脱里赤擅自所为，现二人正在哈尔和林受罚面壁，背念“札撒”呢。

忽必烈顺水推舟：“既如此，那就可以太平无事了。”

送走来使，忽必烈就派人去令霸突鲁、兀良合台、伯颜等率蒙汉联军主力回到燕京与开平一线，只留少数蒙军和一些汉军在长江北岸驻守。不久，阿里不哥便连派使臣多次催促忽必烈速回阿尔和林会丧并出席“忽里台”大会。而暗中，阿里不哥却让阿兰答儿和刘太平率一支精兵在半路埋伏，准备截击忽必烈等人，形势已然明朗化，阿里不哥是非要夺权不可了。

廉希宪劝忽必烈早定大局，商挺也说："先发制人，后发人制。天命不敢辞，人情不敢违，时机一失，万巧莫追。"

金莲川幕府旧臣一致要求忽必烈在开平城举行选汗大会，以造成先声夺人之气势。于是忽必烈就派人到草原各地如伊儿汗国、钦察汗国等，通知他们派人来开平城参加"忽里台"大会，忽必烈在通知上说："由于阿里不哥勾结一些人做了蠢事，本王只有在开平主持'忽里台'，此实属无奈之举。"

但由于阿里不哥通知在先，伊儿汗国和钦察汗国的代表皆赴哈尔和林参加蒙哥的葬礼去了，不可能再来开平了。1260 年 4 月，忽必烈就在开平举行"忽里台"大会。出席会议的有以本哥亲王为首的诸弟，以塔察儿为首的东道诸王，以蒙哥都为首的西道诸王共四十余人，还有以霸突鲁、兀良合台为首的蒙古大将及众多汉地谋臣和将领，如史天泽、张柔、张弘范、刘秉忠、姚枢、郝经、王文统等人。会议一致同意忽必烈为蒙古第五任大汗，诸王及文武众臣解下腰带，搭在脖子上，向忽必烈行九拜之礼。

刘秉忠宣读即位诏书。诏书明确指出先辈在开疆拓土中"武功迭兴，文治多缺"的优劣，蒙哥大汗"风飞雷厉……忧国爱民……"却"尊贤使能之道未得其人"的得失，新汗将"务施实德，不尚虚文"，强调了变通祖宗之法，建立适合蒙、汉广大地区的政治文化制度，以及解决百姓"饥渴所当先务"的事宜。

忽必烈即位之后，立即派出一个使团向阿里不哥告知此事。使团一到哈尔和林便被扣押了。阿里不哥随即也召开了"忽里台"大会，被选为大汗继承人。于是，一场兄弟之战不可避免了。

当时，忽必烈占据中原，阿里不哥盘踞漠北，二人都清楚地知道，要想打败对方，必须夺得秦蜀河西地区——即陕西关中、川蜀、甘肃河西走廊等地。这一地区尚有西路军驻扎在六盘山军营，又有不少兵马驻扎在四川。阿里不哥派到关中的主帅是浑都海，主要战将有霍鲁海和刘太平。但忽必烈比阿里不哥早走了一步，一宣布继承大汗之位，就任命了十路宣抚使，其中廉希宪为关右四川宣抚使，商挺为副，赵良弼为参政。三人受命后就昼夜兼程，赶往关中。前些年刘太平配合阿兰答儿到关中"钩考"曾大施"威虐"，并撤了忽必烈设在当地的行政机构。

廉希宪等进入京兆地区，召集百官，宣谕安抚，很快就将各种机构重新建立起来。关中本就是忽必烈的封地，又是廉希宪试行汉法的地区，多数人都感念他们的恩德，故而形势很快就好转起来。

有一天，廉希宪获报刘太平率军来接收关中事务，他立即召开紧急会议。会上大家都说手中无兵马，立等在这里只有束手就擒。廉希宪就决定就地取材，依靠当地拥护忽必烈的军队。他找到统领陕西汉军的总帅汪良臣请其出兵。但汪良臣没有收到汗廷的直接指令，有些犹豫。廉希宪便说事情紧急，我已派人去讨令。说完又付银一万五千两以充犒赏，并另出银两赶做新军衣。汪良臣本就得过忽必烈的厚待，便答应起兵。

当刘太平与关中主帅浑都海等赶到京兆地区时，汪良臣便率军迎了上去，对方大将霍鲁海挥刀来砍，被汪良臣的儿子汪良一枪挑下马来。浑都海见了想转身回撤，老将汪良臣搭弓射箭，将其射落。刘太平吓得浑身发抖，连逃跑都忘了，被廉希宪生擒。

第二天，有人来报，忽必烈的大赦令已到临潼，廉希宪说："大敌尚在，刘太平等不可赦！"说罢就派人将汗廷使者挡在郊外，迅速斩杀了刘太平等人，并以示众，然后才去迎接诏书，从而稳定了京兆的安定。事后廉希宪上书主动揽责。但忽必烈不仅没有怪罪廉希宪，反而对其大加表彰，认为廉希宪如古之名将，能随机应变，不拘常制。于是，忽必烈便在回信中对廉希宪委以方便之权。

就在京兆趋于稳定之时，四川守军与六盘山驻军会合到一处，由大帅纽璘统一指挥，开始北撤。廉希宪便又赶紧四处招收人马，得四千人，推蒙古官八椿为将领，又得汉军刘黑马等人的支持，准备迎战。纽璘闻京兆有备，又因蒙古将士久役思归，何况纽璘觉得自己跟忽必烈也无恩怨，就绕道准备经河西走廊北归。这时阿兰答儿领兵前来，正遇上纽璘，便要纽璘合军为一，进军关中。

纽璘为不得罪阿里不哥，就分了一部分兵马给他，说自己身体不好，就率另一部分人马回哈尔和林了。阿兰答儿便独自领军过关斩将，很快就杀气腾腾地接近了京兆府地。各地官吏都知道阿兰答儿心狠手辣，都人心思惧，纷纷上言要放弃关中和四川，廉希宪力言不可。

"大汗令我等为吏，恩泽如天，今事情紧急，正是我等报恩之机。如若后撤，有何脸面再见大汗！"

廉希宪组织人马节节抵抗，与阿兰答儿周旋苦战。而就在这关键时刻，忽必烈任命的西线总指挥合丹率一万人马及时赶到。合丹是窝阔台庶子，是西道诸王的领袖人物，德高望重，忽必烈用人不疑，这对战胜敌人起到了重要作用。双方在山谷地带展开决战。合丹分三路迎敌，他本人在北，八椿领军在南，汪良臣于中。汪良臣首先击败敌右军，八椿杀败敌先锋，合丹截击了敌退路，敌军不死则降。阿兰答儿见大势已去，就想逃跑，怎奈冤家路窄，正遇上了廉希宪，打斗了几个回合，被廉希宪挥刀砍死。阿兰答儿一死，他手下的人就都投降了。

此次战役完胜后，忽必烈不仅在总兵力上与阿里不哥旗鼓相当了，而且还控制住了秦陇地区，斩断了去往草原的粮道。

而在此时，忽必烈正在开平积极备战。忽必烈在中统元年（1260）五月，“以阿里不哥反，昭赦天下”。同时设立十路宣抚司以加强对中原的统治，并开始招兵买马，筹集粮草。因为哈尔和林的国库在阿里不哥的掌控中，忽必烈只有燕京的财富，根本就不足以赏赐诸王功臣，为此他重用王文统和阿合马等人，实行纸币制度和财政税收政策的改革，在不太长的时间内积累了大量财富，这才为忽必烈进行长期的战争和赏赐诸王功臣创造了条件。

一切准备就绪，忽必烈决定亲征阿里不哥，矛头直指哈尔和林。阿里不哥此时也虎视眈眈，在哈尔和林南一百里摆阵迎战。此时阿里不哥军有十五万人，皆蒙军精锐，忽必烈军有十万人，且是蒙汉合拼的杂牌军。因为人多，阿里不哥的军中主帅主木忽儿就先行发起进攻，万马奔腾，来势汹汹，大有拼一役而全歼敌军的势头。而忽必烈这方面，老帅兀良合台却从容镇定，待敌军接近，他才挥起令旗。只见队列一变，一头头巨象走了出来。又一摆旗，巨象就向敌方奔跑过去。原来兀良合台借鉴了大理国兵法，给敌人摆出了“巨象阵”。这巨象阵中的每头巨象上边都搭起了四方形的木筐，上有三名弓箭手和三名长枪手，远射近刺，加上大象的两只长牙和象腿的践踏，再严实的敌阵也架不住这样冲击。

看到突如其来的“庞然大物”，阿里不哥的士兵惊恐万分，掉头就往回跑，这就和后边还在前冲的士兵撞在了一起，一时阵脚大乱。就在他们自乱阵脚的时候，大象冲了过来，连踩带挑，加上大象身上的士兵连射带刺，敌人便死伤无数。侥幸躲过“巨象阵”的，又被紧跟在大象后边的蒙汉联军给收拾了。这一仗，阿里不哥的主帅主木忽儿首先丧命，士兵连死带伤过半，其余四散溃逃，跟随阿里不哥逃命的不足千人。忽必烈取胜后，便率军队进了哈尔和林。

惊魂未定的阿里不哥，带着残兵败将逃到谦州境内，实在跑不动了，又害怕忽必烈前来追杀，他就派人请求宽恕，说：我这做弟弟的有罪，你是兄长，可以对我加以审判，无论你判我到什么地方去，我都愿意。等我养壮了牲畜就来向哥哥赔罪。

忽必烈知道自己的这个弟弟是个没有头脑的人，其所作所为，多半是受谋士们左右，就说："明白了就好，让他好自为之吧！"

忽必烈在草原上度过冬天后，返回了开平。他留下一些军队让宗王也松格率领驻扎哈尔和林，并说："如果阿里不哥回来，就带他来见我。"

回到开平，正赶上伊儿汗国和钦察汗国的使者来到，他们带来了旭烈兀和别儿哥两位可汗承认忽必烈继承汗位的信函，这叫忽必烈大为高兴。忽必烈摆盛宴热情款待了这些使者，并让他们给两位可汗带回了数量可观且价钱不菲的礼物。而察合台汗国的可汗则不愿介入这对兄弟的矛盾，只是向双方派出使者，劝他们和解。

阿里不哥在谦州待了一年，把各地反对忽必烈的人招集到一起，在1261年秋天，等马匹喂养肥壮了以后，他便背弃承诺，再次派兵攻打忽必烈。但这次在谋士的策划下，阿里不哥没有大张旗鼓，而是带军队不声不响地包围了哈尔和林。他派人见守军统帅也松格说是来投降的，也松格便放松了警惕，结果被阿里不哥打了个突然袭击，几乎全军覆没，只有百十来人跟也松格跑了出来。于是哈尔和林又被阿里不哥占了去。阿里不哥采纳谋士的意见，没有在此停留，便率军向开平城进发，要打忽必烈一个措手不及。形势严峻，忽必烈急忙四处调集军队，迎战阿里不哥。伯颜是个善于用脑子打仗的将军，他向忽必烈建议，可用小股兵马，采取步步抵挡的战法，既能拖延时间，又能消磨敌军的锐气。

忽必烈认为可行，就派张柔、张弘范、张荣实、严忠嗣和张宏等汉将领军抵抗，不断骚扰阿里不哥的军队，使之进展缓慢。而这段时间里，忽必烈从各地调来精锐蒙军，养精蓄锐。当时机成熟，忽必烈就又一次御驾亲征，两军在昔木脑儿相遇。由于延误了时间，阿里不哥的军队已是严重缺失粮草，士兵挨饿便大量杀马作食，所以伯颜指挥军队一个冲锋就将敌人打败了。阿里不哥只好再次北逃。伯颜挥师欲要追击，忽必烈就说："不要追了，他们都是些不懂事的孩子，总有一天他们自己会想明白的。"

其实，也不是忽必烈不想追击，而是这时候突然传来了李璮叛乱的消息，忽必烈要回后院灭火，这才使阿里不哥安全逃脱。阿里不哥逃回哈尔和林后，便又派人去察合台汗国征集物资。察合台汗国可汗阿鲁忽认为阿里不哥根本就成不了大气候，就不愿得罪忽必烈，令人把阿里不哥派的人赶了回去。阿里不哥闻之大怒，立即亲率人马分兵数路去攻打察合台汗国的阿鲁忽。首战，阿鲁忽得胜，将阿里不哥大将哈剌不花挑于马下。但因得胜，阿鲁忽回去与将士们喝得大醉，夜里被阿里不哥及时赶到的援军阿速台来了一个偷袭，阿鲁忽被斩杀。阿里不哥接着就攻占了察合台汗国的首都阿力麻里。阿里不哥在这里不仅命士兵抢劫财物，还纵容士兵奸淫妇女，乱杀无辜，这引起了许多蒙古贵族的不满。刚立过大功的阿速台说跟着这个疯子（阿里不哥）打仗是不会有前途的，就拉起人马投向忽必烈去了。

身边的人接二连三地离去，使阿里不哥再也不可能与忽必烈争雄了。后来阿里不哥众叛亲离，只剩下了几百人，于是他便在中统五年（1264）七月，去开平向二哥忽必烈投降了。

忽必烈让阿里不哥在城外站了半天，才准他觐见。当阿里不哥面容憔悴、步履蹒跚地进入大殿时，忽必烈的眼里刷地流出了热泪，因为就在此时，他想起了他们四兄弟围坐在额吉身旁的情景。阿里不哥同样也是泪流满面。

忽必烈过去给弟弟擦去泪水后问道："我亲爱的弟弟，在这场争斗中谁对了呢，是我们还是你们呢？"

"当时是我们，现在是你们。"

忽必烈愕然了，他有些愣怔地看着阿里不哥。塔察儿就过来打圆场说："大汗说了，我们现在不要追究过去的事情了，要往前看，兄弟相见要宴饮作乐的！"

忽必烈让阿里不哥坐下，同诸王、贵戚、将帅、谋臣在宴饮中度过了这一天。过了几天，忽必烈便下令将阿里不哥手下的十几个谋士杀掉了，其余尽皆遣散回了草原。同时宣布将哈尔和林改为宣慰司元帅府。

哈尔和林作为蒙古帝国首都的辉煌历史便就此结束了。次年，阿里不哥因抑郁患病死去，被葬在草原母地。

第一一章　改元建制　燕京建都

1260年4月，忽必烈登上汗位。5月，改变蒙古不立年号的传统，始立年号为“中统”，表明自己的政权是中华正统。立中书省，任命了两位右丞相不花和史天泽，两位左丞相忽鲁不花和耶律铸，并让塔察儿与王文统一起担任平章政事。由于右丞相左丞相辅助忽必烈忙于战事，塔察儿只是挂名而已，所以中书省经常主事的是王文统。向忽必烈推荐王文统的主要是刘秉忠和张易，另外廉希宪和商挺等人也予以附和。忽必烈任用王文统为第一位中书省平章政事，主要任务是解决当时的财政困难，维护当时的政局稳定。

王文统是忽必烈即位之后任用的第一位理财大臣，而他的才能又是多方面的。他主张“建元为中统”，建议设立十路宣抚司。宣抚司以劝课农桑、征收赋税、稳定社会为主要任务，为政权的稳定与发展做出了重要贡献。王文统又颁布各种有关赋税的“条格”政令，实际上是在全国范围内进一步推行汉法，努力做到“差发办而民不扰，盐课不失常额”。他努力整顿户籍和差发，解决了蒙古汗国时期户籍和差发混乱的状况，使国家掌握了较多户口，赋税总量也随之大增。他还首先把榷卖食盐的价格降了下来，便于盐商批发盐引。榷盐政策为政权提供了一项稳定而可观的赋税来源。他又与行中书省诸臣“造中统元宝交钞”。中统宝钞的发行给社会经济生活带来了诸多便利。

总之，王文统的积极配合，保证了忽必烈御驾亲征叛王阿里不哥的后勤物资供应。

但王文统也有自己的性格弱点。他为人忌刻，在行事上奉行功利主义，这与儒家正统派的轻利重义是格格不入的，因此他就千方百计地排斥异己。王文统重理财，左丞张文谦则认为新汗即位应以恤民为本，俩人就常拌嘴。王文统有辩才，常取悦于大汗，这样忽必烈就每每训斥张文谦，以致后者不得不要求去外地任官。金莲川老臣姚枢、窦默、许衡等人皆认为王文统学术不正，是苏秦、张仪式的纵横家，是重利轻义、反复无常的小人，因此多次上书忽必烈弃用王文统，说此人将来定会祸害天下、反叛朝廷，为子孙长远计，应速罢黜。

忽必烈就问他们：“那谁可以取而代之呢？”

"许衡即可。"窦默这样说。因为忽必烈当时急需财物平叛，听了就满脸的不高兴。

中统三年（1262），山东李璮起兵造反。李璮的父亲李全在成吉思汗围攻益都时降顺。父死，李璮承父益都行省。王文统曾是李璮的重要谋臣，也鼓动过李璮在乱世称王，并让李璮巧妙处理好与宋蒙的关系，保存实力，等待机会。李璮便令儿子李彦简拜王文统为师，王文统将女儿嫁给了李璮，二人从此成为姻亲。但后来王文统进入汗廷，深受忽必烈信任与重用，他便没有再怂恿李璮造反。但李璮却一直处心积虑地要夺取中央政权，恢复汉族在北方的统治。因此，他几十年来始终在南宋与蒙元之间摇摆不定，企图左右逢源两边取利。蒙哥三路伐宋时令李璮出兵，李璮则以益都防务不可减弱为由推辞，并向蒙哥大汗讨要了大量箭矢。忽必烈即汗位，李璮每每编造南宋相侵的诡计向忽必烈索要武器粮食。忽必烈因忙于平叛阿里不哥，为了稳定后方，便也每次都颁诏赐银给物。至元六年（1265）八月，李璮又上书要率兵渡淮，向汗廷索要钱物。当时朝廷已派郝经出使南宋，希望南宋朝廷遵守"鄂州和议"。忽必烈当时不敢同时开辟南北两个战场，派郝经出使南宋的目的就是要构建一个南北和平的环境，以利于集中兵力打败阿里不哥，所以就不同意李璮妄动。李璮置忽必烈之语于不顾，派兵骚扰南宋边境，以造成边境紧张的事实，向朝廷索要财物。李璮的"妄动"让南宋贾似道抓住违约之实，这就为他截押郝经出使团寻到了借口。

中统二年（1261）冬，阿里不哥降而复叛，忽必烈被迫北征。李璮认为此时朝廷兵力空虚，机会难得，便发兵反蒙。

李璮先悄然将在燕京作人质的儿子李彦简接回益都，又派人联络各地汉人世侯将领，但响应者寥寥。他又派使者去南宋，以望取得支持。当然他也派人联系了在朝廷做事的王文统，希望他里应外合与他一起推翻忽必烈政权。但王文统此时位高权重，认为李璮已难成气候，就没有参与。但他内心里显然顾虑重重，出于江湖义气，也因为李璮是他的女婿，他出于侥幸心理便没有去向忽必烈告发此事，只是在给李璮的信上写了"期甲子"三个字作为回答。但李璮已箭在弦上，不得不发了。

李璮造反，忽必烈便下令从哈尔和林撤军，立即返回开平，派军队去山东平叛。忽必烈问姚枢："先生以为李璮会采取什么样的进军策略？"

姚枢则笑而答道："李璮趁我北伐，速率兵取燕京，拒我于居庸关外，造成中原人心惶恐，为上策。李璮与南家思联合占据山东，不断侵扰燕京，使我疲于应战，为中策。李璮出兵济南，等待各地世侯增援，必被我败，实为下策。”

“那先生认为李璮将出何策呢？”

“必出下策。”

姚枢料事如神，李璮果然缺少高远的战略眼光，他带着妻儿妾女，率部下挺进济南，以为自己振臂一招，天下则云集响应。忽必烈则令姚枢起草诏书，向全国军民历数李璮罪行，动员大家积极支持平叛战争，汉地世侯们倒是行动起来了，但他们绝大多数是响应忽必烈的号召，要求参加平叛军事行动，而支持李璮的只有山东境内的几支人马。忽必烈先后派出几支人马去平叛，后来又令汉人右丞相史天泽为前线的最高统帅，节制诸路将领。

用汉人行汉法，是忽必烈发展生产的方针；用汉人平定汉人的叛乱，也反映了忽必烈与众不同的用人方略。其实，在这之前，蒙汉联合作战已有多次，彼此的配合已是相当的默契了。阿术率先锋军队，一到济南就跟李璮的军队打了一仗，虽人少，却大破敌人，斩敌四千余人，使李璮再也不敢轻易出城。随后，蒙汉大军赶来，将济南团团围住。史天泽令部下修补外城以断城内粮草，使其不战自乱。

困敌四个多月，济南城内断粮，人心慌乱。李璮与谋士使诈术，几次发动佯攻，却就是不攻打张弘范防地，这引起了张弘范的警觉。张弘范就对主帅史天泽说：“我防地最为薄弱，李璮几次出击都漏掉此地，显然是故意为之，实是待我松懈以奇兵来袭。”

史天泽认为言之有理，就嘱其严加防范。果然，没过几天，李璮便派精锐之旅来攻打张弘范防地。但张弘范早有准备，打得李璮损兵折将又缩回城去。这时山东境内的几股叛军已被肃清，南宋军夏贵发现蒙汉联军人多势众，心里胆怯始终未敢越境，济南外无援兵内无粮草，成为一座死城。李璮平素在山东就对百姓敲骨吸髓，因此山东境内响应他的人很少。而今困在城里，李璮又原形毕露，他将济南城内的男子抓去守城，却将人家家中的妻子女儿赏给将士蹂躏。他们抢光了百姓的粮食，最后饿到以人肉为食。至此，将士们纷纷投降。

一日，守城军士打开城门放蒙汉联军进入，李璮便强迫妻儿等自尽，自己则划小船驶向湖心。见追兵船来，李璮便纵身跳入湖中，怎奈湖水太浅，任他怎样扑腾都无济于事。追兵就围住他哈哈大笑，笑够了才捉他上船，将其绑送到中军大帐。

东平侯严忠范就问：“你怎么做起这样的蠢事来了？”

李璮却怒目圆睁地说：“你们言而无信，与我有约，却又不来！”

史天泽就问："圣上有亏待你的地方吗？"

李璮又反咬起他："你有文书约我起兵，为什么又违背盟约？"

史天泽见他像疯狗似的乱咬人，就非常气愤，站起来一拍桌子，命令道："拉出去砍了，以安人心！"

左右卫士就上前拖李璮出去，先剁其双臂，再砍其双足，继剖其腹，最后斩首示众。

李璮起兵造反，王文统知情未报，忽必烈就亲自审问他："你教唆李璮反叛已有多年，现在人人都已知道，你就彻底交代吧！"

王文统说："先前之事容臣细想。"

忽必烈就准他写了一个书面材料交了上来。王文统除了百般寻找理由厘清自己与李璮造反的关系，还信誓旦旦地写道：蝼蚁之命，若苟能存全，愿保陛下取江南。到了这时候，他还在跟忽必烈搞交易，真不愧是理财高手。

忽必烈反感地问："还想用欺骗的手段求免你一死吗？"说完，就将从李璮那儿搜出的一封书信甩给王文统：

"这三个字是你写的吧？"

"是微臣所写。"

"这'期甲子'何意？"

甲子年应是此后第三年（1264）。王文统说："因为以前我曾当过李璮的谋士，曾鼓动过他自立为王，而我的女儿又嫁与他，所以他这次真的造反了，我怕跟圣上说不清楚，就没敢告发。想来想去，就想了个拖延的办法，心想到了甲子年，天下已经安定，李璮造反的机会也就没了，他也就死心了。"

忽必烈便冷笑道："你这纯粹是狡辩，是脚踩两只船。如果李璮得手了，你还会这么说么？恐怕到那时朕就成了你的刀下鬼了！"

王文统顿时语塞，无言以对。

忽必烈又冷笑着问："朕说得不对吗？"

王文统在以一个权谋家的权谋手段对待一件十分严肃的政治事件，这是忽必烈所不能饶恕的。忽必烈气愤地说："朕将你从布衣擢升到朝廷命臣，待你不薄，你却如此负朕，天地良心都说不过去。"

到了这时候王文统还左右遮掩，不敢揽罪，贪生怕死。

忽必烈就召集窦默、姚枢、王鹗、刘秉忠和张柔等商议："你们认为王文统该当何罪？"

大家异口同声道："为人之臣却怀有二心，此罪必死！"

于是忽必烈下令将王文统与其子一同处死。从总体上看，在这场李璮叛乱中，王文统并非同谋，而只属于知情者，其主要错误是知情不报，当然这作为朝廷官员也是罪不可恕。但处以死刑尚在两可，而又杀其子就有点过分了。但忽必烈也许是担心其他汉臣起而效尤，为了王朝的稳定，不得不杀一儆百。再有，王文统为人忌刻，得罪了儒家义理派名臣，而这些人都是金莲川的旧勋功臣，关键时刻无人施以援手，也是他被处死刑的重要原因。

李璮叛乱虽被平息了，但这件事却让忽必烈对汉人提高了警惕。在这之前，忽必烈跟汉臣们是无话不说，信任有加；在这之后，忽必烈尽管还能采纳汉臣们的正确意见，但内心似乎对很多汉臣有了戒心。廉希宪（西域人）、商挺、赵良弼都是金莲川甚至是漠北潜邸的功臣，但一有人告他们与王文统有瓜葛，就被忽必烈关进监牢。后忽必烈问廉希宪，廉希宪便回忆说："当年刘秉忠、张易推荐王文统，大汗问臣，臣虽未与王文统谋面，但听传言说其有才智，善理财，就说'臣听说如此，未曾识也'。"

忽必烈好记性，忽地想起当时的情景，就说："朕错怪你了。"这才解除了对廉希宪的怀疑，让他官复原职。

姚枢经过缜密的调查，证明是有人诬告商挺和赵良弼，在事实面前，忽必烈终于被姚枢说服了，这才又重用了商挺和赵良弼。

对史天泽擅自斩杀李璮之事，忽必烈一开始令廉希宪代表朝廷宣布诏令，罢免史天泽的右丞相职务，等候拘留审查。但耿直的廉希宪当即就说："圣上最了解史丞相，他先助木华黎稳定中原，后又为圣上治理河南，历经考验，怎么一听小人之言就对其起疑？若罢史丞相，就先罢了臣吧！"

忽必烈经过反复考虑，就又对廉希宪说："我想过了，爱卿之言甚笃，天泽无错。"

因为姚枢、廉希宪等人的反复劝告，忽必烈才没有扩大打击面，只惩办了一些确有实证的人就适可而止了。但痛中思痛，忽必烈还是看到了汉族世侯对自己政权的严重威胁，他虽然没有严厉追究汉族世侯与李璮的关系，但却与知近的臣子认真分析了李璮叛乱的原因。

姚枢认为李璮之变是由于世侯权太重所导致的，他说："先秦有分封诸侯的制度，它的直接后果就是导致了春秋战国几百年的战争。郡县制是秦朝建立的地方制度，其目的是维护国家的统一。汉高祖时又分封了同姓王，隔代之后就发生了七国之乱。正反两方面的历史经验教育了汉武帝，从此采取了虚封诸侯的政策，军权、政权均由朝廷掌握，诸侯只得衣食租税，从而避免了地方的反叛和内部的战乱，避免了诸侯之间的战争。蒙元平定中原，借用各地的地方武装，在一定时期起到了积极的作用。但将各地的地主武装皆封为万户，令其尽掌军民之权，并世代相传，如此就建立了一个个国中之国。人皆有贪念，其父忠心效国，其子孙未必永远忠心，这就是李璮谋反的原因。”

忽必烈认为姚枢的分析切中了要害，但他对如何削减世侯的权力也很犯难，因为这关系到国家的稳定。史天泽跟汉人谋士们来往甚密，他一定是听到了姚枢等对“世侯”的评论，另外也可能害怕自己擅自处斩李璮一事被追究，就找到忽必烈主动请求交出军权。

“管理军队和百姓的权利不能并在一起，李璮的例子就说明了这一点，我作为丞相愿带头交出军权，以利于国家的安定。”

忽必烈闻之大悦，马上顺水推舟予以批准，使史天泽子侄中一天之内有17人被解除了兵权。其他如张弘范、董文炳等人也纷纷效仿，很快，元初兵民之权并于一门的问题得到了顺利的解决，中统三年十二月，忽必烈发布诏书说：各路总管兼万户者，只管理民事，勿干预军政。

中统四年，姚枢等人从官吏任免权、刑杀大权等方面提出反对世爵制、反对诸侯专权。忽必烈采纳了他们的意见，取消了世侯制。后又把官员升迁、罢黜的权力收归中央，官吏几年异地轮换，这就是著名的“迁转法”。再后来，军队也不可在一地久驻，而是两年一换防，指挥军队的将领也常轮换。不久又取消封邑，将土地交给百姓耕种，将世侯私家人口改为国家编户。

经过几年的理顺，汗廷从制度上彻底削弱了汉地世侯的力量，使新王朝得到了巩固。

在用人上，忽必烈也有了明显的根本性转变。在李璮造反之前，忽必烈重用汉臣汉将行汉法，实行汉化改革。他认为“武功迭兴，文治多缺”，为弥补“文治”不足，他访求中原的大贤硕儒，向他们请教古今治乱兴亡之道。刘秉忠之所以受到忽必烈的重用，就是因为他熟悉中国历代的典章制度和封建的统治方法，引导忽必烈逐步明确了政策转变的方向。姚枢、许衡、窦默这些正统的儒学义理派，每在关键时刻总能使忽必烈“柳暗花明”般避过险境。郝经这个儒学的后起之秀，眼界宽泛，颇有战略头脑，他写的恢宏大章，如《七道议》《东师议》《班师议》《佐王经世之略》等都是针对性强、析理透辟的实用性很强的文章，对忽必烈帮助很大。受这些汉臣汉将的影响，忽必烈为了“大有为于天下”，放弃了屠杀掠夺的政策，以汉法治汉地，重用熟悉汉地统治和熟悉农事的人才。在这一时期，忽必烈对汉臣汉将推心置腹，信任备至，向他们虚心请教，待他们亲如手足，致使儒臣们也纷纷畅所欲言，建言献策，施展自己的才智，帮助忽必烈登上了大汗（皇帝）的宝座。但在李璮叛乱平定、王文统被杀之后，西域人伏阙群言："回回虽时盗国之钱物，未若秀才敢为反逆。"这看法深深影响了忽必烈此后的政策，虽然他对金莲川老臣还是给予了充分的信任，但在育才选士和用人制度上却对汉人有了限制。从此以后，蒙古人在机构中均居于长官地位，色目人次之，继而是汉人，最后是南人（南宋人）。中书省的名义长官为中书令，元朝统一前，耶律楚材（契丹人）和杨惟中（汉人）曾任过此职，元统一后则由太子兼任。兵籍和用兵大事也开始由蒙古人掌握，汉人、南人都不得参与。地方官员也实行此类原则，"以蒙古人充各路达鲁花赤，汉人充总管，回回人充同知，永为定制"。自此把全国人民划分为四个等级：蒙古人、色目人、汉人、南人。

但忽必烈汉法治汉地的政策并没有改变，因此他又不得不起用大批汉人做官，于是就形成了一种特殊的任官制度：由政治经验不多的蒙古贵族担任长官，处于"监临"地位；由汉人官吏办实事，负责日常行政；同时配备一位权位相当的色目官吏来进行防范和牵制。此后逐渐形成了蒙古贵族将领掌握军权政权，汉人官员负责具体行政事务，色目人掌握财经大权的用人格局。

1264 年 8 月，为了庆祝战胜阿里不哥，忽必烈把中统五年改为至元元年，并且大赦天下。改元的理由是"否极泰来""鼎新革故"，标志着元朝历史迈入了一个新阶段。1271 年 11 月，建国为"大元"，取《易经》"乾元"意，"元"乃万物之始，宇宙之源。自成吉思汗建国以来，蒙古国均以族名为国名。忽必烈改国号为"大元"，强调了他所统治的国家已是一个多民族的统一国家了。在此前后，忽必烈还下诏仿汉制设立太庙祭祀祖先，并令刘秉忠、许衡等人制定了供节日、庆典使用的朝仪。规定朝仪制定完成后，皇帝即位，元旦朝贺，天寿节及诸王列国来朝、册立皇后皇太子、群臣上尊号、进太皇太后、皇太后册室等都要严格执行。而大飨宗亲、赐宴大臣，还可以使用本民族的礼俗，但在活动中的随意走动、人生鼎沸、杂乱无章等有失大雅的行为，皆被严禁。皇帝皇后列坐御榻，同受朝贺的仪式与汉族有所不同；汉族历代皇朝中，皇后是没有这种权利的。刘秉忠帮助忽必烈制定朝仪，让忽必烈体会到了皇帝至高无上的地位，从此他的威严便一天强比一天了，金莲川的老臣也得三叩头后远远地仰望他的尊容了。但这也是实行汉法的一个重要方面。

中统元年忽必烈设立中书省，中书省作为全国最高行政机构，总领百官，与枢密院、御史台分掌行政、军事、监察大权。中统二年（1261），封皇子真金为燕王，领中书省事。至元十年（1273）册封真金为太子，兼任中书令，成为中书省的名义长官。此后，这个职位只为皇太子兼职，未立太子时即为空缺。中书省的实际长官为右、左丞相。蒙古人尚右，因此右丞相为首相，右、左丞相均为一品，下设平章政事四员，从一品。中书省内下设管辖六曹等。还设有左三部（吏、户、礼），右三部（兵、刑、工），后逐渐过渡到吏、户、礼、兵、刑、工六部。六部各置尚书、侍郎，下设若干司。

蒙古国在忽必烈前一直没有专门设置总领全军的机构，中统四年（1263），忽必烈为指挥方便，沿宋、金旧制，设枢密院，负责全国军务，是全国军政的最高机构。枢密院的长官名义上是枢密使，由皇子真金担任。下设枢密副使二员，实际掌握院事。史天泽和赵璧曾经担任过枢密副使，后至元七年（1270）二月一日，以前中书右丞伯颜为枢密副使。

至元五年（1268），忽必烈设立御史台，其职责为纠察百官善恶，谏言政治得失。其长官为御史台大夫，下设御史中丞二员。元制规定，中书省、枢密院有事进奏，必须有御史台臣同奏，可见元代的御史台是自成体系的。御史台由台院、殿中司、察院三部分构成。忽必烈曾将中书省、枢密院比喻为自己的左右手，而御史台的职责则是替他“医两手”。

中统元年（1260），忽必烈封八思巴为国师。至元七年（1270），又封八思巴为帝师。帝师乃全国佛教最高领袖。在中央设宣政院（原总制院），与中书省等平行。宣政院负责管理全国佛教和西藏事务。由帝师兼任宣政院使，帝师可自任官属。这就是元朝别具特色的帝师制度，由此可见忽必烈对西藏的重视。

忽必烈先选择了地处蒙古草原和中原汉地结合部的开平作为自己政权的首都，并升开平为上都。后统治中心南移，对燕京进行重建。至元九年（1272）二月，忽必烈下令改中都为大都，定为全国首都，将上都降为陪都，实行两都制，并确立了上都巡幸制度，“以大都君临中原，以上都笼络草原”。每年热季，忽必烈都要在气候凉爽的上都度过。这样既实现了蒙汉联盟，又巩固了对全国的统治。

大都（燕京）旧为辽朝南京，金朝中都，龙盘虎踞，形势雄伟，南控江淮，北连朔漠，地理位置十分重要。因此木华黎之孙霸突鲁曾对忽必烈说：“天子必居中以受四方朝觐，大王果欲经营天下，驻跸之所，非燕不可。”郝经也上书这么说。

至元元年（1264）二月，成立修内司和祗应司，派谢仲温和回回人也黑迭儿修复琼华岛，重建广寒殿。下半年成立提点宫城所，授命刘秉忠全面负责新城址的选定和城池宫阙的规划。张柔、张弘略父子负责宫城的修建。水利工程的完成，则得益于刘秉忠的学生与同乡郭守敬。具体方案是在燕京旧城址的东北旷野上建筑新城。新城规模庞大，呈矩形，南北较长。城墙夯土筑成，周长两万八千六百米，分设城门十一座。皇城在全城南部稍偏西，其内又有宫城。新城建成后，旧城也未废弃，仍作为大都的一部分。至元十一年（1274）正月大都宫阙竣工，忽必烈御正殿大明殿接受百官朝贺。同年四月开始修建太子宫。十一月建成延春阁。至元二十年（1283），官民正式迁入，大都成为当时世界上首屈一指的国际性大都市。

元朝的行省，是行中书省的简称。在这以前，是采纳刘秉忠和王文统的意见，设立了十路宣抚司，任用金莲川幕府汉臣主管事务。为了集中力量战胜阿里不哥，中统二年（1261）十一月，忽必烈撤销了十路宣抚司，用来缓和与汉地世侯的关系。中统三年（1262）二月，阿里不哥战败已成定局，于是忽必烈又陆续设立十路宣慰司，其职责与宣抚司大抵相同。至元元年（1264），汉地世侯问题基本得到了解决，忽必烈便解散了宣慰司，全面实行了行省制度，只在边疆地区部分保留宣抚司、宣慰司，其职责与以前已经有所变化。忽必烈在政局稳定后，派中书省大臣去地方执政，称为行中书省。除大都周围的山东、河北及山西由中书省直辖，称为“腹里”，其他地区被划分为十个行省。有河南江北等处行中书省，江浙等处行中书省，江西等处行中书省，湖广等处行中书省，辽宁等处行中书省等。每省丞相一员，从一品；平章二员，从一品；右丞一员，左丞一员，上二品；参知政事二员，从二品。他们负责全省的行政、财政与军事。没有中央的命令，行省无权调动军队。行省内部实行集体负责制，以防止行省长官一人说了算。行省官员要接受行御史台、廉访司的监督。行省制度是秦汉以来郡县制的发展，是我国政治制度的一项重大改革。

第一二章　巧取樊城　血战长江

忽必烈继承汗位后，环顾四周，西南是旭烈兀的伊儿汗国，西北是钦察汗国，北面是草原母地，留给他征战的空间只有南宋。灭亡南宋，本来就是历代大汗的既定方针，但因为与阿里不哥的断断续续的战争，忽必烈还顾不上征伐南宋。他这时候最希望的是国家稳定。因此，1260 年 4 月，忽必烈派遣翰林侍读学士郝经为国信使，携带虎符，带国信使团出使南宋，通告忽必烈登基之事，并要求南宋恪守“鄂州之盟”，兑现所贡钱物。其实这是个以进为守的策略，给不给钱物不是主要的，主要的是要敲打一下南宋，防止南宋趁火打劫侵扰中原，好使忽必烈集中精力打败阿里不哥。

郝经是忽必烈的心腹重臣，对忽必烈的用意很是理解，所以当有人说宋人狡诈无信，此去凶多吉少，不如借口生病辞掉出使的任务时，他就毅然决然地回绝了。他说：“自从南北交战，江淮一带黎民百姓深受其害，无以计数的人死于战乱。如今圣上愿修两国之好，实是百姓之大幸，为促成这桩对百姓有利而无害的大好事，我怎能顾及个人之生死，弃我平生之所学而不用呢?”

在郝经临出发前，忽必烈将当时珍贵的葡萄酒亲自赐给这位爱卿，并恳切动情地说：“爱卿今当远行，不知何日才能相见，就请你将对朕要说的话都说出来吧，朕愿听之。”

于是郝经“奏便宜十六事，皆立政大要”。其中包括国家首要之事是要立太子，以避免历次汗位之争的惨剧重演，并希望忽必烈能重视儒家正统派的意见，反对重用王文统，还极力主张移风易俗，改变当时风俗“败乱”的现象。其言凿凿，令忽必烈大为感动。

但郝经一行途经山东时却受到李璮的阻挠。王文统因忌妒郝经跟圣上的亲密关系，特暗使李璮侵扰南宋，以借南宋谋害郝经。李璮先是写信阻止，郝经以奉圣上之命为由回绝。于是李璮出兵攻宋，在淮安受挫。这一行动引起了宋朝两淮制置使李庭芝对信使团的怀疑，也为贾似道拒绝郝经信使团进入宋都临安提供了口实。为了隐瞒“鄂州议和”的真相，贾似道就以李璮出师侵宋破坏“议和约定”为名，将郝经等扣押在真州（今江苏仪征县）软禁起来，既不准其入临安，也不让其回国，使忽必烈的“务通两国之好”“且定和议”的愿望成为泡影。其间郝经虽据理力争，又多次上书宋朝皇帝，但均无用。书信一到贾似道那儿就遭扣押，宋朝皇帝宋理宗一直被蒙在鼓里，至死也不知道还有这么一档子事。宋理宗死后，赵基为皇帝，这就是宋度宗。此人更加昏庸，对贾似道是百般信任，还称其为“师臣”。贾似道有皇上宠着，更加骄横跋扈，目中无人，甚至早朝说不来就不来了。一时南宋官场贪风大作，吹牛拍马者被提拔，正直清廉者受打击。著名将领向士璧、曹世雄因为知道“鄂州议和”的真相，结果硬是以“贪污军饷”罪被贾似道杀害了。贾似道个人生活靡乱，成天吃喝嫖赌，在临安葛岭上他修建的“半闲堂”中，养妓女多人，整夜淫声沸扬。他又强迫人们贡献各种奇珍异宝藏于馆中赏玩，如有异宝而不献出者，他则以各种罪名相加迫害。他还经常夜游西湖，有时皇上也知道，只要湖中船只灯火不同往日，肯定是贾似道在湖中。当然，也有人看不下去，当时有个叫叶李的在太学任教，他召集了八十三人伏阙上书，历数贾似道诸多罪状，结果被贾似道流放漳州。在贾似道等人的统治下，南宋出现了四大弊端：民穷、兵弱、财匮、士大夫无耻。贾似道当道掌权，加快了南宋灭亡的速度。

转眼到了中统二年（1261），忽必烈仍然不见国信使归来，就派遣崔明道等去宋边境质问，但对方却不予理睬。忽必烈气愤得准备大举攻宋，并颁发了一份伐宋诏书，其中便有指责郝经被扣之事宜。但尚未出师，却有了阿里不哥降而复叛和李璮之乱，伐宋之事就搁下了。

这年夏天，南宋名将刘整率部投降元朝。

刘整沉毅有智谋，善骑射，曾在攻打金朝信阳城时，夜率勇士渡堑登城，擒获守城将领，大受褒奖。在抵御蒙哥三路攻宋的战争中，刘整也立下了战功。但也就是因为他战功卓著，多次升迁，终引起其他人的忌妒。刘整出身北方，他被任命为潼州十五军州安抚使后，凡是刘整的军事计划，都被南方人吕文德等人阻挠。吕文德明知刘整与俞兴不和，却故意派俞兴为四川制置使去整治刘整。俞兴诬陷刘整贪污边费，刘整上诉于朝廷，却遭贾似道拒接。刘整知道这帮家伙要置他于死地，便率泸州军队投奔了元朝。忽必烈大喜过望，除大加奖励外，还特授其为夔府行省兼安抚使，赐金虎符。俞兴率军围攻泸州，刘整便将财物赏给将士，激励士气，在元将刘黑马之子刘元振的支援下，大败宋军。次年，南宋再派名将高达来伐，又被刘整打败。中统三年，忽必烈任刘整为昭武大将军，南京路宣抚使。

郝经被禁已有六七个年头了，时间到了1267年，此时忽必烈已经平定了阿里不哥和李璮的叛乱，国内稳定，经济发展。在这种形势下，忽必烈决定借口南宋扣押信使团事件，兴兵灭宋。十一月，忽必烈召刘整入朝询问战策。刘整提出搁置川蜀，先事襄阳，浮汉（汉水）入江（长江），中间突破，直捣临安的进军路径。这一出兵路线与郝经以前的献策相吻合，也跟霸突鲁的提议相一致。经与谋士商讨，就又细化了这一方略。忽必烈在反复权衡后，面对南宋方向自言自语地说："朕意决矣！"

至元五年（1268）正月，忽必烈在深思熟虑后，任命兀良合台的儿子阿术为征南都元帅，刘整为镇国上将军，分别率领蒙、汉水陆大军五万进围襄、樊。阿术认为汉军熟悉水战，就恳请史天泽协助。忽必烈就以史天泽为汉军总帅，协助阿术、刘整征宋。

襄樊是襄阳、樊城的合称。襄阳在汉水以南，樊城在汉水以北，形势险要，易守难攻，历来是兵家必争之地。南宋在这里驻有重兵，守将是吕文焕。吕文焕与驻守鄂州的长兄吕文德互相配合，而汉水、长江沿线又多为吕氏将领驻守，一时难以攻克。所以阿术、刘整和史天泽根据实际情况，采取了"长围而缓攻"的作战方略。他们在汉水的上游和下游的沿河两岸修筑堡垒，并在河中心也修筑墩台与两岸堡垒联系，封锁江面。后又筑土墙于鹿门山，筑垒于白河城，进可攻，退可守，成为蒙汉军队进攻南宋的第一个前沿阵地。吕文焕知道后很是震惊，就派人向吕文德和朝廷告急。吕文德却不以为然，说你城内兵多粮足，他们修几道破土垒子能奈你何如？吕文焕受了哥哥的训斥，自然是不太高兴，但他从此却提高了警戒。忽必烈为加强力量，又派张弘范率汉军到襄阳听史天泽调遣。张弘范是张柔的第九子，年轻而善于动脑，在讨伐李璮的济南攻城战中一举成名。他数日观察地形，随后向史天泽提出建议："我们既然采取的是围攻之术，就应彻底断其补给。前几天，敌将夏贵趁河水大涨送粮入襄樊，我们只能坐而视之，这怎么能困死敌军呢？"

"贤侄有何良策？"

"我经数日观察，只要我军在万山筑城，就可将敌围困，使他们加速灭亡。"

"贤侄真是年轻有为！"

史天泽认为此计甚好，就让部下史枢、刘均等修筑万山城堡。从此襄樊的对外交通被阻截，而粮援不继。吕文焕为打破元军包围，在有一天早晨突然袭击张弘范驻地。

当时，张弘范正率军队在东门习武，没料到宋军发起攻击，有许多将士慌乱得要往城里撤。张弘范就蹭地跃上马背，瞪目持枪大喝道："有我在此，后退者斩！"说毕，就派猛将李庭率士兵迎上去抵挡宋军先锋，令曹辉率一部分士兵攻敌后路，使敌首尾不能相顾。

然后，张弘范亲率二百骑兵卫队将敌拦腰斩断，使敌军阵形大乱，一时难以组织进攻。就在敌军慌乱之际，史天泽率援军杀到，敌军被斩过千人，偷鸡不成还蚀把米，剩下的失魂落魄地逃回城去，从此再也不敢出来偷袭了。

至元八年（1271）五月，忽必烈又命彭天祥出重庆，扎剌不花出泸州，曲立吉思出汝州，以牵制宋军，使其不能援兵襄樊。这时董文炳与汉军万户解汝造成五千艘战船，训练水军七万多人，积极为进攻做着准备。而腐朽的宋王朝，在这时候还在任人唯亲。贾似道有个女婿，名叫范文虎，为使军权免于旁落，贾似道便派范文虎去解襄樊之围。物以类聚，人以群分，这个范文虎与他岳父一样是吃喝嫖赌的行家里手，但带兵打仗却是一窍不通。他连侦察都没有侦察一下，就带着大军粮草大摇大摆而来，行至虎尾洲，中了阿术的埋伏，所带粮草全被截去。宋军另一支援军夏贵率船队来支援，行至灌之滩，又被史枢痛击，旋而回返。

范文虎打仗不行，逃命倒很麻利，他跳到一条船上，在乱军中左行右绕竟溜了出去，可他的士兵却几近全损。范文虎见了贾似道，不说自己无能，却状告吕文焕不予配合，导致他孤军奋战寡不敌众。他说："本来可以两面夹击敌军的，却错失了良机。"

贾似道便安慰道："胜败乃兵家常事，下次多加小心就是了。"

贾似道也不查真伪，又给范文虎拨了粮草与人马，让他伺机而动。但朝廷得到了夏贵、范文虎连续大败的消息，还是惊动了皇上和群臣，迫于压力，贾似道便任命李庭芝为京湖制置大使，督师救援襄樊。可夏贵、范文虎不但不痛加反省，反而对这任命大为不满，牢骚满腹，范文虎甚至恬不知耻地给岳父写信道："我带兵数万就可入襄阳，一战定胜负，只是愿直接听命于恩相也。"

贾似道便也纵容，下令道："范文虎一军要直接听命于朝廷。"

战事紧急，李庭芝只好几次催促范文虎发兵救襄、樊之急。但范文虎早就被元军吓丢了魂，借口没接到朝廷的命令，就是按兵不动，只知日夜跟几个妓女花天酒地地寻欢作乐。好在他的妻子还算是懂点事理，就说他："将军即使不以国事为重，也应为自己的前途着想啊！此时再不出兵，国家一亡，我们可就沦为他国之奴了。"

"军国大事，妇人不必多嘴！"

他这样说，自己却还没忘了女人，仍日夜与美妾淫乐。他的妻子后来实在是看不下去了，就痛打了一名侍妾，并声言要去临安向皇上告状。范文虎这下害怕了，才率十万之众杀向鹿门。当时汉水高涨，宋军又是顺流而下，其势浩大。史天泽等只好率军沿岸层层阻滞，延缓敌军前进的速度。后元朝水军被迫出击迎战，吓得范文虎未曾交战就令宋水军精锐返回，搞得自家战船纷纷相撞，未经战斗，却损失了大半人船，弄得宋军将士情绪低沉，无奈灰溜溜地撤了回去。史天泽战后对阿术说："倘若范文虎死拼，胜败实难预料，险也！"

阿术摇头道："范文虎真是毫无一点虎气。"

史天泽便说："这就是忘国之气啊！"

至元九年（1272），当时襄、樊二城已被元军围困五年了，而宋援军还是不至。虽然城中尚有粮食，但盐薪布帛已相当短缺，军民有的已拆屋为薪，缀纸为衣。吕文焕每次巡城，都要面向临安方向伤心恸哭。而这时候元军已将城围得铁桶相似，派人求救已不可能。大将军李庭芝也是心急如焚，他有一天听当地百姓说襄阳城北有一条青泥河与汉水相通，不由计上心头：他要成立一支敢死队，突破元军的防线运物资进襄阳。可当时范文虎与夏贵又不跟他合作，况且他们的士兵已被将领带的胆小如鼠了。

李庭芝无奈，便从襄、郢山区民兵中招募了骁勇善战者三千人，任命智勇双全素为众人所折服的民兵部辖张顺、张贵为都统。李庭芝在他们出发前说："襄阳一破，国难幸免。此去襄阳，凶多吉少，如有不愿意去的，请速离开，不要临阵坏事。"

反复问询数遍，无一人退出，大家皆言不怕死，愿为国出力。张贵说："将军，你就听我们的好消息吧！"

李庭芝闻之不禁泪花飞溅，感叹道："兵惧死，民却不惧，情何以堪啊！"

敢死队乘汉水上涨，乘船百多艘，顺流而下。张贵长得精干偏瘦，外号"矮张"，他立于船头瞭望远方。张顺宽肩窄背，外号"竹园张"，他司职殿后，一双眼睛紧扫着两岸。这兄弟俩为人仗义，又都有身好水性。他们至高头港口停歇，待三更天乘夜色掩护悄然前行。到磨洪滩段，见元军战船列岸无数，敢死队就派数人潜入水底，用巨斧斩断一道道横江而设的铁链，驱船前行百十里。蒙汉军队发现了，几次截击，好在敢死队置有火枪、火炮、大力的劲弩，硬是在千船万军中拼杀出一条血路，隔天，冲到襄阳城下。听说来了援军，城内军民欢欣鼓舞。吕文焕等守军将领把张贵等迎进城中，却发现张顺不在其中。原来张顺与一些敢死队员为保大家，拼死抵挡追兵，最后全部战死。几天以后，张顺浮尸漂到城下，但见他身中数箭数枪，依然怒目而视。军民皆感奋，泪涕如雨，于是将其安葬并修庙纪念。

江上这一闹腾，元军必定加强了防备。但吕文焕留不住张贵，张贵艺高人胆大，非要回郢州向李庭芝复命，途中在激战中被俘，宁死不降，被元军杀死。后元军派船将其尸首运到襄阳，守城军民便将他与张顺合葬，修双庙纪念。后吕文德又率兵来救，虽经激战但未成功，吕文德却为救弟弟而战死。兄长吕文德一死，吕文焕便再也没有了援军，他从此彻底断了求生的念头。

襄、樊二城久攻不下，忽必烈也着了急，他便下诏广泛征求破城之策。有一天，中书省左丞相伯颜上书道："襄、樊二城互为犄角之势，故不可破。若截江道断其互援，水陆夹攻，樊必破矣。樊破则襄破不远矣。"

不久阿里海牙也上奏曰："襄阳受围久未下，宜先攻樊城，断其声援。"

忽必烈批准了他们的建议，命令前敌主帅阿术先攻樊城。这时，郭侃的大炮到西南亚以后，经过不断改进，又造成一种回回炮，威力比从前提高了不少。此时，恰好这种炮运到了前线。攻打樊城的战斗开始了，一个名叫阿老瓦丁的炮手首发就轰塌了外城上的箭楼，在阿术的指挥下，李庭、郑鼎冲锋在前，向突破口冲去。但宋军并没有退缩，箭矢仍如飞蝗一般射来，蒙汉军队被迫回撤。后军张弘范见前军受阻，便率部来援，但是冲不上去，后连张弘范也中箭负伤，不得不撤了下来。原来吕文焕在水中埋下了大木桩子，拉上铁链，上造浮桥，援军可从襄阳过浮桥不断去往樊城，保证了樊城有足够的防守力量。

主将阿术看出了这个问题，就集中主要兵力，分别从上下游向浮桥进攻。宋军虽死拼，怎奈小小浮桥上展不开兵力，最后桥被锯断，并被放火烧毁。这一来，几个冲锋后，樊城就被攻破了，蒙汉军潮水般涌进城来。

宋军守城主将范天顺仰天长叹："生为宋臣，死为宋鬼！"因不愿被俘，自缢而死。

副将牛富、张汉英等则率士兵百余人与元军展开巷战，誓死不降。张汉英被一群蒙军围住，他在接连砍死几人后，被蒙军砍倒，剁成肉泥。牛富身负重伤，赴火而死，其他几十名宋兵见了，便也跳入火中身亡。阿术赞其壮烈，便以礼安葬了宋军将士。

樊城被攻下，蒙汉水陆大军又转而攻打襄阳。襄阳告急，有人对贾似道说："目前能解襄阳之围的，只有大将高达了。"

贾似道却犹豫地说："吕氏跟高达素来不和，能行吗？"

但不派高达又无人可派，也只好让高达去了。

吕文焕听说朝廷派高达率军救襄阳，就大为生气。他将抓到的几个蒙军俘虏悄悄送到了朝廷，说襄阳无忧，贾似道就又将高达叫了回去。

一天，吕文焕在城上见蒙军阵地上有人骑马过来，便要搭弓射箭，可见那人直摆手，待其走近一看，原来是叛将刘整。刘整勒马拱手道："文焕兄，臣知不事二君是古训，也是我们为将的信条。但如今昏君当位，奸臣贾似道独掌大权，我等就是再尽心尽力，也挽救不了国家。何况，贾似道只会迫害忠良，皇帝又不辨真伪，今樊城已经失手，你以为朝廷会放过你吗？现在蒙古军队就要发起进攻，我圣上忽必烈是仁慈之君，爱惜人才，特来旨令我劝你归顺，也免了众多将士白白送死。请文焕兄三思。"

吕文焕虽然命手下将刘整射走，但他却一夜未眠。第二天刘整又来劝降，吕文焕就与几位将领商量，大家见主将有意投降，又知道抵抗下去也迟早不死即俘，就同意了。这样，他们就打开襄阳的城门投降了。吕文焕见到忽必烈，忽必烈授其为昭勇大将军，其部下也分别受到不同的赏赐。

占据襄阳后，忽必烈便决定大举进攻南宋。一天，他召史天泽进宫，问："臣看南征主帅可用何人？"

"必用重臣，右丞相安童、左丞相伯颜均可。"

安童是成吉思汗时名将木华黎四世孙，大将霸突鲁之子，当时任右丞相，是忽必烈的近臣。但安童从没有指挥过大战役，军事上的才能尚不得知。伯颜曾跟旭烈兀征伐西域，屡立战功。后到元朝奏事，被忽必烈看中，令安童将其妹嫁给伯颜为妻，使伯颜留下。至元二年，伯颜任中书省左丞相，处事果断有为。就在忽必烈犹豫之时，八思巴来访。忽必烈便召集文武大臣欢迎这位佛教帝师。宴请中，忽必烈小声把选帅之事言告八思巴。

"朕正在二人取舍之中徘徊，帝师可请廓之。"

八思巴对安童和伯颜观察良久，后目视伯颜，对忽必烈说："此人伟丈夫也，可托大事无妨。"

至元十一年（1274）七月，忽必烈任伯颜为南征军统帅，为行事方便，又任他为征宋前线最高行政长官。八月，伯颜等战将前来陛辞。察苾皇后代表后宫妃嫔向出征战士赠送铠甲和自己亲自缝制的遮檐帽，伯颜、阿术等深表感谢。忽必烈则语重心长地对伯颜说："昔日曹彬以不嗜杀一人平定南唐，你知道朕的意思，朕是希望你也像曹彬一样，不仅征地还要征服人心。"

伯颜表示一定爱护百姓，保护他们的财产。

九月，伯颜兵分三路大举攻宋。伯颜与阿术统领右路军主力，陆军以武秀为先锋，水军以吕文焕为先锋，由襄阳入汉水过长江。左陆军由诸王合丹统领，以刘整为先锋，由淮西取道扬州南进。不令阿塔海、董文炳率领一路大军自淮西正阳逼安庆，以为呼应。各路大军均受伯颜节制。史天泽因身体不好，没担任主要任务，但因其经验丰富，就跟伯颜在一起，以做顾问。年底，在元使质问下，宋朝廷方知有信使团被扣之事，便遣人以礼将郝经等送返。郝经其时已身染重病，不久就病逝了，年仅五十三岁。忽必烈便任命郝经之子郝采麟知林州，并厚葬郝经。

这时，宋度宗去世，贾似道又拥立全后幼子赵㬎即位，是为宋恭帝。贾似道成了三朝元老，朝廷在他的把持下，政治更加腐败，军队人数大约七十万，与元朝相当，但将领大多惧死，士兵缺乏斗志，已无进攻之力，只是疲于防守。而元军则集中优势兵力用于一个或两个主攻方向，将士又斗志旺盛，因而所向披靡。但就在这样的情况下，宋军中也有将令提出改变战略，以一部分死守，另一部分选二十万精锐机动，以突袭分别歼敌。但贾似道早就被元军吓破了胆，对这些好建议，根本就不予理睬，心里只想着防守。如此，宋军只有被动挨打的份儿了。

至元十二年（1275）正月，刘整渡江，希望攻宋，他认为宋军倾尽所有去拒元军主力，东方虚空，可挥师趁机直捣临安，不愿取道扬州。伯颜用兵谨慎，严告刘整按计划进军，不可自作主张，这让刘整很不高兴。而伯颜当时正攻郢州北边的盐山。盐山位于汉水北岸，以石砌城，相当坚固，而且这里的宋军又相当英勇顽强，连日炮轰都不能攻克。守军将领张世杰应战有方，以炮弩力战，杀死了不少元军士兵。

阿术急躁，便又要组织进攻。伯颜则说："停战，绕道前行。"

"郢城，咽喉之地，不取，恐留后患。"

"我军出兵是为了南下灭宋，不能在一城一地上过多停留，夺取江南，郢城则孤立无援了。"

史天泽表示认同。于是全军便砍伐竹子，铺覆在地上，将战船拖入滕湖，绕过郢州进入汉水。当郢州副都统赵文义率骑兵追赶，伯颜又以少伏多，并亲手斩了赵文义，吓退了宋军。随后，元军连克沙洋、新城，进军迅捷。复州、知州投降后，伯颜便令元军将士不得入城，各州仍然由原来的知州管理，百姓生活依旧，军队只在城外月光地上野宿。

当月底，元军准备渡过长江，但阳逻堡挡在当中。伯颜派人去招降，被乱箭射回。于是伯颜派兵攻打，三天过去，阳逻堡却岿然不动。阿术对伯颜说：

"攻城是下策，我可带骑兵坐船到南岸，对敌造成南北夹击之势，敌必慌乱。"

伯颜就拨给阿术铁骑五千。夜深了，阿术带骑兵上行二十里，先将人渡过江，再接马匹，然后突然在南岸发起攻击，宋军南岸将领程鹏飞顽强抵抗，一度将元军史格部打退。阿术见状，身先士卒，杀入敌群，致程鹏飞重伤逃走，获敌船上千艘。阿术派人把战况告诉伯颜，伯颜便指挥军队急攻阳逻堡。守军听说退路被断，便无心恋战，不降则逃，阳逻堡终被拿下。第二天，南宋淮西制置使夏贵带几千艘战船来夺阳逻堡，可这位元军的手下败将刚与伯颜接手，就调船回返。士兵见主帅先逃，便也调船逃跑，一时前后船相撞，溺水者不少，上千艘船破损。

就在这时候，老臣史天泽病重，忽必烈亲派人接他回去养病。不久史天泽撒手人寰。史天泽对忽必烈治理汉地出策很多，又为忽必烈东杀西挡，所以史天泽的离去，令忽必烈很是难过。而身为汉人的史天泽，临死前还在对忽必烈说："臣大限已到，死不足惜。但愿大军渡江之后，慎勿杀掠。圣上应以天下一家为怀，思大有为于天下。"

忽必烈听后便又再次下令，只要南宋将士放下武器，便皆宽待，对江南百姓也要竭尽全力抚慰。

长江天堑已成坦途，阿术就带兵攻打汉阳，汉阳守军稍做抵抗便投降了。伯颜攻打鄂州，先派吕文焕劝降，因这一带吕氏亲族及门生故吏很多。开始鄂州宋军还拒绝投降，但汉阳失守，江岸几千艘船又被元军偷袭烧毁，鄂州守军终于动摇，几天后打开城门投降。伯颜令阿里海牙留守鄂州，进攻荆州，自己和阿术率大军东下。伯颜站在长江边的一座山顶上，看着大江上万船竞发，江两岸军旗猎猎，目力所及尽是东进的元朝大军，就跟诸将举酒祝贺道："自圣祖以来，我蒙古人最大的愿望就是消灭南家思，现在这一伟业终于要由我们实现了！"

的确如此，拿下鄂州，江淮防区就打开了缺口，宋都临安已彻底暴露在元军面前，南宋灭亡的日子为期不远了。

元军如滚滚洪流，沿途诸郡宋将或望风而逃，或开城归顺。一日，降将范文虎设宴欢迎元军将领。他认为他好色别人就也既爱江山更爱美人，刻意选了一些艳装妓女讨好伯颜等人。伯颜见了很是生气，说："我奉圣上之命，兴仁义之师，问罪于宋，将军不可以女色消磨我的斗志。"说罢挥袖而去，使范文虎甚为尴尬。

至元十二年（1275）正月，董文炳与伯颜在安庆会师。在淮南的刘整一直想渡江直奔临安，伯颜没有许可。这时他闻听伯颜渡江，捷报频传，就认为是伯颜怕他抢头功。想到自己在宋不得志，降元后又受挤兑，真是善者难以善终，就在酒后愤然自刎，时年六十三岁。伯颜闻之，唏嘘不止，就令刘整的儿子刘延前去处理丧事，就此留在左路军，完成其父未竟的事业。

鄂州降元后，南宋朝廷乱成一团。此时小皇帝赵㬎才年仅四岁，只好由太皇太后谢氏临朝称制。因形势危机，迫于压力，贾似道不得已，只好凑成一支十几万人的水陆大军开赴长江前线。至吉安州，贾似道乘坐的船胶于堰中，其部下刘师勇带了一千人都拖不动，贾似道便以为是上天告警，阻止他前进。适时，夏贵又拿一本编书给贾似道看，其中写道："宋历三百二十年。"而此时是宋历三百一十六年，似乎在暗示离亡国只剩下四年的时间了。贾似道和夏贵就都俯首无言，情绪消极到了极点。于是贾似道又派人与元朝议和。伯颜对来人说："既要议和，就让贾似道当面来议吧！"

贾似道哪有这胆量，便咬咬牙，准备与元军决战。

贾似道把七万人交给大将孙虎臣，令其驻军在丁家洲（安徽铜陵附近的江中小岛）上，令夏贵领三千只战船横亘在长江中，他自己则带部分军队驻扎在芜湖以南关注战情，进退自如。

伯颜在详细了解了敌情后，便作了周密的布置。他令炮兵先集中火力猛轰孙虎臣军驻扎的丁家洲，随后不给敌军以喘息之机就令蒙汉联军发起猛攻。阿术便又身先士卒率船冲击敌船。

孙虎臣的部下正与蒙军接战，而孙虎臣却与爱妾坐船逃跑了，士兵见状就纷纷大骂，便如潮水退潮般而去。夏贵本来就被蒙军打怕了，他不战而逃，还向贾似道大喊："敌众我寡，势难取胜了！"

贾似道根本就不会指挥打仗，见四处炮火，士兵四下溃逃，早就吓得六神无主了。当部下向他请示是进还是退时，他才清醒了一些，忙说："鸣……鸣金收兵啊！"

下完命令，贾似道就上马而逃，连轿子都不敢坐了。大臣将领怕死，士兵哪还有心恋战，就都拼命地跑开了。这真是兵熊熊一个，将熊熊一窝啊！蒙军汉军见了，就大喊："宋军跑了，追啊！"

伯颜本想这回得打一场恶战，没想到宋军这么孬，这么不禁打，这实在出乎他的意料之外，他觉得自己对宋军还是缺乏了解。另外，还有一点也出乎他的意料，他笑着自言自语地说："打仗不行，逃跑倒是蛮快的。"

于是，各路元军便与宋军在江中和岸上展开了赛跑。宋军溃逃，伯颜等指挥士兵狂追了一百五十里，杀死敌军无数，长江之水一时成了血红的颜色。

第二天，贾似道、孙虎臣、贾贵等终于又碰到了一起。夏贵就说："军队被打散了，没法再战了。"说完，也不管贾似道同意不同意，就带手下匆匆奔淮西去了。

贾似道愣过神来，便无可奈何地哀叹一声，孙虎臣就对他说："兵败如山倒，元军很快就会追来的，此地可不能久留，还是快点走吧！"

"那就快走！"

贾似道和孙虎臣便驾船去往扬州。沿途他们看见大量的宋朝士兵沿江而行，就赶紧派人去扬旗招集，想拢一些人归队，可他们没想到，这些平时对他们毕恭毕敬的士兵，这时不仅不理睬他们，甚至有人还恶语谩骂，矛头直指他们这些贪生怕死的将领。贾似道见此便更垂头丧气了。

元军取得了丁家洲大捷后，又一鼓作气拿下建康。守建康的都统投降，江淮招讨使汪立信自杀。从此，宋朝灭亡的大势已不可逆转了。

第一三章　密谋招降　南宋归顺

丁家洲大战，贾似道惨败，后迁至扬州，但他却仍然不自我反省，居然擅自以朝廷名义向沿海各郡发出檄文，要求各地文臣武将到海上迎驾，然后再上书朝廷请求迁都。消息传来，人心慌乱。百余名太学生激愤上书说，国难至此，不思退敌良策，不想凝聚人心，实是惊慌失措之表现，现再添移都之事，岂不更是雪上加霜，乱上添乱，军民土地将尽归大元矣。何况，圣上迁都海上，元军就不能追到海上么？一味只知撤守弃地，这不就是开门纳敌吗？太皇太后谢氏本就对贾似道有所不满了，就拒绝了他的迁都主张。左丞相王钥不仅反对迁都，还对朝廷丧失了信心，不待朝廷批准就离职而去，他是宋末期第一个自动离职的丞相。这期间，太皇太后谢氏向全国臣民下达了一份《哀痛诏》，希望各地将领起兵勤王，同仇敌忾，救君王国家于危难之间。但响应者寥寥无几，只有文天祥、张世杰、李庭芝及湖南提刑李芾等先后起兵。

文天祥，江西吉水人，二十岁举进士，对策集英殿，宋理宗奇其才，亲拔他为第一名。后因得罪贾似道，赋闲在家。当接到太皇太后的《哀痛诏》后，不顾友人阻止，毅然起兵。他说："我知道起兵十有八九是死。但国家养育臣庶三百多年，危难时刻却无一人一骑向前，岂不悲哀？我文天祥为此深为痛心，故不自量力，甘愿为国赴死！"

文天祥平时生活优裕，但自起兵，则尽以家资为军费，自我俭省，决心为国家民族洒尽一腔热血。但贾似道死党却攻击文天祥的义军是一群乌合之众，若来临安注定是添乱。右丞相陈宜中也相信此话，便下令文天祥原地待命。太学生们气愤上书，指责其尽怀小人之心，不辨忠邪。陈宜中迫于压力暂离临安，由留梦炎代相。但朝廷仍不改变前衷，只是令文天祥部去隆兴屯驻。文天祥拒不接受，自率军去了吉安操练。

这时张世杰率兵收复了饶州。张世杰原是张柔部下，他不愿意投降蒙古，这才成了南宋的一员名将。但贾似道和陈宜中等对张世杰存有戒心，不予重用。时至伯颜攻郢州不下，正好绕道过江，张世杰的名字才在南宋朝廷中被人所知，朝廷不得不任命他为总都督府诸军。张世杰以国事当先，不计较个人恩怨，在各地守将望风而降的情况下，分派部将阎顺、李存、谢洪永等攻城夺地，自己则联合各路宋军，准备与元军决一死战。

李庭芝是南宋名将，他曾率部下为鄂州解围，被宋理宗任命为两淮制置使，开府扬州。元军沿江东下，所过地方，宋将纷纷投降，李庭芝却多次斩杀元军劝降使，高擎抗元大旗固守扬州。伯颜发现，宋朝大军多在扬州，临安倚之为重。若能拿下扬州，临安则不攻自破了。但阿术几次攻城，皆被李庭芝击退。一次，阿术假装战败，李庭芝挥剑追赶，被暗矢击中肩部。李庭芝拔出箭矢，带部下继续追击，其势已不可阻挡。阿术弄巧成拙，无奈之下，只好率蒙军急退二十里，方才稳住阵脚。伯颜见攻城不下，便派重兵围困扬州，切断了它与临安的联系。

由于元军战线拉长和南宋有些将领的坚持抗战，宋军似乎又恢复了一些士气。宋将刘师勇所部经激战重创元军一部，收复了已经投降的常州。在这之前，南宋各地降元城市有三十几个。但由于元军中有些将士仍未能丢掉杀掠的本性，致使某些投降的城市也难免奸淫烧杀成风，因此引起南宋军民的英勇抵抗，后竟然出现了“一城不降”的局面。

忽必烈闻听前线的情况变化，就向姚枢问计。姚枢道：“军队一改初时秋毫无犯之律，皆因将领骄奢，不思国家大计，不体恤大汗仁厚之心。今应由大汗亲下严令，遣大臣若干专辅伯颜，若有再犯者，必诛无赦!”

忽必烈便立即发出《止杀之诏》传布元军，并派礼部尚书廉希宪为国信使，工部侍郎严忠范为副使，佩金虎等，先到建康行省，向伯颜宣布止杀之诏，然后出使宋廷，令其早日投降。伯颜得诏，立即传令全军，重申止杀之令，并派出监军，惩处违令者。

因为在元军攻宋的诸条理由中，扣押元国信使团的一条比较显眼，宋廷经多方调查核对，终使贾似道欺世盗名的真相大白于天下。群情义愤，大臣及太学生纷纷上书，要求处死这个骗国欺民的大奸臣。太皇太后谢氏认为贾似道是三朝老臣，不予处死，便下诏将其贬为高州团练副使，安置于循州，派人将其监押至贬所。

船行至黯淡滩时，押解贾似道的县尉郑虎臣讥讽道：“这里河水清澈，你为什么还不投河自尽呢?”

贾似道惧死，就借口说：“太皇不叫我死，如太皇下诏，我就会死。”

又行了几天路，在贾似道上厕所时，郑虎臣将他杀掉了。当郑虎臣被捉捕时，他说：“我替天下人杀死贾似道，虽死无憾!”后郑虎臣被贾似道的亲信陈宜中处死。

但这时的形势对宋廷越来越糟糕。元军将领阿里海牙率水军在洞庭湖大败岳州安抚使高世杰，岳州总制孟之诏开城投降。随后，湖北制置使高达因认为不被朝廷重用，也在元朝许以重用之意后，率荆门各州相继投降。高达是南宋有名的战将，曾率军解过鄂州之围。高达归顺元朝，影响了许多州郡县的守军，他们也都纷纷向元军投诚了。至此，伯颜也无后顾之忧了。

忽必烈闻之大喜，亲作手诏表彰阿里海牙，并授高达为参知政事。忽必烈还下诏给当地官史，让他们竭尽全力想方设法使百姓安业力农，积极发展农业生产，保持社会稳定。

不久，廉希宪率国信使团从建康出使临安。考虑到此时宋人对元人的仇恨，严忠范就提醒廉希宪要伯颜派兵护卫他们一行的安全。因为严忠范是行伍出身，他很理解在国家欲要灭亡时军人的愤怒，“两国交兵，不斩来使”的古训在这时已经失去了作用。伯颜就拨给他们五百精兵。待廉希宪一行人到达临安城郊的独松关时，守关的将领张濡见信使竟带几百士兵前来，就对他们产生了怀疑。张濡先是不让其入关，经交涉，方才放行。可廉希宪等人得关来，又遭百姓和民兵围打。

严忠范为了保护廉希宪不受伤害，便指挥卫兵进行了反击，杀死杀伤多人。事态扩大，张濡就默许部下参与进去。怎奈元军士兵皆是彪悍的武士，守军几次围攻都被打退，死伤过千。张濡见了忍无可忍，便高声大喝：“这里是独松关，不是你们横行霸道的地方，休要欺辱我大宋朝无人！”廉希宪见情势不妙，便冲张濡喊道：“张将军，两国交兵，不斩来使！”

“不斩来使可以，但你手下那些杀人的畜生却不可饶恕！”

随即对左右低吼一声：“上！”

张濡是抗金名将张俊的曾孙，武艺高强，他手下有一营官兵平时就由他亲自调教。这时，他一挥手，这营官兵就如猛虎下山扑了过去。经过一场激战，严忠范及其所带五百蒙古精锐全部战死。廉希宪也受了重伤，被张濡派人送往临安。廉希宪向宋朝丞相陈宜中转交了国书后，就因流血过多而死。宋朝见事不好，就赶紧派出使团向伯颜赔罪。但当伯颜又派张羽同宋朝使团到临安，至平江驿亭时，张羽又被愤怒的军民杀死。伯颜闻讯自是气得不行，而这时宋将张世杰、刘师勇会同孙虎臣等又集中了十余万水陆大军，近万艘战船，列阵于镇江焦山江面，想利用此处江面较窄的优势阻止水军的优势，与元军决战，企图挽回败局。

伯颜就又与阿术商讨战策。探子报说，宋军战船都是十只连在一起，横在江中，示以决一死战。阿术就说："那就用火烧战船打败他们。"

其实张世杰等也知道将船连在一起是犯了兵家大忌，但这么做实是出于无奈。因为张世杰是陆上战将，此次士兵不少也不习于水战，为使战船平稳，只好用铁链相连；再者宋军士气不佳，每逢与元军交手，往往掉头就跑，为防止部下临阵脱逃，只好铁链锁战船，以达到背水一战的目的。

元军借夜色发起猛攻，火炮、火箭、火舟齐发，气势甚猛。不久，宋军的战船就大多起火，烟火越来越大，遮蔽江面。伯颜亲自勒马伫立江边督战，阿术在前面亲自指挥，吕文焕、邢德立率水军奋力向前冲杀。宋军因船不能动，官兵就也索性拼命死战，张世杰、刘师勇部将士齐心尤其勇猛，多次杀退元朝水军的进攻，甚至跳到敌船上厮杀。后多亏张弘范、李庭芝、董文炳等率步兵、骑兵在两岸猛力夹攻宋军，才使元军稳住阵势。只可惜宋军将领孙虎臣临阵畏缩，令部下首先砍断连船的铁链退逃，此举动摇了军心。无奈，张世杰只好率自己的人马突围而去，刘师勇也随之出去回了常州。张世杰大骂了一通孙虎臣后，就向朝廷要兵，想继续寻机与元军决战，但朝廷不予理睬。焦山战役后，南宋的水军基本不复存在了，至此再也没能力组织大规模的战役了。而伯颜却想乘胜追击，一鼓作气拿下临安。

就在这时，忽必烈却急召伯颜回来。伯颜心想肯定是有大事，就让阿术替自己掌握军队，在原地按兵不动。伯颜赶回上都才知道，以窝阔台后王海都为首的西北诸王以忽必烈违背祖制为名，发动叛乱。朝廷令北平王那木罕在草原平叛，但由于元朝的军力主要放在了征南方向，那木罕又年幼，以致败阵连连。

忽必烈请伯颜回来就是想要他停止对南宋的征战，先率兵北进平定海都之乱，然后再移师南下灭掉南宋。因为在忽必烈心中，漠北毕竟是草原母地，其政治意义大于征战南宋的战争。但亲临征宋战争前线的伯颜以一个战略家的胆识对这一问题进行了全面分析，他说："我朝几代大汗都竭力要征服南家思，为何每次都前功尽弃了呢？这是因为宋人之地山川河湖遍布，易守难攻，只要他们将士用力，我们一山一河一城一要隘地夺取就非常费力。眼下，正是宋廷最为式微之时：皇帝年幼，母后干政，文臣贪腐，武将惧死，平民百姓生活不堪其苦。种种因素合在一起，证明南宋近三百二十年已是病入膏肓，积重难返，这正是长生天赐予圣上实现圣祖大业的绝佳机会。现在，我军已攻克长江天堑，消灭了宋军的主力，只要再乘胜进军，不给宋人以喘息的机会，很快就会达到平宋的战略目标了。但若此时撤军，无疑将到手的胜利果实拱手奉还了。宋人经此惨败，必将痛中思痛，清污去弊，除腐革新，精心布防，枕戈待战。我欲再图征宋，可就难比登天了。而北方诸王之乱毕竟是我们的内部叛乱，他们中的很多人都有称汗的野心，久之，他们不可能齐心协力。只要那木罕王子不断地分化他们，与他们周旋，拖延住时间，他们就威胁不到朝廷。草原尽是平地，不似宋人之地那么险要，只待我军拿下南家思，一个回师北上就可以平定叛乱。所以微臣认为，朝廷在战略上应'先南后北'方是上策。"

忽必烈觉得伯颜的分析符合实际，就令伯颜迅速攻克临安，灭掉南宋。同时，为了稳定北方的形势，又派右丞相安童去草原辅佐皇子那木罕平叛去了。恰在这时，忽必烈惊闻刘秉忠病逝的消息，这让他很是难过。他的脑海里不断地闪现出这位忠心耿耿、博学多才的老臣的形象，从漠北草原、金莲川幕府直到他忽必烈登上大汗之位，每一步都离不开刘秉忠的辅佐。想到这些，忽必烈忍不住默默地流下了眼泪。察苾皇后和一些旧日勋臣更是哽咽不已哭出了声音。

至元十二年（1275）九月，伯颜与阿术会合，围攻扬州。淮东制置使李庭芝为打通增援临安的通道，留朱焕死守扬州，自己则和副将姜才领兵杀出扬州，攻夺扬子桥。姜才是此役的先锋，此人勇敢善战，他持一柄长枪冲在最前面，率五千铁骑旋风一样地来到了蒙将铁勒尔面前，几个回合就将铁勒尔挑下马，然后长枪一挥，又率部下冲入敌群，左右冲杀，如入无人之境。元军失去主将，自是纷纷溃逃，扬子桥遂被宋军占领。李庭芝带了三万人马随后赶到，迅速巩固了阵地。伯颜没料到宋军竟敢出城夺占扬子桥，就急命阿术率元军攻打。

李庭芝不愧是南宋名将，竟在敌强我弱的情势下，机智勇敢地与敌人周旋，连斩阿术手下两员大将，重挫元军，最后见元军越来越多，便与姜才一起杀了元军一个回马枪，带剩下的两万余兵马撤回扬州。阿术便感慨地对伯颜说："宋人将领若都如李庭芝、姜才是也，宋地难撼也！"

伯颜也称道："这还真是块难啃的骨头。"

见扬州一时难以攻下，伯颜就命阿术率兵马采取围困之术，待其粮草断绝不攻自破。这时阿里海牙攻占了湖南，汉军万户武秀等打下江西。伯颜自己便经镇江，于当年十一月中旬挥师攻打常州。当时常州由宋将刘师勇把守，他已多次打退元军的进攻，坚守不降。伯颜率军来援，先是射书城中招降。守城将士根本不予理睬，甚至干脆将招降书拢到一起，让元军看着他们在城墙上烧毁招降书，以示誓死抵抗的决心。于是伯颜便亲自督战，以多尊火炮将城墙轰塌。帐前亲军合必赤亲率蒙军攻入城去，与宋军厮杀。此时，浙西制置文天祥派尹玉、麻士龙支援常州守军，在城外与元军展开了殊死的拼杀，前面的倒下去，后面的就又冲上来，前仆后继视死如归，但终因兵少力薄，尹玉、麻士龙与部下在杀掉几千元军后全部战死。

十八日，合必赤将伯颜的中军大旗竖于常州城头，正在攻城和进行巷战的元军将士高呼：“伯颜丞相登上城墙了！”

他们就个个振奋，更加勇敢地向前杀敌。此时刘师勇、知州姚严、都统王安节已率部下与元军展开了激烈巷战。刘师勇是江南剑术高手，拳脚枪棒样样皆能。因为刘师勇爱好武术，他所招士兵也多是能会上个三拳两脚的青年人，加上主帅的重视，这些士兵平时就日日操练。江南城市又多小巷，不利于骑马攻打，所以尽管宋军人少，蒙军一个巷子一个院子地攻打，也是要付出很大代价的。姚严与通判陈昭以及帐下护卫十余人且战且退，最后剩下六人。他们在一家院子里背靠背，刀枪对外，长短兵器互相配合，就像是一个浑身长满了刺的刺猬，让元军无从下手。蒙军几次围攻，竟被他们给杀死杀伤了近百人。合必赤亲王闻知消息率其帐前卫士赶来增援，又搭上了十几个精悍卫士的性命，才将这六人杀死。都统王安节在护卫皆已阵亡的情况下，依然挥刀砍杀，力尽被俘，因其誓死不降，被蒙军杀死。而主将刘师勇不愧是江南剑术高手，他一手持枪，一手握剑，竟率手下八名护卫骑着马在乱军当中，一路拼杀闯出城去，奔往平江。而他们的身后，从城中到城门，或死或伤的元军将士躺了一路。

伯颜曾发誓下江南不杀一人，但见此惨状，他还是忍耐不住了，便下令屠城。蒙军将士在血雨腥风中已丧失了人性，在城内挨家挨户地搜索，见男人即杀，见女人奸后也不留活命，死者不计其数。全城幸存者只有七人，因他们伏在桥下才得以生存。

与此同时，蒙军攻打独松关，宋将张濡率士兵拼死抵抗，在砍杀多个蒙军将士后被活捉，誓死不降，被蒙军杀死，其部下也全部战死，无一人投降。蒙将气极欲屠城，被张弘范阻止，百姓得以免害。其他各路蒙军又连克无锡、太湖、平江，直逼临安。临安是南宋的首都，也是世界有名的繁华城市，这里的财富居天下之首，珍宝无数，绝世美女倾国倾城，西湖美景更是令人神往，谁不想亲眼来看看这人间天堂呢？元军将士特别急切地想早入临安，以便乘机掠女抢物。

伯颜问行省郎中孟祺攻敌之策。孟祺说：“宋朝官吏的最后计策，就是往闽地逃生。我若用兵逼迫，他们就会很快逃掉。不擒宋人皇帝大臣，天下终难安稳。何况，一旦将士入城，宋都三百年积存下来的一切就将荡然无存，于国不利。莫不如让他们主动投降，如此，临安可保存原貌归我大元。”

伯颜便派人带着忽必烈招降诏书的副本送往临安，敦促南宋君臣束手来降，并答应绝对保证赵氏家族和文武百官的人身安全。但这时南宋朝中的官员们已经纷纷离职逃跑，连朝中的状元丞相留梦炎也悄悄地溜掉了。而谢太后和一些忠诚的大臣们仍异想天开地认为忽必烈也不过和他的前人一样，得些钱财就会走人，所以不同意无条件投降，希望能保住社稷，只对元朝称臣纳币。但伯颜不准，他告诉来使：元朝当初主动与宋国修好，宋国却扣下我信使一待就是十六年。去年又无故杀我信使廉希宪、张羽等人。这难道不是宋国的罪过吗？现在，我军为免临安遭毁故停下待宋国投降，你们又寻机讲起条件，这对吗？你们还是别用小孩子的脑袋想问题了。如不投降，我军只有进临安了，到那时你们就后悔去吧！

但宋廷还不死心，就又派宗正少卿陆秀夫等前往伯颜军中，表示宋朝的小皇帝可以尊忽必烈为伯父，世世代代修侄皇帝之礼，每年献银二十五万两，绢二十五万匹。但伯颜笑而不应，并当着陆秀夫的面命令大军向临安前进。几次求和不成，谢太后和文武百官心急如焚。这时，张世杰的军队回守临安，并夺取了临安外围的一些阵地。不久，文天祥也率军队来临安护驾。几部分新来临安的军队和中央禁军合在一起有二十余万人。文天祥就跟张世杰商议，可以临安之军与元军决一死战，战时请淮东李庭芝配合，两面夹攻，或可解围。张世杰表示同意，于是他俩就上奏书，主张两宫太后和皇帝迁到海上，留下将士拼死一战。但太后和丞相陈宜中却认为这样做太冒险，坚决反对。陈宜中还就此提出迁都。可迁都的具体方案还没有呈上，陈宜中就自已先溜出了临安。为了稳定形势，谢太后就任命文天祥为知临安府，谢堂为两浙镇抚大使，吴坚为左丞相兼枢密使。张世杰、刘师勇等将领见太后无心决战，在此只能束手待毙，就率部奔往定海等地招兵买马。陆秀夫和一些文臣也认为临安难保，就相继出城南下了。随后，谢太后又为安全起见，安排赵昰、赵昺和杨淑妃加入了逃亡者的行列。

伯颜见临安不断有人出走，就逼宋廷代表去谈判，不然，就马上进攻临安。谢太后只好任命文天祥为右丞相兼枢密使，与左丞相吴坚及谢堂、贾余庆等代表朝廷与伯颜谈判。宋廷代表一到元军驻地，伯颜就让文天祥等立即接受投降，而文天祥则不卑不亢地说：“我们是为和平而来，不是为投降而来。我们承认扣押了元使之事，并向你们表示真诚的道歉，但这终是前宰相个人所为，他隐瞒了事情的真相，欺骗了我国皇帝与臣民，并不是我宋国皇帝的意思。现在，真相已大白于天下，贾似道已受到应得的惩处，误会已经消除。至于你们要求的赔偿之事，只要你们把兵撤至平江或嘉兴，便可由两国丞相商议。”

伯颜听了很是生气，就对文天祥说：“请文丞相认清形势，现在不是你们有资格提条件的时候，而是必须要无条件投降。我大军已兵临城下，随时可攻下临安。之所以迟迟未动，就是为了少做杀戮之事。我提醒文丞相，不要将我们的好意当成我们的软弱，免得以卵击石，最后碰得头破血流，把一座好端端的城市毁掉了。”

文天祥就也针锋相对地回应：“人与人要彼此尊重，国家与国家也如此。但如果你们偏要恃强凌弱，以武力相要挟，我们也只好奉陪到底。如今，我临安城内几十万大军尽皆可为国效忠。江淮一带尚有我柱国大将李庭芝驻守。浙、闽、广等广大地区也在我手。所以伯颜丞相不要以死威胁我们，最后鹿死谁手还尚难预料呢?”伯颜见与文天祥谈不拢，就中止了与他的谈判。但他见文天祥不似其他人那样胆怯懦弱，而是一身正气，大义凛然的样子，担心放其回去会影响宋朝投降的进程，就将文天祥软禁起来。其他使臣回去后，文天祥就对伯颜说：“我是使臣，丞相何故将我留下?”

伯颜笑而不答，只令宣抚唆都好生款待。唆都整天“陪伴”着文天祥，他从文天祥的谈吐中知道此人实是不凡，既博学又很有骨气，就好心好意地多次劝文天祥降元。文天祥也看出唆都是个厚道人，就用儒家的忠君思想开导他。唆都见不能说服文天祥，就也闭口不提降元的话了，但他在生活上一直十分照顾这位汉人的丞相。

贾余庆等回到临安后，把伯颜的意思告与太后，极言元军的强大和伯颜的节制有礼，又添枝加叶地极言文天祥如何如何不体谅太后的心情，置大局于不顾，只顾自己的面子跟伯颜恶言相对，这叫太后十分生气。太后知道再不答应元朝的条件，元军就可能要屠城了，就一边埋怨文天祥，一边唉声叹气地让学士们起草了诏书，一切都按伯颜的意思写上了，并谕告各地府吏开城投降。既然文天祥不听话，太后就干脆升任贾余庆为左丞相兼枢密使，授之全权去与伯颜具体交涉投降的事情了。

正月二十五日，贾余庆等向伯颜奉献上降表和谕告各地的诏文。晚上，伯颜设宴欢迎这些南宋的降臣，蒙汉联军的一些将领也过来作陪。当司礼的官员问伯颜是否请文天祥时，伯颜略想了想，就说，他是大宋的丞相，不仅要请，还要让他坐正位。可这一请就热闹了，文天祥在席上得知了南宋无条件投降的消息，就拍案而起，大骂贾余庆卖国，骂得贾余庆面红耳赤，骂得席间的南宋降臣们低头垂泪。

吕文焕见此情景，便过来劝解。文天祥就指着吕文焕的鼻尖，把吕文焕也骂成乱贼叛逆。吕文焕还不知趣，偏又问道："文丞相为何骂我，我的处境你不是不知道啊？"

"你什么处境？身为守疆护土的武将，不思以一死报效国家，竟还在此厚颜无耻谈什么处境？你不过是个贪生怕死之辈，不忠不义的小人！国家之所以有今天的不幸，就是因为有了你们这些乱贼叛逆。常州将士都能以死而抗战到底，他们的处境就比你好吗？张濡誓死不降，他的部下全都战死，他们的处境就比你好吗？你说！你们说！"

吕氏降将出来打圆场，文天祥更是义愤填膺，他索性历数起他们的罪状。最后，文天祥指着这些降将厉声道："你们降元了，做了敌国的帮凶与走狗，就不是我大宋的臣民了，我在这里就是你们的敌人。来吧，为了给你们的新主子做条好狗，就拿刀杀了我吧！我文天祥活是大宋的臣子，死是大宋的鬼雄！"

文天祥这顿骂，骂得大宋这些文臣武将羞愧难当无言以对，哪还有脸吃饭饮酒啊？初时在座的蒙古文臣武将也目瞪口呆不知所措，后来甚至有人尊称文天祥为大宋的伟男子。伯颜见状，就站起来说："文丞相的心情大家都理解，人各有志，不可强求嘛！"唆都就私下里对就近的蒙古将军竖起大拇指道："文丞相骂得痛快！"

二月初五（2 月 21 日）南宋的小皇帝赵㬎与文武百官正式投降元朝，临安顺利交接。伯颜派人将宋廷的珠宝、史集文书材料妥善保管，适时北运。至元十三年（1267）二月七日，伯颜向朝廷上《贺平江南表》。至元十三年二月二十一日，伯颜在临安颁布忽必烈批准的《归附安民诏》。至元十三年三月，伯颜回大都。宋朝皇帝、文臣武将、宫女、乐官等也相继被押送北上。文天祥等人也随同在里边。太皇太后谢氏因病留在临安。其间有数以百计的宫女抗命投水自杀，一些太学生不愿北上为元朝做事也一死了之。小皇帝和其母全太后及众多臣子在临行前冲南跪地三拜，伤心痛哭。由于平时养尊处优，这些人一路上尝尽了苦头。押送者对他们也不客气，对走得慢的人连打带骂。伙食也差，上顿下顿尽是稀粥。路上渴了也不给水，只好喝河沟里的脏水。不少人在路上因病因累死去，其状凄惨得很。途中，李庭芝、姜才率扬州宋军出兵欲夺回两宫，但元军临时改变时间和路线，又加上阿术的蒙汉骑兵拦阻，未能实现。真州苗再成也带兵夺驾，被元军击退。

至元十三年（1276 年）四月，伯颜载誉回上都，受到军民夹道欢迎。忽必烈命太子真金率文武百官出城到郊外迎接，给予伯颜以朝廷的最高礼遇。中书省平章政事阿合马比百官迎得更远一些，想从伯颜那儿得些珍宝。伯颜知道他的来意，就取下衣服上的玉钩作为见面礼，令阿合马大为失望。忽必烈在大安阁殿外迎接。当忽必烈当众夸奖伯颜时，伯颜一再拜谢，并将功劳归于圣上和众将士。

文天祥是跟由贾余庆、吴坚、刘节、家铉翁等组成的北上祈请使团一起上路的。随文天祥北行的还有其部下及家人共十一人，他们是杜浒、金应、张庆、夏仲、吕武、王青、邹捷、余元庆、李茂、吴亮、肖发等。其中八人是他患难与共的战友，另有三人中途离去。他们是乘船沿运河向北进发。具体负责看押文天祥的是刘百户和蒙古帖木儿千户及他们率领的士兵，他们对文天祥盯得很紧。贾余庆因为仇恨文天祥，就暗告看押人说文天祥等人不会老老实实地跟着北上，让人家路上要多加小心。帖木儿听了，就在上船和下船时亲自查验。文天祥等人也确实想寻机逃跑，但苦于看守得太严，无机可寻。途中，阿术还特来让祈请使团到扬州城下喊话，劝李庭芝投降。贾余庆、吴坚等就带着太皇太后的手诏在城下劝降。李庭芝也不应答，突然令士兵放箭，吓得贾余庆、吴坚等抱头就往回跑。阿术见了，就微笑着对身边的文天祥说："文丞相，我看李庭芝跟你倒蛮像的。"

阿术多次带兵跟李庭芝交战，没占到丝毫的便宜，不由得从心里对南宋的这位将军起了敬意。

因为这次给李庭芝送投降诏书，宋朝的祈请使团在路上就多停留了几天。文天祥与部下商议，认为这是个机会，不然过了镇江就难脱身了。也因为是在阿术的驻地，到处都是士兵，看押的也就放松了戒备。镇江其实在扬州的南面，是长江上的重镇，四通八达的，而北面的扬州和真州都还在南宋军的手里。所以要脱身只有弄条船偷逃到宋军那边去，陆路是不行的，到处都是蒙军的马队。可大家分头去找船，连着两天也没有联系到船工，因为船都被元军收缴了。大家的心就变得越来越沉重，连话都懒得说了。

可在第三天，余元庆打酒回来，就高兴地悄声对文天祥说："船弄到了！"

声音虽小，但大家还是听到了，就过来一下子把余元庆围住。文天祥却往屋外看了看，示意杜浒注意外面。杜浒一点头，就走过去放哨。文天祥这才低声问："牢靠吗？"

"我觉得没问题。这人是我真州的老乡，在汉军里当个小头目，正管着几条船呢。我跟他讲了一通道理，可他却直接告诉我，说余哥你就不用说那么多了，你不就是要弄条船逃出去么，我给你弄就是了。他还说，别看我在元朝的军队里，但我还是盼着宋军能打胜仗，因为我们原本都是大宋的子民。我就跟他约好在明天夜里行动。”

“那我们就先准备一下。”

可到了第二天，看押他们的人却突然通知祈请使团渡江，只有吴坚有事留在镇江。文天祥这伙人一听就急得心都快跳出嗓子眼了。这时正巧唆都来看文天祥。唆都是管刘百户和帖木儿的，文天祥就对他说自己有个多年不见的朋友约好下午来喝酒，希望能在这再停留一天，明早同吴坚一起渡江。唆都说可以。唆都走后，大家就高兴得互相拥抱起来。高兴过后，他们就等天黑，可感觉这天似乎特别长。晚上吃饭，留下来准备次日同他们一起渡江的刘百户来了。文天祥说：“刘将军，明天就离开江南了，愿意跟我这丧国之人喝几口酒吗？”

“哪里，难得文丞相瞧得起我！”

有人就给刘百户倒酒，文天祥似乎一下子话多了起来，从自己考中状元一直说到被元军扣押，这期间，其他一些人就挨个给刘百户敬酒，说到了江北还望刘将军多多关照。这些人平日对刘百户都是冷眼相待，今天忽然变得异常热情，但可能是酒的作用，刘百户非但没有多想，还高兴地喝了个一醉方休，最后只好被几个士兵连拖带扶地弄回去了。时间到了，文天祥他们就身藏短刀悄悄地溜了出去。可到了江边，却不见船只，急得有人要下水游过长江。余元庆只好沿江岸去找，原来是老乡记错了地点，把船停在了离这儿有二百米的地方。

大家就赶紧上船，这老乡见都上船了，就把手里的一盏“官灯”递给余元庆，说：“有了这盏灯，江面上就没人检查了。”

余元庆连声道谢，老乡却说：“谢什么？一条船为大宋救回一位宰相，多值！”说完，这老乡就回到岸上，消失在夜色中。

船逆流而上，在元军的大船间穿来绕去，大家紧张得屏住呼吸，手里紧握着短刀，眼睛紧瞪着江面，预防发生什么不测。但因为有“官灯”，元朝的水军连问都懒得问，天快亮时船靠上了北岸。

守在北岸的真州宋军士兵听说是文丞相逃了出来，就赶紧把他们护送进了真州城。

第一四章　叛军内讧　爱妻病逝

至元十三年（1276）五月里的一天，元朝正式举行皇帝接见降君的仪式。忽必烈与察苾皇后并排端坐在大安阁宫中的御榻上，诸王、文武百官合坐两旁。得到宣令，宋朝君臣按职位高低进入大殿，以小皇帝赵㬎为首的众人伏拜于地，忽必烈令他们起来，并颁布圣旨。授赵㬎为开府仪同三司，检校大司徒，封为瀛国公，其他臣子也都各安其职，以昭大元皇帝的开明。

随后，忽必烈先后多次大摆诈马宴，与他的文武百官庆祝平宋战争的胜利。其间邀请了各国使臣，马可波罗叔侄就在这段时间受到了忽必烈的接见。继而又将灭宋后得到的各种奇珍异宝作了展览。忽必烈对察苾说："你尽可以挑些自己喜欢的宝贝。"

察苾看了看，对忽必烈说："宋人是要将这些宝物留给子孙的，子孙却没能力守护，实在是很可悲的事情。我又要它有何用呢？"

察苾皇后因此没要一件宝物，她在大元鼎盛时期就开始虑及子孙的能力了。

与此同时，逃到福州的陈宜中、陆秀夫等拥益王赵昰为皇帝，其母杨淑妃被册封为皇太后，改元"景炎"，赵昰就是历史上的宋瑞宗，并将福州改为福安府。宋瑞宗任命陈宜中为左丞相兼枢密使，都督诸路兵马；淮东制置使李庭芝为右丞相；张世杰任枢密副使；陆秀夫签书枢密院事。后文天祥赶到福安府，朝廷欲要他担承陈宜中的职位，但文天祥顾全大局不愿夺取陈宜中的权力，朝廷便任命文天祥为枢密使，同都督诸路军马。但新建立的小朝廷没胆量与元军对抗，只是不断后撤，这与文天祥要召集人马以寻机北进的想法不一致。不久，在文天祥的要求下，朝廷同意他去南剑（今福建南平县）聚集人马，随后，朝廷便又向海上退却。

文天祥一边招兵，一边派人跟扬州的李庭芝联系，希望南北互动。李庭芝便几次出兵骚扰元军，并小有斩获。但扬州的粮草越来越少，李庭芝就留朱焕守城，自己和姜才率兵南下，想跟江西的抗元军队合在一起。但他们在南下途中与数倍于己的元军相遇，苦战半月却无法前进。李庭芝见士兵越来越少，就想突围再回扬州。可这时从扬州来人说朱焕已打开扬州城门投元了，报信人是李庭芝的忠实部下，是冒死前来送信的。阿术拿下扬州和真定后，就率元军来攻打已被包围住了的李庭芝。宋军已陷绝境，李庭芝激励将士们奋勇杀敌为国捐躯。经两日激战，宋军已大多战死，只剩下几十名护卫聚集在姜才、李庭芝身边，他们一个个都染血带伤筋疲力尽，但他们的眼神却都相当平静，似乎这里不是战场，而是旧日和平的风景如画的江南。元军已将他们团团围住，也不急于进攻，而是力劝他们投降。

姜才瞧了瞧近在咫尺的元军，笑着对左右说："看我再跟他们过两招。"

"喂，喝上两口！"

已肩部负伤的李庭芝让贴身卫士把酒壶递过去，姜才就嘿嘿地笑了，说："大帅深藏不露，高人也！"

说完就喝了一口，便将酒壶还给李庭芝，并附耳轻声道："大帅，小弟先走了！"言罢纵马持枪杀入敌阵，挑死几个元军士兵后，被元军杀死。随后，宋军卫士又三三两两地冲入敌阵，如石子投入水中，溅起一朵朵小浪花。

阿术终忍受不住宋军的戏弄，令弓箭手放箭。宋军卫士就赶紧将李庭芝围在当中，然后由外至里中箭纷然倒下，就像一朵花儿在绽放。而李庭芝就是那鲜红的花蕊，他拔剑自刎后依然站立不动。阿术敬佩将军，令将李庭芝厚葬。宋地军民闻之，皆痛哭不已。

因为北方诸王之乱，忽必烈调伯颜及元军主力北上，文天祥就率召集起来的宋军连克梅州、兴国等十三县，引起忽必烈的重视。至元十三年（1276）五月，忽必烈派几路军队，由阿里海牙、阿剌旱、董文炳、麦术丁等率军分别扑向江西、福建和广西。不久，刘师勇被部下出卖，被蒙军包围在一座庙宇中，他率部下几次突围都没有成功，身边卫士尽死。元军叫刘师勇投降，不降就放火烧庙。刘师勇不想连累寺庙，就持剑冲杀出来。元军要活捉他，没有放箭，反被刘师勇杀死杀伤十几人。刘师勇终被元军放箭射死，后被阿里海牙厚葬。

至元十四年（1277）七月，忽必烈收到诸王昔里吉叛变、丞相安童和北平王那木罕被俘的不幸消息，立即派右丞相伯颜带军队征伐。同时令阿术去陕甘一带领兵以防西部出乱子。

昔里吉是蒙哥大汗的庶子，中统元年，他支持阿里不哥跟忽必烈争夺汗位。阿里不哥失败后，昔里吉与其兄玉龙答失归附朝廷，被释罪，封河平王，后随北平王那木罕北征。此次叛乱的罪魁祸首是忽必烈的侄子，拖雷庶子岁哥都的儿子脱黑帖木儿。脱黑帖木儿是草原上的美男子，武艺高强，是当时著名的"白马将军"，以枪术和善射闻名，他在打仗时跟常人不一样，一般人爱骑暗色的马，为的是使敌人不易看出受伤流血来，他却喜欢穿白衣骑白马，以血染白衣与白马为荣。另外，他这也是为了突出自己的高强武艺，对敌人给予蔑视。

脱黑帖木儿始终生活在草原上，崇尚蒙古勇士之道，反对忽必烈的汉法，认为蒙人必须遵守蒙制。参与此次叛乱的还有阿里不哥之子玉木忽儿、明里帖木儿和蒙哥大汗嫡子玉龙答失的长子撒里蛮等。他们将个人野心代替了法权，无视成吉思汗的遗嘱，使草原出现了无政府主义的狂潮。安童在击退了海都后，组织各路人马在河边度夏，分配给养，并进行“围猎”。脱黑帖木儿、昔里吉等也率军队汇集于此。两个堂兄弟相见，就彼此倾诉了对忽必烈继承汗位的不满。脱黑帖木儿心高气傲，早就想自立为王，便借机怂恿昔里吉，说大汗之位即便不归阿里不哥也应归于蒙哥大汗的孩子们，怎么也轮不到他忽必烈，何况他忽必烈早已汉化，从本质上已不属于蒙古人了。

俩人发完牢骚，脱黑帖木儿就试探着说：“我们干脆把那木罕和安童抓起来交给钦察汗国和窝阔台的海都吧，就说忽必烈已出卖了蒙古人的利益，让他们一起来发兵，你敢吗?”

“这……行吗?”

“怎么不行？我们的圣祖不也是由小做大的么？男子汉不要安于现状，就是失败了也大不了一死，人早晚都会死去。但要是赢了，帝位就归你，我只是要替草原人出一口气罢了，别无他图。”

昔里吉的野心被触动了，他咬咬牙点点头。他们以那木罕和安童分配给养不公平的假话煽动将士的不满情绪，还企图说服拖雷庶子拔绰之孙牙忽都一起造反，遭牙忽都拒绝。牙忽都随后赶紧将此事告诉了那木罕，并指出那木罕的部将八鲁浑已被昔里吉收买做内应。八鲁浑得知事已泄露，就带部下出逃。那木罕就派牙忽都带人前去追拿。

牙忽都一走，那木罕兵力不足，昔里吉和脱黑帖木儿就趁机兵变，把那木罕抓起来送到钦察汗国忙哥帖木儿那里，把安童交给了窝阔台系的海都。但忙哥帖木儿并没有上当，他把那木罕留下给予保护，却不允许叛军入境。海都新败，也怕忽必烈来剿，就留下安童做人质，让使者传话说：“我十分感谢你们这样做，请你们留驻于原地，因为你们那里的水草很好，有利于战马长膘。”

海都这样做似乎令人费解，其实不然，因为海都听说昔里吉要争当大汗，会成为自己的对手，而且昔里吉又是拖雷系的后王，本来就与窝阔台系势不两立，海都又怎肯帮他们做大呢？但海都老奸巨猾，他并没有表示拒绝，他是要坐墙观虎斗，让他们内部自我损耗，伺机再消灭他们。

昔里吉和脱黑帖木儿没有得到忙哥帖木儿的支持，也没有争取到海都出兵，而东道诸王也拒绝跟他们合作。无奈之下，他们只好攻下哈尔和林，准备迎接忽必烈的军事讨伐。

伯颜北上，尽遣南征名将跟随，这些将领在征战南宋的战争中得到锤炼，已经都成了打仗的行家里手。李庭为镇威上将军，汉军都元帅，他作为先进入草原的将领，在岭北一战，就将撒里蛮的大军打得落花流水，四散奔逃。随后伯颜大军攻打哈尔和林，尽灭昔里吉和脱黑帖木儿的主力，使二人带残兵逃至斡儿洹水北岸，召集兵马。伯颜坐镇哈尔和林，派名将脱欢率蒙军精锐追剿叛军。脱欢带军队与脱黑帖木儿在斡儿洹水畔自太阳升起打到日落天黑，难分胜败。夜里，脱欢趁对方乏累，率骑兵沿河上行十里，过河后绕到敌人的背后突发袭击，敌人大乱。这时河对岸的蒙军也在副将博罗欢的指挥下冲过河来，与脱欢配合，两面夹击敌人。脱黑帖木儿见昔里吉被脱欢缠住，就率卫队救出昔里吉，但自己却被脱欢照背上砍了一刀。多亏这一刀力量不大，又是砍在铠甲上，脱黑帖木儿才无性命之忧，但却使脱黑帖木儿惊出了一身冷汗，知道脱欢非等闲之辈，便与昔里吉率卫队杀出一条血路，逃到了也儿的石河流域。元军这一战，夺回了被叛军抢走的祖宗大斡耳朵和祖宗大帐及那木罕车所部属民，将其送回哈尔和林。

至元十四年（1277）二月，忽必烈命已被立为太子的燕王真金抚军北边，北征诸将均受真金节制。但真金每与伯颜商议军中大事，都对伯颜竭尽尊重，俩人从此建立了很深厚的友情。

这时叛军内部军心涣散，接连发生内讧。一次，脱黑帖木儿遭到元军的截击，他请求昔里吉予以支援。但昔里吉也正在遭遇元军追赶，自身难保，哪还有心支援别人哪。脱黑帖木儿对此大为生气，就转而拥立昔里吉之侄、玉龙答失之子撒里蛮为大汗。这样，他们的同盟瓦解了，两伙又在草原上火拼，打得难分难解，各损兵马过半。玉木忽儿看到脱黑帖木儿出尔反尔，就带手下人马脱离了他，并言明反对立撒里蛮为大汗，继续拥护昔里吉。

脱黑帖木儿大怒，就又率军队征讨玉木忽儿。玉木忽儿派使者对脱黑帖木儿说："我们现在互相打杀，无疑在自耗元气，这只对伯颜有利。我们现在需要团结而不是分裂。我提议大家坐到一起好好商议一下，心平气和以理服人地选出大汗，然后都不再反悔。你如果同意这个提议，就请给我五天时间，我去说服昔里吉前来赴会。"

脱黑帖木儿自恃武功高强，认为玉木忽儿是害怕了，就同意了他的请求。

第三天夜里，玉木忽儿趁夜色来袭，打了脱黑帖木儿一个措手不及，火烧了他的营帐。脱黑帖木儿从睡梦中醒来，慌乱中左挡右杀，最后只带出十二个人逃走了。但玉木忽儿不想放过他，在后面紧紧追赶。脱黑帖木儿他们连续跑了三天，又渴又饿，当他们趴到一条小溪边刚喝了口水，后面的追兵就上来了。

脱黑帖木儿勉强翻上马背，对手下的人说："请大家跟我像个男人那样在战斗中死去吧！"

可那些人根本就不想动，有个人说："你是大汗家族的人，他们是不会伤害你的，可我们就要倒霉了。"

这时玉木忽儿带兵马已将他们包围。玉木忽儿说："脱黑帖木儿，你已手无缚鸡之力，还想跟我打吗？"

脱黑帖木儿绝望了，一松手，长枪落到了地上。

玉木忽儿把脱黑帖木儿交给昔里吉说："这个人言而无信，我们若是留下他，他将来一定找机会来杀我们。"

昔里吉就说："那就叫这家伙在我们面前永远地消失吧。"说完便令手下把脱黑帖木儿杀掉了。

没有了脱黑帖木儿，撒里蛮自知不是昔里吉的对手，也就投降了。他对昔里吉说："我是被迫的，希望能得到您的原谅。"

后来撒里蛮寻机跑回了自己的领地，又重整旗鼓，向昔里吉发起反攻。而此时，昔里吉的部下将士们也对昔里吉丧失了信心，听说撒里蛮要归顺忽必烈，就在两军阵前纷纷投降了撒里蛮，最后只剩下孤家寡人昔里吉一人束手就擒了。玉木忽儿闻知他拥立的大汗被捉，就来向撒里蛮开战。但战场上出现了戏剧性的一幕，玉木忽儿的士兵也纷纷归顺了撒里蛮。玉木忽儿见势不好，就一个人骑马跑掉了。昔里吉不久病逝。撒里蛮带部下归顺了忽必烈，受到了优待。后来，走投无路的玉木忽儿在元成宗时，也归附了元朝。

战争结束，钦察汗国护送那木罕回到了大都，海都被迫遣返了安童。

这年，金莲川旧勋老臣姚枢病重，他在临死前向忽必烈上书，要求坚决禁止逼良从娼的买卖，净化社会风气。他痛切地说："人皆有怜悯之心，应视人家姐妹为自己之姐妹，视人家姐妹之不幸为感同身受，知廉耻，存仁心，人当如此，国家更应当如此，如此，天下才惠风和畅。"

这是姚枢深感社会淫乱风气之猖獗，向忽必烈提出的最后一条建议，随后这位老臣便病逝了。忽必烈在伤心之余，正式发出诏令，禁止官吏军民将所娶江南良家女子卖而为娼，无论是买是卖，都得严加治罪。同时诏令，元诏虎符旧用畏兀儿字，现要用国字。新的蒙古文字是至元六年（1269）二月颁行的，由八思巴所创，这是元朝文化史上的一件大事。从此，元朝中央的一般诏书、政令等用蒙、汉、畏兀儿和藏四种文字共同颁布。

至元十四年（1277）十一月，陈宜中认为宋朝已不可救药，就一走了之，再也没有回来。不久，南宋小朝廷的海上船队在井澳（今珠江口）遭遇台风，船上人死过半，小皇帝赵昰险些溺水身亡。受此惊吓后他一直有病，次年便逝。众臣又拥立度宗之子卫王赵昺为皇帝，改元“祥兴”，是为帝昺。陆秀夫为左丞相，协助张世杰秉政，外筹军旅，内调工役，凡有述作，皆出其手。赵昺时才六岁，陆秀夫就每天教这位小皇帝学习，实是不易。

这时，元朝江西行省全力用兵追杀文天祥。文天祥且战且退，企图撤到江淮一带发展。元将李恒率军穷追四百里，在庐陵东石岭追上文天祥。关键时刻，宋国督府都统制老将巩信率帐下卫士不足百人拼死掩护文天祥撤退。他们与元军多次短兵相接，连续打退元军的进攻。老将巩信一人就杀死元军十几人，刀卷刃不得用，就顺手操起一杆长枪继续杀敌。卫士们也都个个奋勇当先，在大敌面前毫不畏惧，最后全部战死。剩下巩信一人，他便坐在大石头上，威风凛凛，持枪怒视敌人。

李恒见巩信泰然自若，便疑心其身后有伏兵，急令部下放箭。箭下如雨，但巩信却屹然不动。李恒见状不敢过，就令人绕道侦察，得知没有埋伏，这才率兵向前。原来巩信早死。李恒就叹道：“将军虽死犹生矣！”李恒令部下将巩信葬在巨石边。当地百姓就将这块巨石称为“巩信石”。

李恒离开此地，又率骑兵继续追击文天祥。文天祥的军队只能躲开大道，在山林之中行走，风餐露宿，疲惫不堪。实在走不动了，就在一个叫空坑的地方停下来休息，趁机向这里的百姓寻些食物。不想，元军很快就追了上来。几十名宋军士兵舍命抵抗，文天祥才在当地的一位山民的带领下从山间水道逃走。元军追了一夜，天亮时，追上了一辆落在后边的轿子，轿中人器宇轩昂，风姿伟然。元军问他姓名，那人从容答道：“我是文天祥。”

元军再向轿夫核对，轿夫摇头说不知道此人叫什么。等叫来认识文天祥的宋军俘虏辨认，才知这是通判赵时赏。元军令他投降，他便大骂，李恒便将他杀了。因为几次令文天祥逃脱，忽必烈就派张弘范为蒙汉军元帅，由他全权负责讨伐张世杰、文天祥等在逃的宋朝文臣武将。为了便于节制蒙军，临行前，忽必烈又将一把宝剑赐予张弘范，令其违者必斩。张弘范就请求以李恒做其副手，忽必烈同意。

张弘范令其弟张弘正为先锋率水军入潮州，令李恒带骑兵由梅岭奔袭广州，包抄文天祥的西退之路，自己则率两万步骑兵以梳子战术分几路推进。

文天祥得到情报后，马上派人禀报小朝廷赶紧转移，自己则率部下急奔南岭而去，他想凭借山高路险跟元军周旋。但他的部下陈懿叛变了，他不仅将文天祥的计划告诉了张弘正，还带路抄近道赶在了文天祥的必经之地五岭坡。

第二天，文天祥一行来到五岭坡，在吃午饭的时候，张弘正的士兵乔装成山里人，三三两两，逐渐向他们靠近。当元军走到近前，放哨的宋朝士兵感觉不太对劲，就令他们站下，这些人不但没有停下，反而拔出刀来砍倒了几名宋军士兵，直奔文天祥冲杀过来。文天祥的贴身卫士邹风见了就跳起来阻挡，怎奈敌人太多，瞬间他就被十几名元军死死围住。眼看着文天祥被捉，邹风痛心不已，就横刀自尽了。

元军将文天祥押到元军大营，张弘范以礼相见，像招待尊贵的客人一样对待这位宋朝的丞相。

这时，张世杰带着小皇帝等退守崖山（今广东新会县南八十里）。崖山三面临海，背后皆是险峻的山峰，易守难攻，这是张世杰选择此地的原因。因为当时宋朝官兵还有二十万人。张世杰便要在此与元军决一死战。

至元十六年（1279）正月十三日，张弘范率六万大军开到崖山，随后，旌旗猎猎地在海面上拉开进攻的阵势。进攻前，他令李恒到文天祥的船上去，请这位大宋朝的丞相写一份劝降书，规劝张世杰放下武器归顺元朝。

文天祥就说："我没有能力保卫国家了，我怎么能让别人背叛国家呢？"

李恒就反复跟文天祥请求，说文丞相不写点什么给他，他就没办法向张大帅交差。文天祥见他缠着自己不放，就信手将昨天船过零丁洋时写的《过零丁洋》一诗抄写了一份给了李恒。李恒就赶紧把这首诗带过去给张弘范看。

张弘范拿过去，只见上面写着：

辛苦遭逢起一经，干戈寥落四周星。
山河破碎风飘絮，身世浮沉雨打萍。
惶恐滩头说惶恐，零丁洋里叹零丁。
人生自古谁无死，留取丹心照汗青。

张弘范连看了几遍后，就踱到船头向崖山方向眺望了许久，然后自言自语地说："多么好的丞相，多么好的诗啊！"

张世杰当时有战船上千艘，且多是大船；张弘范只有八百余艘船，还多是小船。双方人数和船只数对比，张世杰皆占优势。有谋士就提出以攻为守打败元军。可张世杰认为宋军士兵多有异心，担心他们在进攻中趁机逃跑或投降，就坚持采取守势。他将各船以大索相连，奉宋主居其间，以达到置于死地而拼命求生的效果。

文天祥瞧见了宋军摆出的一字长蛇阵，就无可奈何地对跟他囚在一起的伙伴说："这纯粹是作茧自缚，不能攻人，反被人攻，陷自己于困境。唉，张世杰一代名将竟临阵丧胆，这难道是天意吗？"

张世杰的战船不能变化，张弘范便采取火攻战。不想宋军已做了对应之策，他们把战船都涂了一层黏泥，并绑缚长木以拒火。船不燃，元军反被宋军射死射伤不少人，这叫张弘范很是后悔。继而令元军士兵喊话，劝宋军投降，说你们的陈丞相逃跑了，文丞相被我们活捉了，你们也被我们包围了，还抵抗个什么劲呀？不如趁早归降保住活命的好。但宋朝将士总是以箭作答，没人投降。元军便以大炮轰击宋军，随后又发起攻击。

宋军在张世杰、苏刘义、方兴的带领下奋勇抵抗，每次都令元军无果而退。但由于元军把水陆都封锁住了，宋军的粮食开始短缺，淡水也没了，只好饮海水，致使不少人又吐又泻，战斗力一天天锐减。而元军增兵又至，大船的数量超过了宋军。

是夜，天阴沉得看不见一颗星星，随后又下起雨来，宋军将士连乏带饥都躺在船上歇息。这时，元军悄然涌了上来，待宋军发现，元军已近在眼前了。张世杰就率淮兵拼死抵抗，怎奈元军士气高昂，很快就打开了缺口。宋军大溃，有人投降，有人跳海，乱成一团。张世杰知道兵败如山倒这个道理，就赶紧带卫队直奔中军去保护皇上。这时，元军已从几面杀来，形势万分危急，张世杰想让小皇帝跟自己乘船冲出去，可陆秀夫看见元军越来越多，越来越近，认为逃跑是根本无望了。

为了免于被俘受辱，陆秀夫将自己的妻子赶下海去，然后泪流满面地跪伏在小皇帝赵昺面前恳求道："国家即亡，臣等无力回天，请陛下与微臣一起为国而死吧，以免受异族之辱！"说完就背起赵昺纵身跳入黑沉沉的大海……

见此情景，后宫诸臣嫔妃纷纷跃身随皇帝而去。这时，苏刘义和方兴已令士兵砍断锁链，急带人马杀将过来。他们听说皇帝已死，就放声大哭，随后与张世杰兵合一处，乘风雨夜色的掩护冲杀出去。几天后，沉入海里的尸体膨胀浮出海面，约有十万余人。

元军士兵打捞上一具小孩尸体，从其身上搜出大宋皇帝宝印，献给张弘范。经辨认，尸体为大宋小皇帝赵昺。

杨太后听说皇帝赵昺已死，就也跳海身亡，张世杰将其葬于海滨，复又上船西行。途遇飓风，将士劝张世杰上岸躲避。张世杰此时已彻底灰心丧气，他登上船楼，朝临安方向拜了几拜，然后说："臣本欲重整旗鼓再续我大宋事业，却一君亡，复立一君，今又亡去。此非臣不竭力，实乃天不容我。天意如此，臣实无苟活之理。"说完就跳下船去。

苏刘义、方兴众将见了，也万念俱灰，纷纷跳海为国尽忠了。

崖山战役结束后，张弘范对文天祥说："国家已亡，文丞相也已尽了忠孝，现在该是考虑考虑另事明主了吧？以丞相之才，圣上定会再任你为丞相的。"

文天祥却满面凄然眼含泪水道："目睹国破家亡而不能救，为人臣者唯求一死，以明忠心了。"

张弘范听后，肃然起敬。他将文天祥之事上报忽必烈。忽必烈就把文天祥写的《过零丁洋》那首诗反复看了多遍，然后说："宋人的皇帝得此一忠臣，死也瞑目了。"

窦默读了此诗，默不作声，不久病逝。许衡读了此诗，解甲归田，不久也卧床不起。临死前，许衡将儿子叫到床前说："我死后，碑上只准写'许衡之墓'四个字，不准镌刻官职。"

这年，还有一位大人物病逝，他就是帝师八思巴，但他的死与文天祥了无联系。

至元十六年（1279）四月，元军千人押送文天祥等人从广州北上。途中文天祥多次求死不成，便欲以绝食自毙。元军押解将领担心回去无法交代，便每以流食灌之，使文天祥欲死不能。船过故乡庐陵，他又开始绝食。文天祥原是要死在故乡，过了故乡再绝食就失去了意义。从吉州开始，文天祥的好朋友张弘毅自愿随其北上。张弘毅也是江西庐陵人，与文天祥是自小的朋友，此人淡泊明志，又有侠义心肠。文天祥当官时多次劝张弘毅出来做事，他都以各种理由拒绝。但听说文天祥被捉了，他却主动来求见。他说不想与朋友同富贵，但愿与朋友共患难。他怕文天祥身边没人照顾太寂寞，就陪文天祥一起北上。

押解的人见张弘毅一来，文天祥就停止了绝食，误以为这全是张弘毅劝说的结果，就也爽然同意了。

十月，文天祥到了大都，被单囚在一屋。张弘毅就在文天祥的囚屋附近寓住。文天祥不吃元人送来的饭菜，只吃张弘毅送来的饭食。朝廷认为留梦炎与文天祥一样，也是南宋的状元宰相，就派他来劝降，结果被文天祥大骂一通，后来留梦炎再也不敢来劝了。元朝当事者以为留梦炎不行，心想让南宋的小皇帝赵㬎来劝总得给个面子吧。但文天祥一看到九岁的赵㬎就伏地大拜大哭，历数历代皇帝的雄心大志，恳请小皇帝遇有机会就重返南方，重整旗鼓跟元朝战斗到底。这小皇帝听得直伤心，只好默默地走了出去。而当再有降臣们去劝降，文天祥就又改了方法，绝口不再骂人，只是反复跟人说，国亡臣死，臣不为国而死，必将遗臭万年。本来这些人就忌讳谈这个话题，于是渐渐地便没人来劝了。

软的不行，元丞相索罗就派人将文天祥带到枢密院。索罗见文天祥进来就一脸正气地往那儿一站，便喝道："亡国之臣见本丞相为何不跪？"

文天祥就哈哈大笑，然后义正词严地说："大宋虽亡，乃文明之国；大元虽兴，乃野蛮之邦。自古国家兴亡乃常道，即便是兴隆的大唐也有没落之时。我是大宋的臣子，只拜大宋的皇帝与长官，至于对你们，倘若有机会，只有刀枪相见。如今落到你们手里，我只求早死。"

索罗见其只求速死，就在早朝上将此事向忽必烈禀报，并说文天祥死硬还不降，不如杀掉了事。

汉儒们纷纷站出来反对。忽必烈便说："南家思难得有文天祥这样的忠臣，我们大元又不差一屋一口饭，让他慢慢思忖去吧。"

南平南宋，北平诸王叛乱，而这时又传来捷报，芒哥喇王子和阿术又将川蜀一带的大宋残余势力彻底扫清。三线皆传佳音，这应该是最令忽必烈高兴欣慰的事情。可接下来却传来凶讯，芒哥喇在归来的路上得病身亡，时年三十二岁。芒哥喇从小就傻乎乎的，一叫学习他就犯困，因此长大以后也没什么文化。但他憨厚，除了学习以外，父母教做什么就做什么，忽必烈和察苾都很喜欢他，尤其是一瞧见他那憨乎乎的样子就想发笑。

没想到这样一个与世无争的儿子竟然突然死去了，这使忽必烈既震惊又难过。而察苾呢？察苾竟被这重重的一击打倒了。察苾病了，虽经御医百般调养，她的病就是不见起色。

其实，察苾的病不是一天得来的。自从李璮叛乱被平定后，察苾就逐渐感觉忽必烈在发生变化，她变得他不再像在漠北和金莲川那样平易近人了，身上的帝王气变得越来越浓重了，变得越来越疏远以前的汉臣旧勋了。随着郝经、刘秉忠、窦默、许衡这些汉臣的相继离去，忽必烈身边的蒙古人和色目人是越来越多了。当然，他也知人善任，提携了一批国之栋梁，如安童、伯颜、阿术……但他也重用了一些如阿合马一类的功利之徒。实用主义占据了忽必烈的大脑，往日那个跟群臣在一起谈古说今，纵论人性天道的忽必烈不见了。金莲川群英荟萃，谈笑风生，意气风发的景象已成了遥远的过去。察苾也想起了廉希宪、孟速思、阔阔、昔班这些藩邸宿卫，他们也先后离他而去了。

随着后宫嫔妃越来越多，现在忽必烈已经很少来她这儿了。她有时偶或见到他却不由一怔，她感到在弘吉拉草原将她抱在怀里的那个男人变得越来越陌生了。她越来越忧郁，而失子之痛，最终将察苾推向了死亡。她已经开始咯血，而且越来越频繁。当不忽木将忽必烈叫来的时候，察苾已经不能动弹了。

忽必烈见了病榻上的察苾大为悲恸。其实，就是将天下的所有女人合在一起，她们的分量也没有察苾在忽必烈心里的分量重。他并不是不留恋金莲川君臣亲密无间畅所欲言的情景，他并不是不感谢这个与他患难与共走到今天的妻子，只是，他是皇帝，他的心里除了他们，更要有天下。天下太大了，他的心都让它占满了。他已无暇顾及其他了。他是皇帝，不可能再像普通人那样满脑子尽是儿女私情、朋友情谊了。可是当他来到察苾面前，看见察苾气若游丝般的濒危模样，他的心里又只剩下了他的这个爱妻了，什么天下之类的，似乎一下子都离他远远的了，或是压根就在他心里不曾有过。忽必烈哭了，哭得是那么的伤心。他攥着爱妻的手，一遍遍地重复着："察苾，朕的好察苾！你可不能就这么撇下朕呀！听到了吗？察苾？"

察苾一点也动不了了，泪珠从她的眼角一颗颗地滚下去。但她的眼睛却一眨不眨地看着忽必烈，看他哭得成了一个泪人，就像是一个孤独无助的孩子。蓦地，她感觉过去的一切又都回来了，眼前自己的丈夫依然是这世上她最熟悉最可爱的男人。她断断续续地说："臣妾只有……三子，一死一囚，唯有太子……太子在圣上身旁。太子……太子善良，圣上要……要照顾他，万不可……轻言废立……"

看见忽必烈点头，察苾就微微地笑了。

"圣上……保重！"

至元十八年（1281）三月，察苾在微笑中合上了眼睛，时年五十多岁。这个从弘吉拉草原走出来的最美丽的神鹿，也许又回到了生她养她的那片水、草、羊美的故地，在蓝天绿草间骑着雪白的三河马，就似伏在一朵游动的云朵上，身上的红衣服飘啊飘，如同一团火焰在霍霍燃烧……

第一五章　东征失利　纳妃南苾

高丽是一个多山傍海的小国，曾被成吉思汗降服。但到了贵由和蒙哥时期，高丽主战派首领崔立宜掌有军权，趁蒙古国自顾不暇，便不再纳贡。后蒙哥稳定了蒙古国势，便对高丽兴师问罪。善于在一马平川地带作战的蒙古军队，一进入高丽国山区地势就施展不开，战事进展得并不顺利。而那时蒙哥大汗正忙着准备攻打南宋，也没有放在小小的高丽心上。高丽国虽然没有战败，但它毕竟是小国，架不起战争的折腾。十几年的战乱，加上自然灾害，高丽百姓背井离乡，大片土地无人耕种，水利失修，国力衰微，此种状况如再恶化，就是不用蒙古用兵来攻打，也将国之难存了。

1258 年，高丽国王杀掉了主战派首领崔立宜。随后高丽国王就让自己的儿子太子典入蒙古做人质。但那时蒙哥已死，典就拜见了忽必烈。当闻听典父逝世，忽必烈当即就派兵护送典回国登基典就成了蒙古的藩属国主。忽必烈对高丽国的要求是：君长亲朝，子弟入质，编民户，出军役，输纳赋税，置达鲁花赤。后高丽武臣林衍架空国王，忽必烈派蒙哥都征伐。大兵压境，林衍只得又还权于国王。忽必烈便以阿海为安抚使，领兵一千五百人屯驻高丽国都。为了征服日本，元朝还令高丽国就地取材，打造战船。因为高丽是大元国的藩属国，因而两国在经贸上来往频繁，在文化上高丽基本接受了汉族人的思想与文化。

忽必烈在和高丽国往来的同时，开始将目光投向隔海相望的日本。忽必烈先后五次遣使赴日本劝谕使其派人来元朝称附，但日本镰仓幕府认为元朝是想吞并他们，就坚决拒绝元朝的国书，并积极备战，以应对元朝军队的侵略。有鉴于此，忽必烈就向两次出使日本的赵良弼咨询对日本用兵的可能性。

赵良弼认为日本野蛮，又地少山水多，土地贫瘠，穷困不堪，不值得用兵。他说："我军精锐多是骑兵，渡海作战，天气多变，如遇大风，不战自败。何况海上后勤补给困难，动用全国的物资去征伐一个穷国。实在是太不划算了。"

但蒙古人的血液在忽必烈的身上奔流着，他认为这样一个小国竟敢跟他一个泱泱大国对抗，不给它点颜色看，那还了得。因此忽必烈不顾赵良弼的劝告，执意讨伐日本。至元十一年（1274）三月，忽必烈诏命风川经略忻都率领三万多人，乘九百余艘战船攻打日本。征日军队先肃清了对马、一歧等岛屿的日本守军，十月中旬在福冈登陆，与当地万余武士展开激战。元朝军队的将领刘复亨选列兵阵，排着严谨的队形朝前进攻。但日本武士没有大规模的作战经验，更没跟外国军队交过战，他们根本就不知道打仗还要排列阵法，只晓得凭武力与对方单打独斗，所以眼看着元朝军队排着整齐有致的阵形像一堵墙似的逼迫过来，就不知所措了。日本武士惊慌地退却着，稍一迟疑，就被元军的弓箭射中，而武士们弓箭的射距又不及元军的距离远、威力大。

刘复亨将军见日本武士退而不战，就挥旗命元军停下。待日本武士又聚拢过来，元军阵形忽地一变，移开的盾牌似打开了无数扇门。日本武士正愣怔之间，就被门里伸出的钩枪钩下马来，拽入门里，叫元军的刀斧手给结果了性命。而当武士们要射箭时，元军的盾牌又移回原位。看武士聚拢多了，刘将军就命元军击鼓进军。这下倒好，日本武士的战马突闻锣鼓声受惊，掀下了不少武士，元军则用长钩枪又将落马的武士钩过来，拿长枪和大刀的士兵就冲上去或刺或砍，一时惨叫之声四起。日本武士见状，跑得快的就躲进了工事内，跑得慢的就被元军的弓箭手射中了。

见武士们都跑光了，元军便使用大炮轰击对方的工事。日本武士不知道这世上还有火炮，一个个被震得目眩耳鸣，惊恐至极。这样日本人白天就不敢出来了，只在夜里出来朝元军乱放箭。

一天晚上，日本武士又偷着出来朝元军射箭。不料有一支箭将元军先锋刘复亨射着了。刘将军受伤，气得就想连夜进攻。可这时高丽国将领洪茶丘发现天气越来越坏，就建议元军上船寻个好一点的港口避风。不想当夜风雨越来越大，海浪冲天，元军的三百余艘船被巨浪打翻，一万三千名官兵葬身大海。

第一次征伐日本便以这样的惨状而失败了。而日本幕府将军北条竟认为这是老天在保佑他们，就将这次飓风称作“神风”。

忽必烈在对外征伐上沿袭了蒙古历届大汗好大喜功、穷兵黩武的嗜好。他不但征伐日本，还发动了征伐爪哇、安南、缅国的战争。由于不了解这些国家的国情地情人情，又加上国内民族矛盾致使士兵厌战，在不具备天时地利人和的情况下出兵征战，损耗了大量的人、财、物，真是得不偿失。但另外，元朝在经济和文化上也从此与这些国家的交往和影响日益密切了。

至元十八年（1281）正月，忽必烈第二次兵伐日本。这时，南宋已经被消灭，而日本又几次斩杀大元的使者，忽必烈认为有必要再次攻打日本。

这次进攻兵分两路。北边由忻都、洪茶丘率领四万军队，从高丽出发。南路军由南宋降元将领范文虎率十万人从南方的庆元、定海等处渡海。两路元军均由阿剌罕节制。出发之前，忽必烈对这由蒙、汉、高丽、南人（原南宋地区）几方面将领和士兵合在一起的征战大军有些担心。他对几位主将说："日本屡次斩杀我们的使者，我们不得不向他们宣战。朕听汉人说，要想战胜一个国家，夺取它的人民与土地，就不要乱杀生，要尽可能地安抚百姓，这样才能统治这个国家。希望你们要谨记在心。还有一事，朕也有些担忧，就是恐怕你们将领不齐心。汉人还有句话说得好，就是'人心齐，泰山移'。希望你们齐心协力，团结得像一个人似的，这样才能战胜敌人。"

六月，阿剌罕自知此去凶多吉少，就借口有病不能率军征战。朝廷便又命阿塔海代其总理军务。大战将至，仓促换将，将师不熟，削弱了军力。六月中旬，北路军抵达福冈。福冈的日军已在沿岸建成长十余公里，高三米的石墙，防守坚固；日本人还从上次挨打上吸取了教训，改进了武器，尤其是弓弩的射距与力量。由于日军准备充分，所以元军多次进攻均被日军打退。元军无法登岸，便转攻别处。七月，范文虎率领十万军队，乘了五百多艘大战船，从宁波等地出发，远涉重洋，向日本进发。由于海上风急浪大，士兵又多是陆军，十有八九呕吐晕船，多日折磨，待到了与北路军会合时，大多疲惫不堪了。

两军会师后，在制订攻打线路时，意见分歧严重，将近一个月漂在海上逗留，研究来研究去，互不相让，互相扯皮，都想以自己的意见为主，好像不这样就显得自己不够聪明似的。阿塔海虽是总指挥，可是他根本就不懂水军的作战特点。范文虎率领的军队人数最多，但他是南宋降将，属于南人，蒙古族的将领根本就不拿他当回事。忻都曾领蒙古军攻打过高丽，当时的对手就是洪茶丘，俩人仇怨很深互不服气。由于耽搁了时间，转眼飓风袭来，为抵御风浪，他们又将战船连在一起，想躲过飓风再登陆进攻。

八月的一个夜里，台风大作，波浪滔天，如山涌动的大浪不断地砸向战船。由于拼凑来的战船质量不好，船与船互相撞击中，一多半战船散架沉没，士兵溺死海中无数，大海上到处都浮着船木和尸体。忻都和洪茶丘置士兵生死于不顾，率几艘好一点的战船逃到了一个名叫驻鹰的小岛上。而当士兵在修船的时候，忻都又和洪茶丘悄悄地乘坐上一艘坚固些的战船，带着一些亲兵溜走了。被遗弃在岛上的士兵，被追击来袭的日军或杀死，或俘虏。

范文虎这路人马也没好到哪里去。范文虎多少懂些水战，但他的意见往往不被采纳，何况他一向是见硬就跑。范文虎诸将选择了好一些的战船迅速逃跑。没有了将领，士兵们恰似一个个无头的苍蝇，也辨认不清方向，只是没命地逃，有许多船逃到了有日军把守的岛屿，乖乖地做了人家的俘虏。十四万大军，几乎死伤殆尽，只有不足一万人逃了回来，惨败至极。

忽必烈大怒，他对范文虎等诸将进行了处分，然后又命募兵造船，准备第三次征伐日本。这时各地官员纷纷上书，言说各地财政已陷困乏，乞求罢兵。忽必烈这才停止了对日本的讨伐。

由于穷兵黩武，财政开支已捉襟见肘，忽必烈不得不起用“理财”能人阿合马，任命他为中书省的平章政事。

阿合马是色目人，原是花剌子模的一个穆斯林生人，头脑活络，能言善辩，善于理财。他初时很受察苾的庇护，在二十余年内几乎是年年晋级，权倾天下。但后来察苾发现阿合马虽有理财的天赋，但其为人狡黠自私，屡屡排除异己，甚至在忽必烈面前公然参奏藩邸儒臣，妄想借圣上之手打压这些忠臣，为他独揽大权开道。察苾几次曾暗示忽必烈不可重用阿合马，但由于财政一直很紧张，忽必烈就只好睁一只眼闭一只眼了。再有，李璮叛乱的教训，使忽必烈对汉人转变了看法，他是宁用“贪而忠”，决不用“能可叛”之臣了。何况汉人重儒道轻财道，蒙古人尚武更不善于理财，而色目人祖辈都是经商的能手，不用他们还能用谁呢？如今察苾不在了，忽必烈便又起用了阿合马。而阿合马在国库钱物的积累上确实是做出了很大的贡献。阿合马实行盐、铁官营和专卖，由官府经营铁业，禁止私盐买卖，这对解决元初财政困难起了重大作用。他又以中书省的名义清理天下户口，使权势豪强不敢隐匿民户，国家按户收税又增加了税收。他还严格检查各地政府机关的钱粮收支情况，查其欺隐，追征了大量积欠，收归国库。王文统死后，阿合马继续推行纸币制度，促进了商业发展和理财活动。至元十年（1273）以前，币值稳定，信用很好，这与元初中书省大臣的共同努力有关，也与具体负责财政工作的阿合马有关。

但阿合马没有汉臣大儒们治理天下的理想，他所做的事情都是以商人的眼光出发，以获利为前提，一切向钱看。他借官营而中饱私囊，不择手段地受贿。他在增加税收上也缺少节制，大大加重了百姓、商人乃至官员的负担。他借理算钱谷，搜集财富，打击异己。如他派手下到各地理算，只要当地给他手下好处，理算就可以顺利通过，否则就要鸡蛋里头挑骨头，甚至抓一些地方官吏入狱，严刑拷打，草菅人命。阿合马推行纸币，但他后来又是破坏纸币的第一人。他为了搜刮钱财，大量印行无本之钞，从而造成纸币贬值，物价飞涨，社会动荡不安。他还到处安插亲信，与汉法派诸臣势不两立，凡是妨碍他以权谋私的人，都成为他排斥的对象。

张文谦曾在中书省任职，因与王文统分歧太大，被迫离开。王文统死后，张文谦又回来任职。张文谦侧重于儒家义理，重义，而同在中书省的阿合马负责理财，重利，二人的政见不同。阿合马总司财赋，每每有事就直接奏呈忽必烈，根本不经中书省议事。张文谦就起而反对。他认为财政之事，必先经中书省审核，然后才能上报，不可专权，以防腐败。阿合马对此不满，俩人就直接奏请忽必烈裁决。忽必烈支持张文谦的做法，这叫阿合马对张文谦很是忌恨。后来阿合马屡次向忽必烈打小报告，中伤张文谦。但忽必烈深知张文谦的学问人品，才使阿合马没有算计得逞。可后来，他还是鼓动忽必烈改任张文谦去专门负责修历工作去了。

廉希宪与阿合马同为色目人，但两人的学问人品则正好相反。廉希宪崇尚孔孟，人称“廉孟子”，坚守儒道汉法，刚正不阿，直言敢谏，曾在中书省任职六年。阿合马刚进中书省时，仗着忽必烈和察苾的信任，目空一切，滥用职权，使其他人敢怒不敢言。廉希宪闻知后，抓住他一件错事，当众杖打了阿合马，灭掉了他的威风，使他再也不敢在中书省颐指气使。阿合马虽然心里恨廉希宪，而面上却愈加毕恭毕敬。

阿合马被升任为平章政事后，极力反对设立御史台，他向忽必烈奏道：“国家设立官职，或文治、或武治、或理财、或问民，总要有所事事才好。可设御史台有何事可做？御史们什么具体事情都不干，每天只瞪着眼睛给人鸡蛋里头挑骨头，弄得大家不敢做事，反误了国家大事。依微臣之见，御史台只是个摆设，没它更好。”

廉希宪就马上反驳说：“立御史台的传统古已有之，御史们内察百官得失，外察百姓疾苦，这都是大有利于国家的事情，怎能说没用呢？如果没有御史台，为官的只要瞒过圣上一人就可以为所欲为了，那才真是大患呢。”

忽必烈微笑点头，阿合马无言以对。

但阿合马掌有实权，除了忌惮几位金莲川老臣外，别人根本就不在他眼里。阿合马不仅贪，还特别好色，他只要看上了哪个漂亮女人，她就休想逃出他的魔掌。有一次阿合马问他的手下，大都最漂亮的女人是谁，他的手下有个爱给他打溜须的人就说：“最漂亮的女人应是‘静和’茶庄胡老板的女儿。”

“那你就去把人带来吧？”

这人就带了一些阿合马的护卫直闯进胡老板的住宅，对胡老板说：“你有个漂亮的女儿，被我们阿合马大人看上了。大人说，你是要钱还是做官都可以，就是别敬酒不吃吃罚酒。”

胡老板知道阿合马的狠毒，只好将女儿献给了阿合马这个淫棍。阿合马经常到皇帝面前启奏，说某个部门空缺，某某人是这个部门的最佳人选。皇帝就说，你认为谁合适就让他补缺吧。于是被阿合马霸占的女子的父亲或兄弟就做了那个部门的主管。这样一来，所有美丽的女子，或因自己父母的野心，或是慑于阿合马的淫威，一个一个地成了他的妻妾和情妇。阿合马有妻四十余人，妾四百多人，生子二十五人，可见他无耻到了什么地步。

阿合马还爱去勾栏院听戏，其实，寻觅有姿色的女戏子才是他去的目的。大都杂剧舞台上每逢有漂亮的女演员出现，阿合马都千方百计地把人家搞到手，不然这个人或这个剧团就甭想在大都混生活。很多剧团忌惮阿合马，不得不离开大都去南方谋生。

有一回，阿合马看一个刚从外地来大都的戏班子演《西厢记》，他迷上了扮演崔莺莺的色艺俱佳的女戏子。等到散场了，他就叫手下带那女戏子跟他走，不想遭到了人家的严词拒绝，阿合马的手下就动粗要强迫带走女戏子。这时过来一个人，大喝道："住手！你们光天化日之下竟敢强抢民女，还有王法吗？"

见有人出面阻拦，阿合马的手下就有人哈哈大笑道："你他妈是谁呀？竟敢在这儿猪鼻子插大葱——装象！弟兄们，给这小子点厉害尝尝，别他妈的进了龙王庙不认识龙王爷是谁！"

几个打手一拥而上，却被那人三招两式地全给打趴在地了。阿合马走了过来，一拱手道："小子，拳脚挺利落啊！我叫阿合马，听说过吧？"

阿合马想拿自己的大名镇住对方，可那长相儒雅又清朗的年轻人连正眼都没看他一眼，只是哼了一声，然后不卑不亢地说："既然是阿合马大人，那你就给主个公道吧！"

"咦，你敢报上名字吗？"

"这有什么？我叫史樟。"

"史樟？史天泽是你什么人？"

"是家父。"

"怪不得这么厉害，原来是史大人的公子啊！这么的吧，你也把我的人打得不轻，我看在你父亲的面子上，咱们两清。"

"一切由你。"

"那好，都给我起来吧，一群废物！"阿合马说完就先自走了。

史樟虽为贵公子，元朝开国元勋之后，但他却看破功名富贵，过着半官半隐的生活。史樟跟散曲作家马致远关系很好，他俩合作过《风流李勉三负心记》等戏文。史樟不仅写诗写剧本，还是当时有名的剑道高手，所以阿合马知道是史樟后，就知道再动手也占不到便宜，便卖个好赶紧溜走了。

可第三天剧团再演出时，阿合马便派一些武术高手带着一群护卫包围了勾栏院。正要动手，却有人发现太子真金和史樟坐在台下看戏，便连忙回去告诉阿合马。阿合马便知史樟已有了准备，就让派出去的人悄悄撤了回来。因为阿合马最怕的人就是太子真金，他知道真金最厌烦的人就是他阿合马。想到太子真金正等着自己上钩，阿合马就不由得倒吸了一口冷气，这要是被真金抓个现行，他的好日子也就过到头了。阿合马只好把这口气咽到了肚子里，再也没敢找史樟的麻烦。

至元十六年（1279）二月，廉希宪病重，皇太子真金前去探望。廉希宪就说："治理国家关键是用人。用君子国家则安定兴盛；用小人国家则动乱衰颓。微臣自知所去不远了，最让我担忧的是奸臣掌握重权，他们结党营私，陷害忠良，误国害民啊！殿下应多为圣上用心，尽快铲除那些心术不正的臣子。不然，任其为所欲为，国家就不可救药了！"

廉希宪希望太子真金要努力说服忽必烈，尽快消除阿合马及其党羽，以免他们误国害民。廉希宪死后，人称其为"宰相中真宰相，男子中真男子"，这并非是过誉之词。

右丞相安童也看不惯阿合马的所作所为，他不仅当面训斥过阿合马，还建议忽必烈不使用奸巧小人，不贪图眼前小利，不为巧言令色的臣子所蒙蔽。他说："今天国家只重敛财，却不知生财。不重视生财只重敛财，只是在加重百姓的赋税，从长远看，不利于国家的长治久安。"

安童虽未点名，但忽必烈知道安童是在批评阿合马的理财政策。忽必烈就问："卿是指阿合马的做法不妥吗？"

"他不仅是做法不妥。圣上，阿合马掌握户籍和财权，他的儿子们又多握有兵权，这权力是否也太重了？"

"你是担心他会造反吗？"

"从历史的教训看，这实在是很危险的。"

忽必烈接受了安童的建议，解除了阿合马几个儿子的军权，但因为国家正在用钱之际，他没有去触动阿合马的职权。由于安童对阿合马的极不信任，阿合马就建议升安童为三公，实际就是明升暗降。商挺看出阿合马没安好心，就挺身反对说："安童是国家的柱石，若为三公，是委以虚名而夺实权，万万不可。"

朝中大臣也纷纷反对，阿合马的阴谋未能得逞。但不久安童被派往北方，与王子那木罕征伐北方叛王，不久就被叛贼俘虏，险些丢掉性命。

安童一走，金莲川的老臣大多也已去世，此时阿合马就又得意忘形了。忽必烈为了迅速平叛，就令阿合马加强财政收入，阿合马就趁机利用检查各地钱粮收入情况而打击异己，迫害忠良。宿卫秦长卿曾上书告过阿合马的状，阿合马就在理算钱谷时指使同党诬告秦长卿，说其贪污税额巨大，将其逮捕下狱。兵部尚书张雄飞认为秦长卿冤枉，阿合马就设法将张雄飞调到偏远的地方做安抚使，然后指使手下将秦长卿捂住口鼻，给活活闷死了。

江淮左丞崔斌是安童推荐的。崔斌曾任中书省左右司郎中，他多次揭发过阿合马的罪行，并说与其用盘剥百姓的奸臣，还不如用强盗呢。阿合马早就对崔斌怀恨在心，这次也借理算钱谷的机会，诬陷崔斌盗取官粮，在没有最后调查定案的时候，就将崔斌杀掉了。

太子真金派人去救崔斌但晚了一步。太子真金闻听崔斌已死，就怒不可遏地把阿合马叫了来，质问他凭什么杀了崔斌，阿合马就说："崔斌伙同阿里伯盗官粮四十七万石，理应当斩。"

"那证据呢?"

"阿里伯已畏罪自杀，这不是明摆着的吗?"

"你个混蛋！没有证据就斩杀大臣、谋害忠良啊!"

真金顺手拿起身边的一张弓，朝阿合马的脸上打去。阿合马的脸上立时就流了血，他吓得跪伏在地，连连喊叫："太子陛下饶命！太子陛下饶命!"

真金又上来狠劲地踢他，直到几位大臣过来劝解，才喊道："滚！快滚!"

阿合马这才捂着脸跑掉了。

察苾皇后去世后，忽必烈的身体也一天不如一天，整日精神恍惚，就将日常事务交给太子真金处理。有一次，阿合马又与几个长得国色天香的女子纵欲饮酒，喝得大醉。太子真金知道了，便派人宣阿合马前来议事。阿合马醉得左晃右晃地走不了路，可他又惧怕太子，不敢违命，就让人架着来到了太子府。一见太子，阿合马便让扶他的人松开手，心想上前施礼，可腿下一软，便摔倒在地，怎么爬也爬不起来。太子真金就气得过去一把将他拽了起来，照他脸面上就狠狠地揍了几拳，打得阿合马立时鼻口蹿血，然后又撒手，让阿合马像死猪似的倒在地上。真金揉了揉手，又狠狠地踢了这"死猪"几脚，才叫别人把阿合马架走。

第二天上朝时，忽必烈就问："阿合马，你的脸怎么受伤了?"

“回圣上，微臣昨天不小心从马上跌了下来。”

太子真金上去踹了阿合马一脚，然后对忽必烈道：“父皇！阿合马是在谎言欺君，他脸上的伤分明是孩儿打的。”

“哦？讲讲！”

太子真金把阿合马贪杯的事讲了一遍。忽必烈问阿合马：“太子所述属实？”

阿合马跪伏在地禀道：“太子所述皆是事实，愚臣下次不敢了。”

“如有下次，朕也不饶你。起来吧！”

“谢圣上！”

忽必烈知道真金厌恶阿合马，还知道大臣们大都厌烦阿合马。从道理上讲，真金是对的，忽必烈主张以仁爱治天下，阿合马却过度地盘剥百姓，这种做法对国家的长治久安是有害的。但眼下漠北的诸王叛乱，不能不派兵马去平叛，平叛就需要大量的财物。所以，忽必烈暂时还得用阿合马。

太子真金从小就跟汉儒刘秉忠、姚枢、窦默、许衡和郝经学习，深受儒家经典文化的影响。他博闻强识，并能将学习到的东西运用到实际中去。他对父母孝顺，对兄弟友好，对朋友真诚。他十九岁被封为燕王，担任中书令，二十岁又兼判枢密院事，也就是担任了全国的最高军事长官。他三十岁被册封为皇太子。所以，从出身和职务上，他完全可以将阿合马玩于股掌之上。但阿合马得到忽必烈的支持，真金在处理政事上就不好干涉阿合马，尤其是在母亲察苾去世，父皇身体不好的情况下，他就更不想刺激父皇了。

这天，忽必烈下了早朝，向昔日察苾的宫闱走去。看见纱帏之内，竟隐隐闪现出一个婀娜多姿的身影，忽必烈不由惊呼：“察苾？”

那人转过身走了出来。这不正是少女时期的美若天仙的察苾吗？忽必烈揉了揉眼睛，再定睛细看，真是，一点也没错。忽必烈就喜极而泣道：“朕的察苾，你真的又回来了？”

那少女微微一笑，跪伏下去说：“察苾是我的姑母，臣妾南苾在此恭候陛下。”

“南苾？”

原来，察苾皇后在去世前私下告诉太子妃阔阔真和真金太子，让他们在适当的时候到弘吉拉部落，将其侄女南苾召入宫中，由她照顾圣上。察苾这样的安排是完全符合草原民族风俗的。南苾的长相、性格酷似察苾。刚开始，忽必烈还不理南苾，但慢慢地，他从南苾的身上又找回了察苾的感觉，就一天天地跟南苾亲近起来。十九岁的南苾以她的聪明和柔和又激活了忽必烈的感情，从此忽必烈的身体也好了起来。

不久，南苾被正式册封为皇后，入继了姑母的“斡耳朵”开始执掌六宫。南苾也颇有政治头脑，行事风格类似于察苾。她很尊重太子，为人也很正直。看见父皇的身体又好了起来，太子真金就特别高兴，有一天，他对太子妃阔阔真说：“额吉真是个神人，她竟将身后事也安排得这么好。”

阔阔真就说：“这简直是一个传统，如果没有太祖母的教导，曾祖父成吉思汗就难成大业；如果没有祖母索鲁禾帖妮的斡旋，大汗之位就不会传到大伯蒙哥手中来；如果没有母亲察苾皇后的审时度势，这皇帝之位父皇也不会这么容易就争得到。所以嘛，娶一个好媳妇是很重要的。”

太子真金觉得她说得有理，就看着阔阔真笑了起来。

“你笑什么？”

“我笑你可真会夸自己呢！”

“我，我说的都是事实么！我才没夸自己呢！”

“好，算你没夸自己，是我在夸你，总可以了吧？”

“这还差不多！”

“差不多是差多少？”

“一点点。”

阔阔真用手指比画着，俩人就都笑了起来。

阔阔真也是来自弘吉拉部落的一位姑娘。她不仅美丽多姿，还温柔善良，贤淑懂事，协助太子真金做了不少好事。

第一六章　民杀贪官　太子私访

至元十九年（1282）三月，根据两部制的传统，忽必烈照例前往元上都，太子真金及朝廷主要官员随行，只留下阿合马和枢密院副使张易等少数官员驻守大都。太子真金一走，阿合马总算松了一口气。他是太惧怕太子真金了，太子真金在大都，阿合马白天根本就不敢喝酒，就是到了晚上，他也不敢多喝了。而且有一次太子真金警告他，说我要是再听说你强抢民女，就阉了你，吓得阿合马连妓院都不敢去了。这回好了，太子真金不在身边了，阿合马就又过起了纵情酒色的生活。

有一天晚上，阿合马刚从勾栏院看戏回来，便有几名公差骑马来到他府里，说是太子真金马上就回大都了，让阿合马前去迎接。阿合马皱了皱眉头，问道："太子殿下怎么这么晚了还回来？"

"这是大人们的事，小的怎么知道。"

阿合马转念一想，肯定是太子真金想给他来个突然袭击，多亏今天晚上没有喝酒，不然可就要倒霉了。他就不由地笑笑说："前边领路吧！"

阿合马带了十几个随从，跟着那几名公差出了南门，在那迎候。过了不长时间，一队人马渐走渐近，阿合马看清了被簇拥在中间的太子，就紧跑几步跪伏在地，口中禀道："太子殿下，微臣在此迎驾！"

可太子真金并没有说话，阿合马就心里突突直跳不敢起来。这时过来几个人，猛地将阿合马摁住，其中一个人扬起铁锤就砸阿合马的脑袋。阿合马的护卫一时不知如何是好，其中一个反应快的，喊了一嗓子："他们是假扮太子！"

护卫们抡刀上前去抢阿合马，但因为他们人太少，很快就被对方给消灭了。但是南门外的骚乱惊动了巡夜的将领张九思，他带着"怯薛"（即禁卫军）立即就将这伙人包围起来，经过一场激战，杀死了假太子，活捉了他们的头领王著和一个姓高的和尚。只是阿合马的脑袋已被砸得稀烂了。

阿合马被杀的消息不胫而走，大都城的市民们奔走相告，他们彻夜狂欢着，比过什么节日都高兴。

忽必烈得知大都的汉人矫诏锤杀朝廷大臣阿合马的消息，很是震惊。他一下子就联想起李璮造反的事件，认为这是汉族反对元政权的又一次暴乱，便立即命太子真金回大都镇压叛乱组织破案。太子真金在调查中得知，这是一起民众自发组织的杀恶官的事件。但太子真金又不能置之不理，便将情况写成本章，传报给在上都的忽必烈。忽必烈并不认同太子的观点，认为这绝对是针对元朝政府一次叛乱，就当即批示斩首示众。同时认为枢密院副使张易事先得知消息，竟然纵容暴徒使之得逞，也一并斩首。

太子真金见了御批，不敢怠慢，就将王著、高和尚、张易等一干人处以极刑。为了不制造更大的冤案，太子真金除忽必烈指名要杀的人以外，一律不杀，仅收监候审。同时太子真金又派人收集阿合马的罪证，从许多知情人那里获得了不少真凭实据。但太子真金知道忽必烈对阿合马的信任，他在等待着，寻一个最佳的机会再呈告父皇。

大都暴动过去四十多天了，忽必烈有一天忽然心血来潮，他想要在南苾皇后过生日时送他一颗大钻石，镶嵌到她的皇冠上。可是他没有找到。这事叫太子真金知道了，他就跟父皇说，听说西域盛产钻石，不妨找几个那边来的商人问问，也许他们手中有存货呢。忽必烈就点头同意了。

太子真金便很快带来两个西域来的商人见父皇，忽必烈就问："你们手中真有钻石吗？"

"有是有过，不过我们已经将那颗钻石送给圣上您了。"

"哦，朕怎么不记得？"

我们是托异密阿合马送给圣上的。"

忽必烈一摆手让商人退出去，问太子真金："阿合马没有把钻石给朕呀？"

"父皇对阿合马皇恩深厚，他不会私吞了吧？要不派人去他家看看，看是不是这几个商人在撒谎，他们也许是以为阿合马不在了，就死无对证了呢？"

于是，忽必烈就派人去阿合马家搜查，最终在阿合马的妻子滕哲哈敦处找到两颗大钻石。原来商人也送给了阿合马一颗同样大的钻石。

忽必烈这下震惊极了，他勃然大怒道："没想到这奴才如此胆大妄为，竟连朕也敢欺瞒。赶紧派人再仔细搜查！"

搜查的结果是：阿合马家的金银珠宝竟比皇家的还多。不仅如此，搜查人员还在柜子里发现了两张人皮，已查不出受害人是谁了。忽必烈惊得简直说不出话了。太子真金说："朝中大臣都说父皇太过仁慈，被这小人蒙蔽住了。起初孩儿也不敢相信。看来，王著他们的确是义愤填膺，为民除害了。"

忽必烈说："这个狗奴才实该千刀万剐！王著替朕杀了他，实属正义之举。”

忽必烈就下令将阿合马全家老少统统处以死刑，还将阿合马从棺材里扒出来，让来往车辆从他身上碾过，放一群狼狗啃啮其肉。大都人就又民心大快。

王著、高和尚、张易几人也得以平反，诏命树碑修墓，优抚家属。众臣便在早朝上齐赞皇上圣明。忽必烈从此便更放权给太子真金处理国家大事了。但恰在此时，广东中山地区有人举兵造反，这人自称为“宋主”，很快就聚集起几千人，声称要北上营救文天祥丞相。而且大都也有人贴出传单，号召汉人发动事变，推翻蒙古人的政权。这样就有几位大臣建议，为了保持社会的稳定，还是应该处死文天祥。忽必烈为了保住江山社稷，便下了处死文天祥的御批。

至元十九年十二月九日（1283 年 1 月 9 日），文天祥被押至大都柴市（今北京东城区兵马司府学胡同）。当时，围观者人山人海。朝廷宣使便一遍遍地向人们宣谕说：“文丞相是南朝（宋朝）忠臣，圣上要使他做丞相，他不愿意背叛旧主，只求一死。所以今天圣上依他所愿赐他一死，这不是一般人可比的!”

随后又问文天祥：“文丞相如回心转意，回奏圣上可免一死。”

文天祥就面色平静地说：“苟且偷生不如以死明志，没什么好说的。”

然后就从狱卒那儿索要纸笔作诗，表达了他对故国的忠贞之心。

天地不容兴社稷，邦家无主失忠良。
天荒地老英雄丧，国破家亡事业休。
唯有一腔忠烈气，碧空常共暮云愁。

然后，就仰天大笑，问清狱卒哪里是南方，便朝南而拜，随后赴死，死时四十七岁。大都市民见者闻者大多伤心落泪。

第二天，张弘毅与欧阳夫人、文天祥的女儿一起，先将文天祥尸骨安葬在大都城外，后又由张弘毅将文天祥的遗骨归葬南方，使其能在故土安息。

阿合马被处死后，皇太子真金推荐和礼霍孙为中书省右丞相，耶律铸为左丞相，甘肃行省左丞麦术丁为中书右丞，张雄飞为参知政事，张文谦任枢密副使，董文用为兵部尚书。这是一个以汉法义理派为主的中央政府。他们查处阿合马党羽，起用旧臣，革除弊政，推行了一些减轻压迫剥削的仁政措施。如：民间贷钱取息之法，以三分为率，不准多取；整顿盐法、钞法；检查京郊隐漏土地，规定按亩征税；释江南已籍匠户十九万户为民等。皇太子真金希望借用清除阿合马党羽的大好时机，实践其老师姚枢、窦默的主张，继续推行汉法，建立一个符合儒家仁义道德的理想社会。

有一天，皇太子真金把好朋友史樟找了来，问："听说你们戏班子要去江南，是吗？"

"大都戏班子越来越多，我们想到南方闯试一下。"

"什么时候走？"

"最近三两天吧。"

"那就把我也带上。"

"哦，太子殿下是想微服私访吗？"

"不亲眼看看，心里不安啊！"

"太子殿下能亲历亲往实是国家与百姓的幸事。"

皇太子真金把自己下江南的打算禀报给了父皇，忽必烈就满意地点点头，他一向认为真金哪儿都好，就是缺少蒙古男人的刚烈。

"出去走一走，历练历练，是好事，父皇恩准了。"

真金就又嘱咐了中书省右丞相和礼霍孙一番，便带着耶律铸和枢密副使商挺及一些官员上路了。负责保卫太子的是汉人武将张九思和蒙古人武将阔达，他们挑选了二十名汉人武术高手和二十名"怯薛"（禁卫军）高手，跟随在太子的前后左右。另有一队二百人的"怯薛"骠骑由蒙古将领亚剌瓦赤率领，始终与太子们保持着二三十里地的距离，悄然地跟着。皇太子真金、耶律铸、商挺和张九思等，有时就混在史樟的戏班子里，有时又扮作商人。

一日，他们到了山东的聊城，寻了家店住下。吃了饭，真金就和商挺出来溜达，耳闻有朗朗的读书声，真金微微一笑，跟商挺走进了这个院落。

忽必烈在中统二年（1261）就采纳了王鹗要普建学校的建议。忽必烈下诏说，诸路学校久废，国家发展缺少人才，各地务必要尽快建校兴学，以为国家养育人才。至元六年（1269）又下诏说：目前最急需要做的事情，就是兴建学校；因为学校教育是风化之本，是兴国的根源。至元十三年，为强调教育的重要性，授提举学校官六品印。统一南方后，原来的地方官学得以保留下来。由于忽必烈的重视，各地纷纷选高业儒生教授，严加训诲，务要成才，以备他日选擢之用。元朝的地方学校有六类：诸路蒙古字学、儒学、医学、阴阳学、社学及书院。

眼下真金他们看到的就是属于"儒学"的一所小学，孩子们正跟先生背诵《论语》里的语录。下课了，刚才授课的那位先生走出来，向几位客人施了一礼，问："几位客官有什么事吗？"

商挺就微着笑回礼道："先生辛苦！我等是循读书声而来，随便看看而已，并无他事。"

"那就请几位客官在树荫下坐坐吧！"

他们就坐在树荫下的石凳上，随便聊了起来。真金仔细问了课程设置和先生的薪水，临走又拿出十两银子送给这位先生，说是他们的捐助。往回走的时候，商挺很是感慨地说："圣上对教育的重视算是开花结果了，眼下全国已有各类学校两万四千四百多所了。如圣上的计划能按期实现，再过十年，我们还要增加两万多所呢！"

真金有些伤感地说道："只可惜，王鹗老先生没有看到。他是最力主办校兴学的。"

几天后，他们来到了济州（今山东济宁）。济州是当时北方的主要漕运码头，城市很是热闹繁华。史樟见这里人口多，就搭了个戏台，准备演上两场。济州本地还没有杂剧班子，一听有演戏的，就来了不少人观看。这天戏班子演的是关汉卿写的《救风尘》，当扮演戏中妓女宋引章的演员苏娟儿一出场，她那姣好的脸蛋和婀娜的身段就立时引起观众一阵欢呼。而当她唱音一发，音声如新莺出谷般清脆婉转，便又引来一片热烈的叫好声来。随着一阵阵的叫好，观众中就不断地有人递上赏钱。史樟本想在此地演出两场就坐船走，不想晚上便有几位绅士找上来，他们说没听够，愿出钱包下两场。史樟见人家如此热情慷慨，就应下了。

第二天史樟他们戏班子演戏，太子真金就和耶律铸等人去了漕运码头。大运河自隋朝修建完工，后因战乱和年久失修，不少河段已淤塞得不能通航。忽必烈登基后，为了促进南北交通、贸易的发展，特派都水监郭守敬亲自到河北、山东一带进行考察。郭守敬绘图上奏，提出了开河方案，经几年的修建，引入水源，使大运河又恢复了南北通航。

济州的漕运码头是山东地面的大码头，船进船出的十分繁忙。太子真金他们就在码头上走走停停，看看问问，俨然是外地商人来此地考察行情的样子。当他们在一艘大船边停下脚步，看盐工们背着沉重的盐包卸船时，几个穿着绸衣的男子就走了过来。其中一个脸上有道刀疤的中年男子就问："要看盐吗？这是一等一的好盐，价钱也公道。"

太子真金一愣，因为国家实行的是盐铁官营的政策，不允许私人大量贩盐。商挺就迎过去，一拱手问："这位客官，我们是河北来的，不知本地的私盐买卖好做不？"

“跟别人不好做，跟我们是绝对安全的。”

“那这里的官府……”

“官府？唉，这不用你们担心，有我们的人护送，各道关卡都会给放行的。”

“哦？”

“我看你们的穿戴肯定是做大买卖的，要是只买十包八包的，我们还不爱搭理呢！怎么样？”

“哦，请容我们回客店商量商量。”

“那好，想好了，就来找我。”

“怎样称呼？”

“你就说找马爷就行了！”

“哦，马爷？”

太子真金一行人回到客栈，商挺说：“怪不得最近大都官盐紧缺，原来食盐都被这些盐商给弄去了。”

太子真金皱皱眉头，说：“这济州码头如此明目张胆地私自倒运食盐，官府却没人来管，看来这里边大有文章啊！”

耶律铸说：“肯定是官商勾结。”

商挺说：“我再去查一查！”说完就出去了。

夜色降临的时候，商挺回来了。他经过私查暗访得知，济州的盐商之所以敢以超过国家的规定大量贩卖私盐，原来这些盐贩子的后台就是这里的官长达鲁花赤和知州等人。

“这些盐贩子跟官府是五五分成，官府保护他们在济州地面不受检查，出了济州，官府还派人以公盐的名义押运护运，一路畅通无阻。”

耶律铸便狠狠地说：“既然如此，那就赶快把这些混蛋抓起来！”

太子真金摇摇头，他说：“他们是迟早要抓的，眼下关键是要清理源头，这么大量的盐是从哪儿私买来的。济州的盐贩子能买来这么多属于国家管控的食盐，那么很多地方的盐贩子就买不来么？现在市场盐价居高不下，就是因为这些盐贩子囤积食盐抬高了盐价造成的。”

商挺说：“我打听出来，这些盐都是从江苏行省的盐州贩来的，盐州是我们国家产盐最多的地方。”

太子真金说：“耶律铸速回大都将此事向圣上禀告，然后讨得圣旨带人拘押济州府吏，抓捕这里的盐贩子。我们其他人明天坐船去盐州。”

此时正是暮春时节，大运河水充盈饱满。两岸生长着一排排新绿的树木，枝摇叶动，倒影在水里，更是晃动悠悠的。放眼田野，更是满眼翠绿，各种作物都在蓬勃地生长着。太子真金手拿折扇站立船头，看着两岸美丽的景色，神情似有些激动。商挺则跟史樟一边喝茶一边下着围棋，显得很是悠闲。一路无事，待一天黄昏时船靠在了盐州码头，这里显得比济州还繁忙多了。众人下了船，与打前站的张九思汇合，骑马进了盐州城。虽已是傍晚，可盐州城内却人来人往的，街道两边的酒肆商铺都还在营业，流动的小商贩的叫卖声也此起彼伏，太子一行人便觉得这里的繁华简直不逊于大都。张九思把他们带到城里最大的客栈“隆达客栈”。

这隆达客栈一共三层：一层是普通客房，二层是中等客房，三层尽是高贵的房间。张九思已把第三层的二十个房间和一个华丽的会客间及一个餐厅全部包下，使这里成了一个独立封闭的小朝廷。史樟的戏班子则住进了一层的几个普通客房。白天，一些汉臣带着那二十个汉人武术高手，仨俩一伙地在盐城内和码头上明察暗访，晚上用饭时回来汇总情况。

第二天晚饭后，太子真金和商挺带着几名护卫，乔装成商人模样时而遛街时而去茶馆喝茶，留意打听着盐贩们的情况。几天过后，张九思禀告，发现一些疑是官府的人在附近逡巡。商挺说，我们一下子来了这么多人，定是引起了官府的注意，不如主动去拜访一下这里的地方官员，以使他们放心。

太子真金就叫商挺带了礼物拜访了盐州的达鲁花赤和知州，谎称是大都来的商团，并暗示想在这里大量买盐贩卖到草原上去。这里的达鲁花赤野知吉利听后，就跟知州刘功臣相视一笑。刘功臣说：“十包二十包的尚可，太多了就违反了朝廷的禁盐令，是不可以的。”

商挺见他们还不敢不相信自已，就哈哈一笑说：“既然如此，我们就不给你们官府添麻烦了。只是便宜了济州的马爷，我们还得从他那儿花高价钱买了。”

达鲁花赤野知吉利闻听就要张嘴说话，知州刘功臣抢先说：“说的也是，要是直接在盐场买会便宜不少的。不过，我们做地方官的可不敢行这个方便，弄不好会掉脑袋的。”

“就是就是。不过马爷可没少从盐州贩盐哪。”

“盐州地面太大，盐场又多，百密也难免有一疏的，让这家伙钻了空子。”

“就是就是。”

商挺回来对太子真金说，盐州的官吏肯定是跟盐贩子沆瀣一气的，眼下关键是要拿到证据。太子真金就微微一笑说：“今天客栈的钱掌柜来套话，我特意告诉他我们需要大量的食盐。你想能开这么大客栈的人，能不跟官府有联系么？张九思已经查明，这客栈的实际主人就是知州大人。我们住在他的客栈里，就算是稳坐钓鱼台吧！”

“太好了，我就抓紧搜查他们的证据。”

商挺他们连着几天起早贪黑地访查，查到的证据明里暗里都指向了盐州的这两位最高的官员。可是人家倒沉得住气，一直没有主动上门来联系。太子真金和商挺经过商量后，就放出风去，明天商团就离开盐州，要上其他地方的盐场去买盐。等到了下午，客栈的钱掌柜就连着来了两趟，嘘寒问暖。待到了晚上，快要用饭的时候，钱掌柜又来了，这次不是他一个人，后边还跟着一个，原来是盐州府的同知。这位同知递上了一份邀请帖，是达鲁花赤野知吉利和知州刘功臣邀请商挺前往赴宴的。

商挺一到州府，酒过三巡后，刘功臣就笑笑说：“商掌柜，我们知道你们来一趟很不容易，州府经过商议，就决定破个例，以略高于官价一成的价钱卖给你们五船食盐，省得你们认为我们盐州不够热情，你看呢？”

“五船还是少了点，就再加一倍吧，价钱就依你们，这样我们每个商户多少都能摊点，也不算白跑一趟啊！”

“那，那就这么定下了！”

“慢！按规矩，州府得负责我们路上的安全，不然，我们可不敢买啊！”

“哎，这个你放心！我们会以官盐的手续让你们一路顺风的。”

“够朋友！这就好！”

他们商定五天后的下午交货。待到了约定时间，商挺跟州府的野知吉利和刘功臣正在码头上的一处凉亭里边喝茶边看盐工装船，忽然，州府衙差人来报，说是皇太子驾到。

野知吉利和刘功臣刷地就站了起来，脸色煞白地对视了一眼。刘功臣就问：“皇太子殿下现在在什么地方？”

“很快就到码头。”

“啊！”

话音刚落，就见一队人马旌旗招展地走了过来。野知吉利和刘功臣就赶紧连滚带爬地迎了上去，跪伏在地接旨。耶律铸拿出皇家的虎符，并宣旨：“皇上圣旨，今查盐州达鲁花赤野知吉利、知州刘功臣等人与各地盐商官商勾结，大肆倒卖官盐，从中渔利，破坏国家食盐专卖政策，罪不可赦，立即捉捕，押送大都，以待候审。钦此！”

这时，蒙古将领亚剌瓦赤率领的二百铁骑已将码头控制住，一干嫌犯尽被捉拿。通过审问定罪，山东和江苏的许多官吏和盐贩子被予以正法，全国的盐价又恢复了正常价钱，老百姓是拍手称快。

太子真金在处理完盐州“贩盐案”后，又乔装打扮过高邮、扬州、建康（今南京）、常州和苏州，沿途仔细考察，纠偏匡正，最后到达了临安（今杭州）。临安最初叫钱塘，南宋朝廷将其改为临安。临安是大运河的南端起点，南北大运河的修建对临安的经济发展起了重要作用。唐代以来，名臣李泌和诗人白居易先后任钱塘州刺史，对城西西湖进行了一系列治理，引西湖水入钱塘，为今日临安的繁荣打下基础。由于南宋在此建都，临安的官宦大户和富商云集于此，使这里成了江南政治、经济和文化中心。临安风景名胜多集中在西湖及其周围的山上，分部集中。临安以湖光山色闻名，风景秀丽，气候宜人。

太子真金与众人游览了西湖，瞻仰了岳飞庙，参观了江南名刹灵隐寺，并在苏、白二堤上漫步，听南屏晚钟的悠扬洪韵，看雷峰夕照的彩云，胜景处处，真是目不暇接，流连忘返。

“还是江南的景色秀美啊！”太子真金由衷地发出赞叹。

可史樟却还没来得及观看临安的景色，便忙着在西湖边搭戏台子，让戏班子演戏呢。史樟说他要让北方的杂剧艺术在江南传播开去。可戏还没开唱，他戏班子的主角苏娟儿就被当地的富家子弟看上了。苏娟儿是在和几位伶人逛游西湖时出事的。按说临安出美女，但苏娟儿的长相实在是太娇美了，令许多临安美女在她面前都黯然失色了。看上她的是临安首屈一指的富商马万富的三公子马骏。这马骏是临安有名的淫棍，只要是他看上眼的姑娘和小媳妇，就非得让他过过手不可。

这天上午，苏娟儿一行在柳浪闻莺上了画船，正置身于西湖中，对面就驶来一条大画船。船头站立的马骏一看到苏娟儿，不由得眼前一亮，他淫笑道：“呵，这小女子真她娘的俊啊！”

他手下人一听，就赶紧叫道：“把船划过来！快把船划过来！”

船工听见喊声，见是马骏的船，吓白了脸，结结巴巴地说：“不——不好啦！”

随船的太子真金的两个护卫就问：“怎么啦？”

“马公子一定是看上你们这位姑娘了！”船工用手指苏娟儿道。

一个护卫就说：“不搭理他，划你的船就是了。”

“那怎么行，他们会要了小人的性命的！”

“那你就对他们说，是船上的人不让的。”

船工结结巴巴告诉对方，说船客们不同意靠过去，他没办法。

苏娟儿怕惹麻烦，就让船掉头往回去，那条大船就也紧追过来。大船行得快，一会儿就靠近了小船，有两个马骏的手下骂骂咧咧地跳到了小船上。可还没等他俩靠近苏娟儿，就被护卫三拳两脚地给打落入西湖里了。马骏骂道：“他娘的！竟敢跟你马爷爷动粗？小子们，快把他们拿下！”

大船上就又跳过来几个打手，可他们根本就不是两个护卫的对手，三招两式的，又都被打入水中。马骏见自己的手下都是窝囊废，就说：“小子们，有胆子就在这等着我！”说罢便掉船而去。

苏娟儿等上了岸，回到戏班子，把这事跟史樟说了。史樟就让人打听这人的背景。一打听不要紧，原来船上的那公子哥竟是临安知州马刚的侄子，是当地人谁都不敢惹的主儿。

商挺听史樟这么一说，也知道事情不妙，就赶紧将此事告知太子真金。太子真金就笑笑说：“那我们就拿这小子开刀，看他们还有谁今后敢欺压百姓，横行霸道。商大人，去通知亚剌瓦赤立即进城。其他人都撤进客栈，准备迎战。”

商挺听了就出去布置。张九思带了二十名汉人护卫守护一层，阔达带二十名蒙古“怯薛”在楼上保卫太子真金和其他人。这边刚准备就绪，就见马骏骑着马率领一百多家丁到了客栈门口。史樟这时跟张九思和几名护卫正在门口坐着喝茶，见马骏的家丁要往里闯，几名护卫就持刀将他们拦住。马骏见了，就大喊：“杀了他们！”

他的话音刚落，就听噼啪一阵响，客栈的窗户一下子就全打开了。还没等马骏他们弄明白是怎么回事，人家就从窗口射出箭来，随即，马骏的手下就倒下了一片。马骏这才知道对方也不是善茬儿，就叫人赶紧去给他叔叔马刚送信去。

马刚一听，对方竟然使用箭弩，就明白这不是一般的小混混儿，而是训练有素的士兵。可这些士兵是从哪里来的呢？怎么自己就一点也没听说过呢？不过他们也太嚣张了，竟敢在临安城里开了杀戒。马刚气往上冲，就率了五百州府的士兵把客栈围了起来。马骏见叔叔来了，胆子就壮了起来，又指使家丁往前冲。张九思见了，就大喝一声：“站住！”随后就对马刚大声道：“马知州，请你不要助纣为虐，赶紧把府兵撤走！马骏调戏良家女子，惹出人命，罪该当死！”

马刚令士兵们准备好弓箭，自己上前问道：“你们是什么人？竟敢在我的地面上大开杀戒?”

“你不要管我们是什么人。你作为地方官吏，就要保护百姓的安全，请你立即将马骏逮起来!”

马刚才要开口，他手下的一位谋士就悄声对他耳语：“知州大人，不可妄动。我听说太子殿下正在江淮一带微服私访，瞧对方那毫不惧怕的气势，恐怕是来者不善吧!”

马刚听了，心里就咯噔一下，腿都软了。可是马骏那里却让家丁举着木板之类的遮挡物发起了进攻。马刚见了就想喊回马骏，可是晚了，就在这时，从客栈的二楼射出一支箭，穿透了马骏的脖颈。马骏仰身倒地，异常痛苦地挣扎了几下，就咽气了。

马刚见侄子死了，就什么也不管了，气急败坏地喊叫：“射箭!”

史樟等人就迅速地撤进客栈，关上大门。马刚见射箭不管用，就一挥手，命令士兵进攻。

就在这时，只听马蹄声声，一队披挂整齐，装备精良的蒙古“怯薛”马队旋风似的飞奔过来。大将亚剌瓦赤挺枪冲在最前边，一眨眼，就拿枪把马刚逼住了，大声喝道：“狗官！竟敢围攻太子殿下，你找死吗?”

马刚闻听此言，赶紧跪下磕头：“请将军饶命！卑臣实在不知道太子殿下驾到啊!”

这时进攻的士兵也都纷纷被缴了刀枪。临安的达鲁花赤闻讯也赶来接驾。太子真金这才走出客栈，随临安的达鲁花赤去了州府。很快，马刚被收监入狱。临安的大街小巷上都贴出了安民告示，上面写着如有欺压百姓调戏妇女者一律格杀勿论。

太子真金在临安召见了文武百官，告诉他们要善待百姓，以仁治国。太子真金还接见了宋太祖赵匡胤之子秦王的后裔赵孟頫，并恳切希望他尽快到大都去参政。赵孟頫是著名的诗人、书法家、画家。第二年，赵孟頫就携家眷去了大都。太子真金在临安又住了几天，就率众北归了。史樟和他的戏班子留在了临安，后来，史樟对社会渐渐心灰意懒，在江南寻了个山清水秀的处所，过起了隐居的生活。

第一七章　农桑为本　失子之痛

至元二十年（1283）七月，黄河流域连降大雨，汴梁一带河水泛滥，决堤的河水漫过翠绿的庄稼地，冲毁无数村庄和众多城镇，三十几万人被洪水淹死，一百多万百姓流离失所。消息传来，大都震惊。忽必烈立即上朝，命右丞相和礼霍孙率百官立即奔赴灾区指导救灾，安抚灾民，重建家园；命各行省有钱的出钱，有物的出物，全力以赴支援灾区；命枢密院调动军队疏浚河水，筑堤固坝。洪水退后，忽必烈又命郭守敬为河渠副使，提举诸路河渠。郭守敬接到圣旨就立即带领水利专家奔赴灾区。此时，太子真金也从南方回返，便代父皇到灾区考察慰问。

十月末，太子真金和郭守敬在重灾区汴梁相遇。郭守敬向太子真金汇报了水利工程的损毁情况。太子真金就问："你是说，这次水灾既有天灾，也有人祸？"

"连续降水抬高了河水水位，这是天灾。但大堤长久失修，一冲就毁，这显然是没尽到人力。"

"可我们朝廷每年都下拨治堤款项，地方也每年都有这方面的投入，难道还不能保证大堤的安全吗？"

"这我可说不清楚，但那些钱显然是没有用到水利工程的建设上，或没有完全用到。"

太子真金火了，立即派人严查治水资金的流向，很快，就挖出了大大小小的贪腐官吏。经报朝廷审核，对罪大恶极的一些官吏给予了抄家和砍头的惩罚。年底，忽必烈仍未忘记这次水灾的教训，他专门责令郭守敬、王允中通盘研究一下治水方案。

郭守敬在经过多次论证以后，提出了自己的观点："欲彻底消除水患，就不能头痛医头，脚痛医脚，这样治标不治本，花钱不少效果不大。下游发水，要治理上游，控制住中上游，这样才会减轻下游承受的压力。而且治水还要兼顾防旱，还要兼顾农田灌溉。只有一举多得，才会显示出水利工程带来的好处。"

忽必烈十分赞同他的观点，擢升郭守敬为都水监，主持兴修水利工程。

早在秦汉时期，宁夏就有秦渠、汉渠及汉延渠等水利工程。唐朝在此基础上又加以改造和扩修，成为宁夏最大的灌溉工程，有支渠一百五十多条，能灌溉百十余万亩农田。后来年久失修，大多淤塞，发挥不了作用。郭守敬和王允中来到了宁夏，修复了这些水利工程，并进行改造，使其在排洪、减旱和农田灌溉上发挥了更大的作用。不久，郭守敬又大胆使用金朝废弃的金口河，解决了当时修建大都所需的西山建筑材料的运输问题，同时解决了河水流经地区的农田灌溉问题。为了防止山洪暴发，他总结了金朝治河失败的教训，在上游设减水口，如遇到山洪暴发，可以向西南方排洪。

郭守敬不辞辛苦，沿黄河骑马考察，在宁夏、山西、河南指导当地修了许多蓄水工程，使黄河汛期的水可分流存蓄，减轻下游的压力，天旱时又能利用蓄水工程灌溉农田。

他又指导河南，尤其是山东，加高加固了黄河堤防，疏浚河道。他对忽必烈说："治水需常态化，每年秋冬季节都要投入资金和人力，这样才能保证来年汛期的安稳。"

淮河也是一条桀骜不驯的河流，两三年就一改道，给百姓的生命安全和农业生产带来了极大的威胁。郭守敬就根据淮河的特点，也有针对性地进行了整治。

由于忽必烈的重视，郭守敬等一些水利专家的措施得当，他们修建的大量水利工程都发挥了积极的作用。当时，全国都兴起了水利工程建设的高潮，西起甘、秦、陕，东至豫、冀、鲁大地，都新建了许多灌溉农田的水利工程。尤其是修复泾渠来灌溉关中的农田，使渭水平原的农业免受旱涝之灾。南方的广大地区也进行了大量的治水工作，太湖地区水利灌溉的推进，大大增强了该地区抵御洪水的能力，其粮仓地位得以巩固。两湖地区（湖南、湖北），对鄱阳湖和洞庭湖的治理，使当地农业生产连年获得大丰收。四川盆地的原有水利工程都江堰也经过了疏浚和加固，确保了内江的灌溉、通航和成都平原免遭水患。这一时期，全国共有水利工程二百六十多处，其中南方有二百多处。

忽必烈前几任大汗只重武功，没有认识到保护农业的重要性。忽必烈即位之初，就采纳汉儒的建议，首诏天下，国以民为本，民以衣食为本，衣食以农桑为本。这种以民为本，以农桑为本的思想，已不是游牧民族的思想，而是农业民族的思想了。忽必烈再也不似他的前几任大汗那样嗜杀成性，只掠夺财物，不治理地方，而是希望像汉族历代贤君圣王那样建立"王权"的封建地主阶级国家。虽然在窝阔台时期已采用了耶律楚材提出的发展农业生产、向农民征收租税的建议，但蒙古统治阶级真正认识到农业的重要性还是在忽必烈时期。

忽必烈曾问过刘秉忠，如何做个好君王。面对如此虚心、不耻下问的君主，刘秉忠的回答直截了当：“真正的君王应以天下为家，以老百姓作为自己的赤子，就像孟子所说的那样：民为上，社稷次之，君为下。”

忽必烈就点头，然后说：“就像有人说的那样，百姓是水，水能载舟，亦能覆舟。”

忽必烈也曾向张德辉问过民生的问题，他问：“百姓终年辛苦劳作，为什么还衣不蔽体，食不果腹呢？”

张德辉直言不讳道：“这是缺少仁德之君的结果。”又言之殷殷地说，“圣上欲做天下之君，就应重视天下之本。农桑，天下之本也，衣食之从所出者也。男耕女织，轻徭薄税，天下太平也。横征暴敛，兵连祸结，天下之大乱也。”

忽必烈认识到，汉族人口众多，自己要做个好皇帝，就必须要重视农业生产。因此，在他还没有即位的时候，就在邢州、关中进行了成功的劝课农桑的实验。

太子真金以儒家思想治理国家，虽然得到了人民的拥护，但因为他们在极力减轻人民税赋的同时必然在增加政府收入方面要放缓速度，这就引起了忽必烈的不满。忽必烈虽已年到暮年，但他雄心不减。他要扩展国土，还要征服日本，占领缅甸，讨伐安南，何况漠北也不安定，做这些事都急需大量财富，而要依靠汉法义理派就无法实现他的这诸多宏伟目标。有鉴于此，忽必烈便开始改弦更张，他要物色一些能够理财富国的人物。

桑哥发现忽必烈正在积极寻找理财之人，便将他熟悉的一个汉人卢世荣推荐给忽必烈。忽必烈便问：“此人有何才能？”

桑哥便说：“此人可谓奇才。他能使天下税赋倍增，上可裕国，下不损民。”

忽必烈听了，便立即召见。

卢世荣本是大名（今河北大名）商人，阿合马专权时他通过贿赂买官升为江西榷盐茶运使，创立门摊食茶课程，四年之后累增征课二万八千锭，后因罪罢官。他对忽必烈的问话对答如流，深得忽必烈的好感。为了让大家服气，忽必烈就亲自主持了一次中书省官员与卢世荣的廷辩会。辩论的中心议题是，为了富国裕民，中书省应该采取怎样的策略。大家可以各抒已见，也可以互相诘难。

右丞相和礼霍孙及中书省的官员们只知讲仁义，说义理，却拿不出具体的有针对性的切实可行的办法。而卢世荣精通商道，谈得头头是道，得到忽必烈的赏识。此次廷辩会的结果，以卢世荣的胜利和礼霍孙一派的失败而告终。此时正好安童从北方回来，卢世荣担心和礼霍孙等人不会支持自己，便建议仍由安童任中书省右丞相，当即被忽必烈采纳。于是，忽必烈罢免了和礼霍孙等一些人，任命安童为中书省右丞相，卢世荣为右丞。卢世荣推荐史枢为左丞，廉希宪为参政，拜隆为参议。由于忽必烈的信任，卢世荣实际上掌握了中书省的大权。这是汉法义理派的一次大失败。

真金太子虽然对此不满，但又不便公开反对。安童知道太子的心情，俩人私交又非常好，就问真金："太子殿下可看好卢世荣？"

真金太子说："重大义，轻小利，从长久计，终获大利；重小利，轻大义，是只图眼前利益。卢世荣暂时可使财富大增，但财富并非是凭空从天上掉下来的，终将取之于民。"

安童点头道："上可裕国，下不损民，非一蹴而就之事，不可操之过急。"

真金太子说："卢世荣之法，恐生民膏血，竭于此也。岂惟害民，实国之大蠹！"

安童默然不语。

不忽木赞同太子真金的观点，他对忽必烈说："自昔聚敛之臣，如桑弘羊、宇文融之徒，操利术以迷时君，始者莫不以为忠，及其罪稔恶著，国与人民俱困，虽悔何及。臣愿陛下勿纳其说。"

忽必烈不悦，沉沉地说："不试行一下，怎知不行？"

忽必烈要任命不忽木为参议中书省事，不忽木拒绝出任，只担任忽必烈的侍卫，不忽木私下对人说："道不同，不相与谋。"

卢世荣也深知，自己要采取增加收入、讲究功利的政策，必将要增加赋税。但百姓田地不可能是增税的来源，何况"下不损民"之言已下，就更不可以在百姓身上取财了。他认为，要在短时间内使国库财富大增，只有促进商品流通，加大对商人的税收，才能实现自己的目标。这样做就要侵犯商人官吏的利益，将会引起他们的强烈反对。

对于这一点，卢世荣看得很清楚。因此他上奏忽必烈说："臣之行事，多为人所怨，后必有谮臣者，臣实惧焉，请先言之。"

卢世荣在言语间流露出的担心，说明他也知道自己在推行新的理财政策后是要面临巨大危险的。忽必烈则告诉卢世荣不要担心自己的安危，只要所做的对国家有益就放开胆子去做。为了让卢世荣打消顾虑，忽必烈不仅全力支持他采取的理财政策，还加强了对他的安保措施。

由于有忽必烈的大力支持，卢世荣就开始目中无人地滥用权力了。左司郎中周演只因在议事上不同意他的观点，卢世荣就以莫须有的罪名诬其废格诏旨，先奏令杖其一百，后又嫌其碍眼，干脆又“奏令杀之”，将周演砍头了。卢世荣得意忘形为所欲为，引起了群臣的反对，为了威慑众人，他又下令罢掉了行御史台和按察司，使自己的做法少受制约。他这些缺少政治头脑的行为，激起了御史台和按察司官员及汉法派官员的强烈不满。

至元二十二年（1285）四月，监察御史陈天祥上书弹劾卢世荣，因其所列罪状甚多，事例具体，数字明确，终于引起了忽必烈对卢世荣的怀疑。忽必烈当时正在上都避暑，便急命安童召集诸司官吏老臣、儒士及了解民事者，会同卢世荣细听陈天祥的弹劾奏章，然后让卢世荣和陈天祥到上都对质，命令御史台与中书省共同审理此案。审理结果是卢世荣肆无忌惮地“擅权”：如不经右丞相安童同意，就擅自支钞二十万锭；不经右丞相安童认可和皇上的批准，就擅自升六部为二品；不经枢密院同意，就擅自调动军队；不经中书省批准，就擅自调出县官钞八十六万余锭。

总之，罪状很多，皆属“擅权”，贪污方面的却一条没有。这些“擅权”都是因为卢世荣缺少政治头脑，只一心想要尽快让其理财政策见效而采取的强硬手段。但儒家义理派却抓住卢世荣的这些失当之处紧咬不放。中书省右丞相安童上书给忽必烈说：“当初卢世荣言过其实。如：世荣昔奏，能不取于民岁办钞三百万锭，令钞复实，诸物悉贱，民得休息，数月即有成效。今已过去四个月，所行不符所言，钱谷出者多于所入。此等言行不一之人岂能不误国事？”

翰林学士赵孟頫也上书道：“卢世荣刚上任时以能迅速增加财政收入自诩，那时人们不了解他的才能，认为他或许真能够扭转财政方面的颓势，为国家与百姓造福。但从他的所作所为来看，他不仅没有兑现自己的诺言，还制造了不少混乱，不仅没有使财政好转，还进一步使国库亏损。依微臣看来，现在必须改弦更张，另择贤能了。”

而当陈天祥与卢世荣在忽必烈面前对质时，卢世荣却破绽百出，不得不承认陈天祥所列罪状条条据实。忽必烈本意还想庇护一下卢世荣，可听了他的招供，不由大为震怒，没想到卢世荣仅仅执政了四个月，不仅没有使财政有所好转，还屡屡“擅权”，造成了朝廷秩序上的混乱，激起众怒，使他忽必烈脸面尽失。为向大臣们和太子真金有个交代，忽必烈下令将卢世荣关进了监狱。

有一天，忽必烈问近侍忽剌出对卢世荣的看法，忽剌出说：“卢世荣已承认罪状，事实清楚，再拖延下去，恐影响新政的实施。”

忽必烈以为儒家义理派反对卢世荣是理所当然的，可他没想到蒙古大臣忽剌出也在此问题上与汉臣持同一观点，看来不杀卢世荣实难平息众大臣的愤怒。不久，忽必烈下旨，处死了卢世荣。

卢世荣之死，实在是因他太唯我独尊，目中无人的结果。实际上，他推行的理财措施，多是针对朝廷时弊，对发展元代社会生产，促使财源进一步集中于中央，抑制和堵塞官员豪绅、巧取豪夺，整顿财政秩序，都是有一定作用的。但他太重财轻义，这是儒家义理派所不能容忍的，而他抑制和堵塞官员豪绅巧取豪夺又招惹了众大臣，特别是侵害了蒙古宗王贵戚等的切身利益，使他们联合起来一起反对他。卢世荣在事实面前无法辩解，短短的四个月他无论如何也搞不出政绩来。政绩全无，又惹众怒，就是忽必烈也救不了他了。

卢世荣死后，太子真金又使汉法义理派重新掌握中书省大权。当时，由于忽必烈年岁已高，又受足疾折磨，就很少接见大臣了。宰相和大臣有事只好向皇后南苾奏呈。南苾虽然年轻，但其做事风格酷似姑母察苾，因此得到忽必烈的信任。可尽管南苾在办事上没有出过什么大错，但在那个重男轻女的年代，有些大臣就觉得很是别扭，看不惯由一个小女子代皇上处理国家大事。这样就有人希望由太子真金尽早继承皇位。

忽必烈有一个优点特别突出，就是善于纳谏，他从没因谏劝而处分过大臣。所以，江南行御史台的监察御史就上书，言说皇上年岁已高，应该将皇位禅让给太子，自己去做太上皇，以免皇后过问朝政，惹出麻烦。

御史台都事汉人尚文瞧见此文，不由得吓出一身冷汗。他知道即使忽必烈再能虚心纳谏，也不会容许有人干涉质疑他的皇权的。尚文想了想，就赶紧将此事报给御史大夫玉昔帖木儿，这叫玉昔帖木儿也大为吃惊。

“怎么办？我们是无权截留上书的。”

尚文点点头，然后说：“报给右丞相安童吧！”

“也只好如此。”

安童了解忽必烈的脾气，你提什么意见都行，就是不准说他忽必烈不行了。安童经过认真思考，决定将上书压下来，不让忽必烈知道。

“责任由我来负吧。”安童安慰着他们。

但没有不透风的墙，很快，除了深居简出的忽必烈以外，朝廷大臣们几乎没有人不知道此次上书之事了。但知道不说也就罢了，偏偏这时主持理财工作的是阿合马的余党答即古阿散，他对御史台的御史们是恨之入骨。他认为这是报仇的好时机，不仅可以打击御史台，甚至连太子真金也会受到触动。他知道忽必烈是由于一时难以找到能理财的大臣才使用他的，一旦有一天太子真金即位，恐怕就没有他答即古阿散的好日子过了。于是他对忽必烈说："海内钱谷，上上下下都有欺瞒，请检查内外百司吏案，以理算天下埋没钱粮。"他实际上就是想查出那份上书，以达到打击御史台和陷害太子的目的。但由于他的职务所限，不便明说。忽必烈哪知道他的心思，一听说是理算钱谷的事，就立即批准了他的请求，并给了他一张诏书，以便于行事。

答即古阿散诏书在手，就立即带人赶到御史台要求检查。御史台都事尚文知道他来者不善，就反守为攻道："御史台乃国家重要机密所在，岂容他人随意查看。"

"我有皇上诏书，你敢抗旨不从吗？"

"诏命是让你钩考百司钱谷，你不去查与钱谷有关的机构，先来我们御史台是何居心？"

"诏书分明写着，诸司一律可以检查，御史台当然不能例外。怎么？我检查还得经你批准吗？难道你比皇上还大吗？你要是没做亏心事，还害怕我们检查吗？"

尚文就哈哈大笑，然后突然凛然说道："你偏要问，我就告诉你，因为御史台这儿有揭发你的材料等待处理，所以暂时不准你们查看。"

"你，你胡说！"

"胡说不胡说你心里最清楚，待我们核实清楚了就会告诉你。"

"你……"

"吵嚷什么，有话不会好好说吗？"

答即古阿散见是安童，就忙拱手道："卑职给丞相大人请安！"

"什么事啊，这么吵吵嚷嚷的？"

答即古阿散就赶紧回禀。安童假装思考一下，然后不容置疑地说："御史台是国家机密之处，不是什么人都可以随意查看的，不仅是你，就是我这个丞相也没有权力查看他们的案卷。你既然是奉命查看，当然就另当别论。只是你得容他们将有关钱谷方面的文书挑拣出来，再来查看，不然泄露了国家机密，你是要掉脑袋的。你可以先到别处去，待他们整理完了，你再来查看也不迟。"

安童说得合情合理，答即古阿散无法反驳，何况他也不敢反驳安童的话，就连连点头带着他的人走了。尚文就对安童说："丞相，事已至此，我们瞒是瞒不住了，弄不好，还得担欺君之罪，得想个办法了。"

"这事还真挺棘手的。你不妨说说你的办法。"

“我看只好抢在答即古阿散之前向陛下禀告此事了，这样也显得主动些。”

“可答即古阿散也会有说辞的，怎么办？”

“这我倒是想过了。我们就趁此弹劾答即古阿散一本，他的罪状都在那儿摆着呢，只是陛下用他做事，大臣们就没有告他。”

“你觉得有把握吗？”

“丞相素有相机行事之大才，又是陛下的左膀右臂，您的话陛下是相信的，只要丞相肯亲自出马，必能逢凶化吉。”

安童沉思了一会儿，点点头。

“也只好如此了。”

第二天，右丞相安童和御史大夫玉昔帖木儿商量好了计谋，就一起去拜见皇上。行过君臣之礼后，忽必烈就让他俩坐下。可是这二人并不落座，忽必烈就问：“怎么不坐？”

安童禀道：“陛下，臣跟御史大夫有要事禀告。”

“哦，那就说与朕听。”

玉昔帖木儿就禀道：“卑臣今日进宫，有两件事向陛下禀告，只是……”

“唉，怎么吞吞吐吐的，直说就是了嘛！”

“第一件事，卑臣手下有一南台御史，上了一道本章，上言陛下年事已高，不如将皇位传与太子，陛下也可享享清福……”

“哦，有这等事？”

忽必烈面色肃然起来，他沉思了一会儿，便问：“你们二人也这么认为吗？”

右丞相安童就微笑着上前一步，躬身奏道：“臣等想都没有想过。陛下当年在漠北蓄志图划，在金莲川运筹帷幄，在中原北伐叛逆，南征南家思，处事英明果断，四海臣服。今国泰民安，远夷来归，正是陛下大展宏图之时，臣等追随陛下，个个意气风发，正欲建功立业，怎愿让陛下退位呢？只是台臣有表，不能不报；不报，则有欺君之罪。所以，我跟玉昔帖木儿大骂了这个糊涂蛋一顿，让他清醒清醒，他后悔得恨不得以死来表明效忠陛下，我们看在他做事还倒是踏实，也就没有降罪于他。”

“哦，言者无罪，你们做得对。”

玉昔帖木儿就说：“虽说言者无罪，但此事足以说明该御史见识短浅，对陛下的文治武功全不知晓，实在不能再担当重任。只是卑臣素知陛下从谏如流，从没有因谏劝而处理过大臣的先例，故一时拿不定主意，不知如何处置，还请陛下诏示。”

“唉！知朕者还是你们这些跟我一起打江山的爱卿啊！既然是个年轻人，就把他调出御史台，给个别的职务历练历练吧！”

安童看似十分激动地说：“吾皇万岁，这样安排实在是太妥当了，该御史今后不管在什么职位上，都会汲取教训尽职尽责以报皇恩的。陛下虚怀若谷，宽厚仁慈，这真是臣子们的福气。只是这位年轻的官吏少不更事，竟然指责皇后不该参与朝政，可见他对我大元是太不了解了。其实，我大元历史上，女子的功劳是十分突出的，就说察苾皇后在世时，就协助陛下处理过许多事，真是巾帼不让须眉啊！南苾皇后是察苾皇后亲自选定的，事实证明，南苾皇后聪慧过人。看来，这个御史真是目光短浅，愚蠢之极。”

忽必烈被安童说得脸上又挂上了笑意。安童是木华黎的孙子，霸突鲁的儿子，是忽必烈的开国老臣，已经是当了多年的丞相，他在忽必烈心里的地位不亚于儿子真金。忽必烈笑着说：“卿等不是还有一件事么？快说出来，然后陪朕喝些酒，朕在宫中想你们哪！”

忽必烈这么动情的话一时令安童和玉昔帖木儿眼圈都红了。玉昔帖木儿就擦了擦眼角，上前禀道：“陛下，卑臣给您带来一个坏消息，御史台收到很多奏章，弹劾答即古阿散等贪赃枉法，借理财之名中饱私囊。因为陛下正当用人之时，御史台就决定暂缓追究，但答即古阿散等变本加厉，丞相以为应禀陛下知道，所以延报之罪实在卑臣身上。”

安童听到此，便截断他的话，说：“陛下！理财之人虽然难寻，但我们理的是国家之财，决不容许假公济私，趁理国家之财而中饱私囊。国家从陛下到臣民都崇尚俭朴，俭以养德，奢侈败国。阿合马、卢世荣在理财上确实也有些才能，但陛下为什么杀了他们，就是因为他们监守自盗，贪赃枉法，不能自律，久而久之，带坏了一大批由上至下的官吏，使国家的法度难以贯彻，使社会的风气尽皆败坏，使正直之人和平民百姓对朝廷失去希望，这样下去，国家必将不攻自亡。陛下，臣说的不对吗？”

“对！丞相是站在国家利益的高度上考虑问题。不管是谁，无论他地位有多高，也不管他的才能有多大，只要触犯了国家的法纪，就要绳之以法，该关进监狱的关进监狱，该杀头的就杀头，绝不能姑息养奸。”

玉昔帖木儿就说：“证据确凿，只需他本人当面对质。”

“对，必须当面对质才好。”

安童见好就收说：“陛下，那臣等就速去办理此案。”

“也好，等你们办妥此案，朕再请你们喝酒。”

安童与玉昔帖木儿出来后，安童立即派人将答即古阿散叫到中书省丞相府。安童问道：“查看出什么问题没有？”

“基本正常。只是御史台还没有查看。”

“御史大夫已向陛下禀过，说里面有弹劾你的本章。”

“我……”

“陛下已诏命你前去御史台当面对质，如果你一身廉洁，就可以查看御史台。你现在就随外面的差人去吧！”

答即古阿散闻听此言，腿一软就跪伏在地，他声泪俱下地说：“丞相大人！请给卑臣做主啊！御史台实是心虚，他们想逼陛下让位与太子，怕我搜到证据，就对卑臣下了毒手，要置卑臣于死地而后快呀！”

安童猛地拍了下桌案，厉声道:“答即古阿散，你想借此来陷害太子吗？”

“我不敢，卑臣只是据实禀告。”

“你就不要胡说了！一个糊涂的御史写了一本糊涂的奏章，此事御史大夫早就禀明皇上，传为笑谈。皇上不仅没有把这点小事放在心上，还以仁厚之心，饶恕了那位年轻的御史。皇上都如此开明，难道你还想借此生出事端吗？你若不相信，我现在就跟你进宫去，看皇上怎样对你。”

“卑臣该死！卑臣该死！”

“出去吧！去御史台质对清楚，没人想冤枉你。”

差役进来带答即古阿散去了御史台。经调查质对，其受贿罪属实。御史台将审讯结果呈报上去，忽必烈下令将答即古阿散及其同案人以奸赃罪处死。

这时太子真金正在河南视察黄河大堤的修建工程，闻听大都传来的逼父皇退位的事件，这令他很是郁闷。他把一些事交给郭守敬后，就急忙赶回大都。见了父皇，就跪伏在地说：“父皇英名盖世，胜过愚儿千倍万倍，国家有父皇在位，天下才能太平。孩儿宁可代父皇去死，也绝不会接受什么禅位。望父皇龙体安康，万岁，万岁，万万岁！”

忽必烈说：“起来吧，你现在不愿接位就算了吧。你若有意，可随时告诉为父，朕随时都可以将皇位禅让给你。”

“父皇明鉴，孩儿绝无此意！”

“好，好，快起来吧！”

虽然忽必烈没有怪罪太子真金，可太子真金却病倒了。他有一天将安童和伯颜叫来，拉着他俩的手说：“我不久将跟额吉在一起了，望你们念在我们情同手足一场，就替我专心相助陛下吧！”

安童和伯颜闻言就赶紧跪伏在地，极力劝慰太子真金要想开，并说太子的病很快就会好的。但三天后，太子真金就死去了，终年四十三岁。

忽必烈在得知太子真金去世的消息后，怔怔地呆坐了一天。

第二天，安童和伯颜红肿着眼睛来看望忽必烈时，他竟然十分平静地对他们说：“不要悲伤了，人生无常。你们快去处理国事去吧。”

又过了几天，当忽必烈身边只有不忽木一人时，他突然慨叹一声，自言自语地说：“皇儿，是为父活得太长久了！”

这意蕴深长的话语将忽必烈老年丧子之痛展露无遗，不忽木闻听此言就控制不住地呜呜哭了起来。不忽木是王恂的学生，而王恂又是刘秉忠的弟子。王恂曾做过太子真金的“侍读”，少年不忽木也就跟着当了太子真金的“伴读”。不忽木不仅同太子真金情同手足，而且一直陪伴在忽必烈身边，他是忽必烈最为宠信的臣子之一。现在太子真金走了，忽必烈瞧着从小就在自己身边长大的不忽木，就像太子真金还在身边一样。

“不忽木，朕几次让你进中书省做事，你为什么不去？”

“能去中书省做事的有许多人，不差臣子一个。”

“做官不好吗？”

“我只愿在陛下身边。”

“唉，你不是我儿却胜似我儿啊！”

“太子临终时也嘱咐我不要离开陛下。”

“哦，太子他……”

“太子临终时最为挂念的就是陛下。”

“唉，都是朕活得太长久了！”

“皇上龙体安康，天下生灵有幸！”

“唉，白发人送黑发人，朕之心只有长生天晓得。”

南苾在这些天里一边不断地安慰太子妃阔阔真，一边还要照顾好忽必烈，这些事情本来应由年长一些的女主人来做才相宜的，但察苾已去，就只好由南苾来担承。好在南苾行事大有察苾的遗风，她把两边都照顾得很妥帖。

但不幸的消息还是接二连三地传进宫来。先是耶律铸病逝，这位忠厚耿直博学的老臣的离去，令忽必烈很是难过。随后平滦、太原、汴梁或涝或旱，灾情严重，急需财政拨款救济。与此同时，北边传来战事，叛逆海都又组织了一个新的反元联盟，参加者有成吉思汗兄弟宗系中的诸旁系蒙古领袖们。乃颜、失都儿和哈丹等王子都加入了这个联盟。种种不幸和不利的消息，使大都的空气都透出紧张的气息来。

由于太子真金的去世，汉法儒臣派也彻底失掉了依托。救灾、战争，这些都需要大量的钱财，功利派终于盼到了卷土重来的好时机。

陷入内外交困的忽必烈，想从调整中书省入手，加强理财大臣的权力。当时朝廷缺乏理财官员，桑哥的理财理念被忽必烈看重，于是便安排他参与中书省事务，并且由他拟定了一个中书省官员的名单。卢世荣就是桑哥推荐给皇上的。卢世荣被杀，忽必烈又重用起桑哥来，这让桑哥一时不由感恩戴德起来，所以他初时还是小心翼翼，殚精竭虑地工作着的。根据桑哥的建议，忽必烈决定仍由安童任右丞相，由熟悉理财工作的回回人麦术丁为中书省右丞，郭佑、杨居宽及帖木儿任参知政事，这个中书省虽然吸收了回回人麦术丁，但仍然是一个汉法派掌权的班子，在理财方面没有拿出什么好主意。

忽必烈无奈，只好将用人目光转向南人，企图增加朝中的新鲜血液和制衡力量，借以找到一种更为理想的治国方案，于是省、院、台诸司都开始参用南人。赵孟頫、叶李、程钜夫都受到重用。而为了尽快增加政府的收入，忽必烈又在酝酿成立尚书省，以将中书省的实权转移到桑哥手中。

麦术丁感到自己理财无方，很难满足皇上的需要，就赞成成立尚书省，由尚书省负责财政。安童却对此有不同意见，他说："微臣没有回天之力，皇上是否成立尚书省，臣不再固执己见。但臣恳求皇上无论如何不能重用桑哥这类人，这类人最重财轻义，最终将误国害民。如果皇上成立尚书省，一定要选拔贤德之人来理财。"

但忽必烈为了解燃眉之急，重新设立了尚书省，主持全国财政。任命桑哥、帖木儿为尚书省平章政事，同时将中书省六部改为尚书省六部，全国各地的行中书省改为行尚书省。这就等于是宣布由桑哥掌权的尚书省掌握朝中和全国的主要权力。中书省虽然也设官置员，但却成了一个空架子。

桑哥上任的第一件事，就是更定钞法，印行至元宝钞。发行新钞，与旧钞一并使用，目的是避免社会震荡，以利于商品的正常流通及物价的稳定。而允许民间买卖金银，规定金银和至元宝钞的交易比率及手续费，使钞本金银有了比较充足的储备，这种做法基本上也是合理的。

第一八章　御驾征东　蒲甘之战

至元二十四年（1287）五月，七十三岁的忽必烈决定御驾亲征东道大君主乃颜。

乃颜是帖木哥斡赤斤玄孙。成吉思汗建国后，将蒙古东部地区分封给四个兄弟：二弟哈撒儿、三弟哈赤温、幼弟帖木哥斡赤斤和庶弟勒古台。其中帖木哥斡赤斤以幼弟的身份与母亲河额仑一起受封，故而千户最多。国土占东道之王领地的十分之九，军队有十二万人，自帖木哥斡赤斤至乃颜五世，一直雄踞辽东，早有轻朝廷之心。乃颜年轻气盛，一直不肯向忽必烈称臣，企图自立为蒙古大汗。随着忽必烈汉化政策和强化中央集权措施的全面推行，东道诸王开始与忽必烈离心离德。朝廷虽然在当时设有宣慰司，但却无法控制这些地方。乃颜权衡利弊，认为反抗朝廷的时机已经成熟，就召集东道诸王，密谋造反。同时，乃颜为分散朝廷的军事力量，特遣人去西部与海都君主结成联盟，举兵夹击元军。海都举兵十万以作响应。

元朝军事统帅伯颜闻之，就亲自前去察看。乃颜当时还没有公开举事，就设宴款待，并想趁机擒拿伯颜。伯颜装醉，趁他们放松警惕，带手下迅速离去，途中以上好裘衣换得健马，才摆脱了追兵。伯颜孤胆深入虎穴的侦查，使忽必烈了解到对方的真实情况，从而能够早做准备。待乃颜宣布脱离朝廷管辖后，仅用十天，忽必烈就组织起四十万大军，并决定亲自前往平叛。

听说皇帝要御驾亲征，许多大臣上书劝阻，他们认为忽必烈年岁已高，又患脚疾，恐难承受行军之苦。中书右丞博罗欢说："我愿带忙兀、兀鲁、扎剌儿、弘吉拉和亦乞烈思五诸侯兵前去平叛，不必劳驾皇上亲征。"

可忽必烈却看出了问题的严重性。他认为此次叛乱不同以往，西边的海都和察合台后王，东边的乃颜和东道诸王，几乎集中了所有叛王的力量，志在必得。五诸侯的军队根本不是他们的对手。能不能打败这些叛王，将关系到元朝的存亡。乃颜的军队占据了水草丰美的地区，他们在很短的时间内就可以征集到大批的马匹和人员，乘势长驱直入上都，并攻打大都。而乃颜的同盟者海都和察合台后王，也可以进兵哈尔和林，进而与乃颜形成东西遥相呼应之势，箭头直指大都。

如此看来，形势是相当严峻的。所以忽必烈在危机面前又重新被激发起了斗志，他要在国家危急存亡的关键时刻再次展露他的雄风。他向大臣们发出誓言："朕如果不能平叛，就不再当这个皇上。"

忽必烈认为，首先要阻止乃颜与海都的汇合。他命忠勇的伯颜去防守哈尔和林以阻挡海都的南下和东进，自己则率大军四十万，以带病之身攻打乃颜。他还赐给博罗欢铠甲弓矢，命其都督五诸侯兵，随驾从征。

当时忽必烈分军为二：汉军李庭统率，蒙古军由博尔术之孙玉昔帖木儿率领，真金太子的第三子铁穆耳随蒙军行动。大军开拔，车辚辚，马萧萧，从长江下游的海口，元朝帝国的兵船运载大批的物资一直到达辽河口。乃颜听说忽必烈御驾亲征，就急忙改进攻为防守态势，命令大军迅速退至撒儿都鲁一带，准备在这里与元朝大军展开决战。

忽必烈认为兵贵神速，为了不给乃颜更多的准备时间，他亲率前锋军急行到撒儿都鲁，扎营于一座山头上。这时天降大雨，待雨过天晴，草原一片新绿呈现在眼前之时，乃颜的大将塔不台率兵六万就扎营在前面。两军突然相遇，双方都毫无准备。元军前锋军因远道而来，士兵已是疲惫不堪，且敌众我寡，诸将就主张暂时撤军，等待大军到来，再与叛军作战。博罗欢则坚决不同意，他说："我们已深入敌人的领地，两军对峙，不战而退，首先就在气势上输给了敌人。这样的开头会影响到今后的士气的。"

这时，司农卿铁哥站出来说："汉朝李广将军，以极少的兵力，尚能摆下疑兵震退敌军。今皇上在此，虽敌众我寡，不占地势，但我们可依据山势树林，设疑退敌。"

铁哥的想法得到忽必烈的赞许。元军先锋军就将布匹做成许多旗帜，绑在树上，或插在山坡上，而士兵们则一队队来来往往，造成兵多将广的阵势。第二天，在两军阵前，忽必烈大张曲盖，坐在胡床之上，听任铁哥从容敬酒。将士们也指指点点面露轻松之态。塔不台看了，终于绷不住，怕忽必烈是想将他粘在此地，另有元军从侧面包抄，就赶紧率军撤离。

由于忽必烈进军神速，打乱了乃颜的布置，致使乃颜在心理上就气馁了许多。忽必烈待大军一到，在黎明时就发起攻击。乃颜军的士兵大多还没有起床，元军就从天而降了。乃颜此时正与一妻共宿帐中，听得喊杀声，就急忙奔出营帐组织抵抗。乃颜是一位训练有素的武将，他的士兵也尽是蒙古精锐，初时的惊慌过后，很快就摆好了阵势迎敌。

元军小胜之后，也排成兵阵。忽必烈则高坐在由四象承载的木楼之上亲自指挥。木楼上高竖天子旌旗，有众多卫士环卫。几位谋士也侍立于忽必烈左右，观察着战场的变化。忽必烈的军队有众多骑兵和步卒营。骑兵营冲锋陷阵，步卒营紧随其后。骑兵营后撤，步卒营则执矛向前：以铁索阵绊敌骑兵马腿；以盾牌挡敌箭矢，阻敌进攻；以长枪、钩连枪刺钩敌身；以弓箭队掩护或进攻。

两军布成战阵，双方战士弹唱歌舞。战歌唱到高潮之时，双方主将则下令擂鼓进军。忽必烈先命玉昔帖木儿率蒙古军出战。蒙古军多是骑兵，冲击力强。忽必烈心想，眼下是元军骑兵人数多，铁骑奔驰，势不可当，敌阵必破。可事与愿违，哪知元军的蒙古将士多来自东道诸王的领地，他们跟乃颜军中的将领或士兵非亲即友，马到跟前，不但听不到刀枪之声，反而互相问候攀谈，谁都不想动手。

忽必烈高坐象楼之上，把这些是看得真真切切。他先是愣怔，继而气愤，但面对此情此景又不知怎么办才好。这时他的谋士，尚书省左丞南人叶李就俯过身来，悄声说："陛下，亲情所至，谁肯尽力？这样下去，岂不白费了军中的粮草。兵贵奇，不贵众，临敌当以计取。"

"爱卿有何妙计？"

"擂鼓命蒙军闪至两旁，令汉军列前步战。趁敌松懈，突然出击，必胜无疑。"

忽必烈点头称是。他急调汉将李庭、董世选等，密令他们集结汉军，悄然伏在元朝蒙古铁骑的后面。待汉军布置完毕，忽必烈命击鼓。元朝的蒙古铁骑闻听鼓声，就向两边退去，闪出空当，汉军迅疾突击，发矢如雨，乃颜军猝不及防，人马中箭者无数。随后汉军潮水般漫了过去，又斩杀众多敌人。乃颜军溃败，撤后十里，才稳住阵势。

乃颜号称有四十万兵马，实则十万。但这十万均为骑兵，攻击力和机动性都很强。元军的蒙古兵多为骑兵，可他们面对亲朋好友不肯下手，这就使忽必烈的军力大减。无奈之下，忽必烈只好重用以步卒为主的汉军，让蒙古兵跟在后面以作声援。为了不给乃颜以喘息的机会，忽必烈在黄昏时又发起了进攻。汉军在炮火的掩护下手持刀枪冲向乃颜的骑兵。汉军虽然作战很是英勇顽强，但与骑兵相搏斗，终是难以取胜。忽必烈在象楼上看到李庭浑身是血，就命擂鼓令李庭后退。可李庭却命汉军弓箭手向前，将一排排的箭矢射向敌人，使敌不断地后撤。但弓箭手所带的箭矢是有限的，如果箭用光，必将面临敌人的一顿砍杀。忽必烈正在着急之时，皇孙铁穆耳跑上象楼来，请求出战。忽必烈看到铁穆耳两眼充血，一身杀气，就知道这孩子是急了。

“你将带哪支人马出战？”

“陛下，我带‘怯薛’和来自吉里吉斯的骑兵出阵，他们的忠诚是不容怀疑的。”

“那好！你就替朕打一仗吧！”

忽必烈下令让汉军闪开空当，铁穆耳就率五千铁骑杀了上去。铁穆耳正杀得性起，忽然对方人马中闪出一员大将，虎背熊腰，手握一把硕大的大刀，眼睛大似牛眼，他哈哈大笑着说：“铁穆耳小儿，我今天要拿你祭旗！”

说着，此人就拍马挥刀杀了过来。这员大将就是乃颜的先锋大将塔不带，是草原上著名的战将。铁穆耳见其力大刀沉，就虚晃几枪，拨马就逃。塔不带见了，就吼声如雷地打马追了上来。眼看两匹马一前一后离忽必烈的象楼越来越近，皇上的侍卫们都神色紧张起来。可是因为铁穆耳在前，元军又不能射箭，大家就急得不得了。而就在这时，铁穆耳却令人不可置信地在马上一个旋身，竟然倒骑在马背上，紧接着猛一个探身，就用长枪把塔不带挑于马下。这套动作一气呵成，不仅把观看的人弄得眼花缭乱，就连大将塔不带也没有见过这般神奇的招数，他竟然愣怔得连招架一下都没有想到，就硬挺着叫铁穆耳给活活扎死了。

忽必烈刚才还替皇孙铁穆耳紧张得似乎连心都提到了嗓子眼，当看到了塔不带竟然被铁穆耳枪挑马下，他就不由地亲自擂起鼓来。玉昔帖木儿等蒙古战将也被这壮观的场景激起了血性，他们听到击鼓出击的命令后，就率领蒙古铁骑像飓风一样地扫向敌阵，杀得乃颜军溃不成军，大败而逃。而当铁穆耳出现在爷爷面前时，忽必烈竟然上前紧紧地拥抱了他：“朕的皇孙好样的！”

敌军溃逃，忽必烈仍然不给他们喘息的机会。子夜时分，李庭率敢死队持火炮杀入敌营，放了几炮后就悄然退出，而敌人却如惊弓之鸟，在混乱中自相残杀。乃颜在仓促中落荒而逃。忽必烈派玉昔帖木儿及李庭分率蒙军和汉军跟踪追击，就是不给乃颜休整的时间。忽必烈知道，如果给了乃颜时间，他就又会拉起很多人马，只有一鼓作气，穷追猛打，才能迅速结束战斗，不然，若是战争无限期地拖延下去，国家的财政就要陷入困境。

乃颜军在逃跑中，连渴带饿，速度越来越慢，跑到不里古都伯塔哈之地，又被元军围住。乃颜跟卫队杀出重围，其他将士皆被杀掉。可乃颜没逃出多远，又被李庭包围，这次乃颜再也无力反抗，被汉军生擒。

忽必烈为了杀一儆百，没有再宽恕乃颜这个宗王，命人用处死蒙古贵族的办法，将乃颜用毡子裹住，使人力振而死。

忽必烈以迅雷不及掩耳之势平定了乃颜的叛乱，前后仅用了不到两个月时间，回到大都时才是七月中旬。这位七十多岁的皇上，又使自己在晚年登上了人生伟业的又一座高峰。

在忽必烈与乃颜决战的时候，博罗欢则率领军队迎击支援乃颜的哈丹。两军相遇在离主战场二十里远的草原上，博罗欢不待对方摆阵，见面就打。对方措手不及，在混战中，哈丹之子从马上坠落下来，被马蹄踩死。哈丹见势不妙，就赶紧率部下逃走了。第二年，哈丹聚集人马又大举进犯辽东，被铁穆耳率兵击退，逃到霍勒河边。夜里，李庭带领汉军携火炮潜伏在河的上游，突然向哈丹军营发射大炮。

哈丹的军队还在睡梦中，听到炮声，就冲出毡帐寻找战马。但战马早在轰鸣的炮火中惊吓得四处奔窜了。哈丹的军队失去了战马，逃跑的速度就慢了下来，待铁穆耳大军杀到，只有哈丹等少数人逃掉了。玉昔帖木儿又穷追不舍，哈丹无奈逃到高丽的崇山峻岭间躲藏起来，不久病死在那里。

在征战乃颜的战争中，忽必烈惊喜地发现了皇孙铁穆耳的军事才能。为了让铁穆耳增加历练，忽必烈就让他去镇守漠北和哈尔和林。玉昔帖木儿知道后，就进宫晋见忽必烈，说："皇孙铁穆耳才二十二岁，派他去漠北，恐怕难服众将吧？"

忽必烈就微笑道："所以，朕想来想去，还是觉得爱卿跟着去辅佐他最好。"

"愚臣恐怕也没有这么大的威望。依臣愚见，应该提高皇孙铁穆耳的地位。有了地位，威望也就会跟着树立起来。"

"哦？依卿之见呢？"

"铁穆耳年轻有为，如果皇上能将东宫之印交给他，别人就不会不服了。"

"那好吧，就按卿说的办吧。"

铁穆耳和玉昔帖木儿去镇守漠北，伯颜就回到大都掌管全国的军事。桑哥在平叛中保证了大军所需的钱财，受到忽必烈的夸奖，安童觉得自己再占着中书省右丞相之职实在是多余，就以身体不好为由请辞了。安童退出政坛，忽必烈急需一位右丞相。因为桑哥在理财上令忽必烈很是满意，他就有心提拔桑哥。在征求大臣们的意见时，大臣们一时也挑不出桑哥大的毛病，就一致同意了忽必烈的建议。于是忽必烈就任命桑哥为尚书省右丞相，兼总制院使，领功德使司事，并进阶金紫光禄大夫。桑哥与尚书省的权力进一步提高了。

忽必烈在平定了乃颜之乱，又对朝廷的人事做了一番调整后，便放心地让桑哥处理国家事务，自己则待在宫中调养起身体来了。一天，太子真金的长子、忽必烈的长孙、晋王甘麻剌来宫中看望爷爷。甘麻剌在铁穆耳出镇漠北之前便已领兵在漠北打仗，这次爷爷派铁穆耳去漠北，换回了伯颜和甘麻剌。

忽必烈等甘麻剌给他请过安后，就问："你额吉身体可好？"

"额吉身体很好，她让我代她向殿下请安。"

"你准备在大都多待些时日吗？"

"如果殿下没什么新安排，我就回山西去。"

"这样吧，你到云南替朕督查一下征讨缅国的事宜，或用兵或劝和，可跟也先帖木儿商量而定。"

"孙儿遵旨。"

皇孙甘麻剌是个沉默寡言、仁厚实在的人。他奉爷爷诏令，不久就到了云南的大理，跟云南王也先帖木儿汇合了。也先帖木儿是太子真金的二儿子，奉爷爷之命镇守云南。也先帖木儿从小就跟汉儒学习汉文化，他对哥哥相当尊重，所以一见哥哥，就先给哥哥请安。甘麻剌也很喜欢这个弟弟，寒暄之后就直接说明了来意。也先帖木儿就较详细地介绍了征缅的情况。

1253 年，忽必烈率军征服云南，即遣使缅国，令其归附入朝，其未理睬。至元十年（1273），元朝又派使节前去招降，由于元朝使节没有按照缅国的风俗进屋即脱鞋，被缅国国王斩杀。至元十四年（1277），缅国出兵攻打已经归附元朝的阿禾。大理路蒙古千户忽都等接到阿禾的求救信，急去增援。当时缅国的骑兵、步兵、象军五万余人进犯阿禾，而忽都的援军只有几千人。忽都认为敌众我寡，就采取游击战术，袭扰敌人，拖垮敌人。当敌人极其疲惫之时，忽都又利用有利地势发起进攻。敌人陷入狭窄的山谷，前后难以相顾，其大象、马匹自相践踏，死者无数。元军以少胜多，将缅军赶回国去。至元二十年、二十一年，元朝相继发起江头之战和太公之战，歼敌数万人，攻下太公城，战后，建都、金齿等十二城皆降。后缅军和元军又互有攻防，边境一带一直不得安宁。至元二十四年，缅王被其庶子不速速古里所杀。不速速古里为转移国内矛盾，不断进犯元朝边境村镇。云南王也先帖木儿调兵遣将，准备征讨缅王。

甘麻剌听了弟弟的情况介绍，就知道没有和谈的可能了。甘麻剌派人将云南的情况火速报以朝廷，建议以云南王也先帖木儿为征缅大军统帅，从云南、四川、湖广三省调集军队，分数路齐头并进，稳扎稳打，一战解决缅国对边境的威胁。忽必烈迅速回复，同意二位皇孙的计划，并将云南王也先帖木儿的四等王印（驼钮金镀银印）换成三等王印（金印驼钮），以便于节制各路人马。

并同意甘麻剌留在云南帮助弟弟督办粮草。

至元二十五年（1288）四月，也先帖木儿率三路大军进入缅国作战。也先帖木儿亲率中路军三万多人直奔缅国首都而去。缅中行省左丞雪雪的斤率右路军两万人马迂回策应，缅中行省参政李海剌孙率左路军一万多人从山地丛林间突进。缅军利用山泽湖泊且退且战，节节抵抗。蒙古骑兵不善于在山地丛林作战，进展缓慢。缅军还采用诱敌深入的战法，致使左路军损失严重，李海剌孙阵亡，脱满答儿接过指挥权。甘麻剌闻听大军受阻，就亲率以张成、刘全为首领的汉地水军沿河顺流而下，绕到阻击左路军的缅军身后，与左路军两面夹击缅军，才打乱了敌人的部署。甘麻剌与左路军汇合后，便乘胜南下。中路军和右路军闻听左路蒙军已快绕到他们身后，便无心阻敌，纷纷逃逸。新缅王见势不妙，只好向元朝臣服。此次战役史称“蒲甘之战”。蒲甘之战虽然没有将缅纳入缅中行省的版图，但迫其缅王臣服，已经达到了作战的政治目的。

皇孙甘麻剌在蒲甘之战后回到大都向忽必烈汇报完战况，便去了山西。甘麻剌处事的低调沉稳和临战指挥的才能，受到了忽必烈的称赞。而此时才到漠北不久的铁穆耳也面临着战争的考验，海都和察合台系的后王得知伯颜和甘麻剌回到中原，就轻视铁穆耳年轻，发动了对哈尔和林的袭击战。初春的草原之夜还颇为寒冷，哈尔和林的街道静寂无人。海都率大队人马到了距哈尔和林十里地左右的地方时，老奸巨猾的海都便令军队停了下来，只让先锋军试探前行。先锋军刚贴近哈尔和林，玉昔帖木儿就将其包围聚歼。海都见元军有所准备，便下令撤退。后军改前军刚要行动，铁穆耳的大军就追了过来。海都见势不好，就令将士快跑，这才躲过了一劫。铁穆耳本欲聚歼海都的人马，只因海都疑心太大，没有进入元军的伏击圈，才叫他跑掉了。

自乃颜之乱以来，忽必烈加强了哈尔和林一带的防御力量，铁穆耳虽年轻，但在老将玉昔帖木儿的辅佐下，数次追击海都等叛军，始终没有再让他们形成太大的气候。

看到几位皇孙在迅速成长，忽必烈感到很是欣慰。他有一次情不自禁地对不忽木说：“太子给朕留下了几个好皇孙啊!”

“太子也尽可以瞑目安息了。”

不久，忽必烈将玉昔帖木儿调回大都，又派丞相伯颜行枢密院事于哈尔和林，在哈尔和林正式设置行枢密院知院。枢密院是全国最高的军事领导机构，行枢密院则是其派出机关。忽必烈派自己的第一名将伯颜出任哈尔和林行枢密院知院，可见其对漠北军事地位的高度重视。

太子真金去世后，汉儒的势力已无法与功利派相抗衡了。其实忽必烈仍然是主张实行汉法的，只是与太子真金在程度上不同罢了。当忽必烈意识到功利派官僚集团势力无限膨胀时，就又想扶持汉儒义理派。但这时候，金莲川汉地的功勋旧臣大多去世，忽必烈只好从南人中寻找名儒和谋士了。这时期，赵孟頫、叶李等都很受忽必烈的重视，尤其赵孟頫博学多识，才气英迈，而且他还是南宋皇族的宗室。

有一次，忽必烈请赵孟頫起草一份诏书，赵孟頫当场挥笔而就，其文笔清新庄重，书法俊丽飘逸，忽必烈看了，赞不绝口。忽必烈就问："爱卿是赵太祖几世孙?"

"微臣是太祖十一世孙。"

"赵太祖的行事风格什么样?"

赵孟頫稍一迟疑，忽必烈就微笑着说："赵太祖是很有魄力的皇帝，他的很多做法是值得朕效仿的。"

"皇上真是海纳百川之人!"

忽必烈就又问："爱卿如何看待叶李与留梦炎二人的优劣的?"

赵孟頫想了想回答说："留梦炎沉稳而自信，能谋善断，有大臣器。叶李很有才气，但他所读之书，微臣也都看过，他所知所能，微臣也能做到。所以微臣认为，留梦炎贤于叶李。"

忽必烈听了，却微微摇摇头，说："朕与爱卿不能苟同。留梦炎在宋为状元，高居丞相之位，而当贾似道专权误国之时，留梦炎却只是附和顺从，不敢提出异议。叶李一介布衣，当他看出贾似道专权误国，就敢上书弹劾。所以朕认为，叶李贤于留梦炎也。"

"皇上这样说，微臣服也。"

"爱卿心里岂有不知，只是碍于留梦炎是爱卿父友，不好斥责他罢了。其实友情和是非是两码事，友情归友情，是非要分明。"

"皇上所言极是!"

"爱卿碍于情面，尽可以诗赋含蓄讥之嘛。"

赵孟頫点头称是。忽必烈想到江南恐怕还有良儒贤士，就请赵孟頫和叶李列出名单，派御史程文海到江南求贤。程文海也是原南宋的臣子，他到江南很快就访得几十位贤达名人。忽必烈召见他们后，把他们安置到集贤院。

有一天，忽必烈又拿出名单瞧看，就问程文海："这个叫谢枋的怎么没来?"

"他不识时务，不愿为皇上做事。"

谢枋当过南宋的江西招御史，因弹劾权臣贾似道，被投入狱中。待贾似道被解职后，谢枋才被放出。蒙古军攻打信州的时候，谢枋率城中军民奋力抗敌。城破后，谢枋一家老小都被杀死，只有他一人跑了出来。南宋灭亡后，谢枋流落街头，以代人测字为生，多次拒绝出来做官，受到当地汉人的敬重。

忽必烈了解了谢枋的经历，就很自然地想起了文天祥。只可惜像文天祥这样忠心耿耿的宋朝旧臣却不能为他所用。当然，忽必烈忘了，如果文天祥这样的人有朝一日顺归于他，他还能信任他们么？但忽必烈求贤若渴，他听说谢枋跟留梦炎是同科进士，就赶紧派留梦炎写书信请谢枋来大都。

留梦炎投元后一直没有做过令皇上满意的事情，这回他认为有了机会表现自己，就信心满满地应承下来，急忙写了封书信，叫人送给谢枋。谢枋见了书信，就回书一封。留梦炎打开书信一看，竟羞愧得无地自容起来。谢枋痛斥了留梦炎视贼如父，说他这样做是“士不知耻”，毫无气节，并拿他跟文天祥做了鲜明的对照。留梦炎没办法，只好将信交了上去。忽必烈一见，对谢枋就更加敬重，诏命福建行省的平章政事天佑，想尽一切办法也得把谢枋请到大都来。谢枋知道躲不过去了，就随他们来到了大都。忽必烈急着要召见他，但谢枋却提出要先去看一看当年关押太后和文丞相的地方。忽必烈见谢枋如此重情重义，就同意了。

谢枋先去看了关押全太后的地方，大哭了一场，随后又在关押文天祥的处所哭了一通。哭完，他就对着南方大声说道：“亡国之臣，愧对先君社稷，今来大都，只有以死明志了！”说完，撞柱而死。

忽必烈得知，深受感动，派人将谢枋的灵柩运往他的故乡安葬。

谢枋之死，在汉族人官吏中影响很大，像著名人士刘因、杨恭懿等都以各种借口辞官而去，这自然是忽必烈没有料到的。

第一九章　武平地震　处死重臣

桑哥当了尚书省的右丞相，便下令对各级政府官员进行账目检查和监督，追查财政亏空。

他首先将矛头指向中书省，共查出亏欠钞四千七百七十锭，昏钞一千三百四十五锭。但这笔欠款是阿合马理算时遗留下来的，并不是麦术丁主持中书省财政时造成的。但桑哥就是要借此狠狠打击政敌，乘机为被处死的卢世荣报仇。

忽必烈听桑哥汇报了中书省严重亏欠宝钞的情况后，十分愤怒，下令严惩。桑哥要的就是皇上的这句话，他立即就开始审问中书省负责财政的长官麦术丁。麦术丁实在说不清楚那些亏空是怎样形成的，无奈只好揽过罪责。汉法派旧臣杨居宽、郭佑辩解说他们并不管理钱谷之事，桑哥就对他们施以大刑，最后杨居宽和郭佑含冤而死。为清除异己，桑哥借理算钱谷之名，罢免了众多路州府县官吏，而这些人大多是勋贤旧臣之子。桑哥在对全国各地的钩考理算中，确实也查出了不少官吏以权谋私盗诈腐败的问题，但他的主要目的是排除异己，打击报复忠良，这就造成了大批冤假错案。

桑哥初时增收赋税主要是增收商税，清理田税，并不涉及平民百姓，但他继而又开增盐课、茶课、酒醋课，并让浙东、江东一带百姓交纳木棉十万匹，这就既加重了商人权贵的赋税，也加重了百姓的负担。

桑哥执政后实施的发行至元宝钞和在全国范围内清算钱谷这两项理财措施，确实增加了元朝政府的财政收入，一度补救了入不敷出的财政亏空，使忽必烈大为高兴。桑哥对贪赃枉法的官员重拳打击，自然也得到了平民百姓的拥护，以致大都市民竟为桑哥立碑颂德。但桑哥行事武断专横，甚至不惜用杖责、杀头的办法对付反对派，刑讯逼供，制造大量的冤假错案，四处树敌，得罪了儒家义理派，架空了中书省的正统派，并与御史台发生了激烈的冲突，这就为他的倒台埋下了祸根。更何况桑哥又借理算钱谷之便，以权谋私，搜刮财物，打击异己，终于激起了众大臣的义愤。

御史台大臣王良弼就当着桑哥的面予以痛斥：“不加区分，不清职责，就处死中书省丞杨居宽和郭佑二位大臣，实是借理算钱谷为名，清除异己，发泄不满。”

桑哥听后，跳起来就以拳殴打王良弼的面颊，并破口大骂。王良弼口流鲜血，大声道：“尚书钩考中书，不遗余力，他日我要是发现尚书有劣迹，定要重重治罪！”

桑哥闻听，就面见忽必烈，告王良弼诽谤尚书省，阻拦清算钱谷。忽必烈只听桑哥的一面之词，就下令杀了王良弼。

江宁县有个达鲁花赤名叫吴德，他也对桑哥的钩考大为不满，对人说：“今天是尚书核查中书，鸡蛋里头挑骨头，有朝一日，中书也要清算尚书，骨头里头挑鸡蛋，叫他们不得好死！”

这话传到桑哥耳里，他气得暴跳如雷，立即派人杀死吴德，并将其妻女赏赐手下官吏。

又一日，地方官杜璠上书指责桑哥对一些官员滥用刑法，桑哥知道后大骂道：“杜璠小吏，竟敢老虎脸上捋胡须，不知死活！”

桑哥要治杜璠之罪。尚书省参知政事马绍就劝解道：“皇上从没因谏劝而处分过臣子的。臣子之言，对则采用，不中听的，则弃而不用，但绝不可治人之罪。丞相若治杜璠之罪，恐跟皇上的做法不一致，实难服众。”

桑哥听了，只好悻悻地说：“且不跟他一般见识了。”

忽必烈登基初期，元朝推行纸币比较成功，这与国力强大有很大关系。秦始皇统一钱币，汉武帝实行五铢钱，隋文帝改革币制，都是天下统一，国力强盛之时。而交钞贬值不仅与阿合马大量发行无本之钞有关，而且与商人私印及官吏徇私舞弊关系至大。俗话说“治乱世用重法”，当时不少人主张凡私印交钞及赃满二百贯者皆处死刑，认为只有这样惩处，才能保证钞法稳定。

赵孟頫对此提出了不同的看法，他说：“开始发行纸钞的时候，以银为本，虚（纸钞）实（银）是大致相等的；纸钞流行二十多年，虚实轻重相去甚远，纸钞已严重贬值，所以改中统为至元钞。又二十年过去了，至元钞也如中统钞一样，虚实难抵，如此，国家再让人家按初时钞法相抵，则是不公。古时候，是以生活所需米和绢为二实，银、钱与米和绢相抵，银、钱为二虚。以这四者为值，虽然上下时有浮动，但浮动的幅度并不大，所以，以米绢计赃，最为合理。纸钞，始于宋朝，金人仿宋制而沿用此法，这些都是不得已而为之。现在以贬值过重的纸币计赃，满二百贯就治人死罪，实在是太把人的生命看轻了，实不可取。”

因为赵孟頫是南人，桑哥的手下就不把他放在眼里，对他说的话不以为然，有人反驳道："现在朝廷发行的是至元钞，所以犯法者就应该以至元钞计赃论罪。你反对此法，就是想废了至元钞。"

赵孟頫见对方蛮横，就据理力争："朝廷之法关系到人的生命，犯法者有轻重，可依法量刑。现在中统钞贬值，所以改使至元钞，但至元钞又在贬值，再以初时钱数治罪，只能是草菅人命。我们现在是在议理，议理就应以理服人，而非仗势欺人，强词夺理。朝廷之上，大家在一起议论国家大事，应知无不言，言无不尽，言者无罪，才是正道。"

忽必烈认为赵孟頫持这样的辩理态度是正确的，就说："爱卿纵有不同见解，尽可言说，大家互相切磋，对则采纳，不对则放弃，不可以势压人。"

大臣们大多认同赵孟頫的意见，忽必烈就采纳了。桑哥是提倡用重刑的，对办事不力或徇私枉法的官吏，根本就不依法律条款惩处，而是一律严惩。这次赵孟頫竟然当着皇上的面驳斥了他的主张，当然他要寻机报复，以让赵孟頫得到教训。所以，有一天赵孟頫上班迟到，桑哥竟然要鞭打这位大臣。

赵孟頫不服，上诉到都堂叶李那里，说："自古以来，刑不上大夫，养其廉耻，教之节义。今桑哥如此侮辱大臣，就是在侮辱朝廷。"

叶李认为赵孟頫所言极是，便将此事上报皇上。忽必烈便当面训斥了桑哥，叫他要尊重大臣。

桑哥专权，久而久之，很多人都对他溜须拍马，但御史中丞董文用却不买桑哥的账。董文用是藩邸旧臣，为人耿直，很受忽必烈的赏识。桑哥知道这些，就希望董文用在皇帝面前为他桑哥唱几句赞歌，董文用则说："身为大臣应常思自身之过，所做之事皆属本应尽职之责，岂能动邀功之心？"

桑哥碰了一鼻子灰，便讪讪地说："朝中文武大臣常来我丞相府做客，唯独御史台不来，是何用意？"

"公是公，私是私，你身为丞相难道不知吗？公是为国，私是交情，物以类聚，人以群分，这你更应明白。"

桑哥被噎得说不出话来。

桑哥为了增加财政收入，就不断地设置苛捐杂税，逼得百姓纷纷弃田而逃，一时盗贼蜂起。董文用就对桑哥说："百姓哪有不愿安居乐业的，现在百姓弃田而为'盗贼'实在是急法暴敛所逼。你身为丞相当思变法，当安民心。"

桑哥只好当面点头，转过身去却破口大骂，攻击御史台的工作。不久，桑哥引用成吉思汗"凡临官事者互相觉察"的旨令，奏准"按查司文案，宜从各路民官检核，递相纠举"，就势剥夺了按察司的独立性。有一天，桑哥在忽必烈面前说董文用傲不听令，总是干扰尚书省的工作，请治其之罪。忽必烈就说：“监察是御史的职责，何罪之有！董文用人品端正，朝中上下人皆尽知，你不可不尊重他。”

由于忽必烈信任董文用，桑哥的阴谋才未得逞，但不久桑哥还是找了个理由把董文用降为大司农。

桑哥每使国库增加一些收入，就要向忽必烈讨要一些权力。而忽必烈当时正在用钱之时，也就尽可能地满足了桑哥的要求。桑哥不仅夺走了中书省的行政权，使内外官吏的铨选调动由他说了算，他还向忽必烈进一步提出了要求，要走了本该由中书省颁发任命书的权力。从此，桑哥将刑罚官爵作为商品出售，只要钱出到桑哥满意，你是做官还是出监狱都可以，致使国家的规章制度遭到了极大的破坏。时任刑部尚书的不忽木坚决反对桑哥的所作所为，他认为任由桑哥这样大权独揽胡作非为下去必将使国家走向灭亡。他上书忽必烈，反对桑哥只讲财利的做法，认为对官员实行刑讯逼供不可取，这样会制造许多冤假错案，伤害不少好人。不忽木还为郭佑、杨居宽辩解，说中书省日理万机，即使出现一些财政亏空也不能不分青红皂白地处置主管官员，更不能要人家的性命。桑哥对不忽木实在是又恨又怕，他甚至对其夫人说：“他日抄我家者必此人也!”

为了迫害不忽木，桑哥就常常在忽必烈面前说其坏话。忽必烈刚开始时还能忍耐听之，后来桑哥再说，忽必烈就呛了他，说：“不忽木的正直与忠诚是不容置疑的，朕以为你还是多反省自己为好。人家给你提意见，你要有则改之，无则加勉才对。”

桑哥见在忽必烈这儿扳不倒不忽木，就又生一计。有一次乘忽必烈去上都之机，桑哥唆使一位商人用珠宝贿赂不忽木，想以此为借口惩处不忽木。没想到不忽木拒绝收礼，让桑哥的阴谋又一次落了空。接着桑哥又乘不忽木回家吃饭之机，污蔑他不坐曹理务，妄图对其严加惩处。但官员们一起跪地为不忽木求情，桑哥才没敢治不忽木之罪。但经过这许多事，不忽木气得大病了一场，桑哥趁机罢免了不忽木的官职，取消其俸禄。

忽必烈从上都回京，见迎接他的人群中没有不忽木，就叫人将其叫来。忽必烈见不忽木身体很是虚弱，就问：“你这是怎么了?”

“微臣近来身体不太好，正在家养病呢。”

“你身体如此瘦弱，可要加强补养啊!”

不忽木就点点头。这时旁边的一位大臣忍不住就说：“尚书大人在家养病已不得俸禄了。”

“不忽木，他所言是真的吗？”

“确实如此，微臣因病在家，现在一点儿俸禄也没有了。”

忽必烈心里有气，立即下令，发给不忽木全俸。

至元二十六年（1289），集贤学士、江南行台御史程钜夫入朝述职，忽必烈便向他问道：“爱卿学识渊博，知晓古今帝王之事，可知天子之职为何？”

程钜夫对桑哥专权行事本就不满，便道：“微臣闻听天子之职的关键，是要选择一位好丞相。而丞相之职，莫大于进贤。”

“哦，详细说说！”

“丞相如若不以进贤为要事，而只想着如何加税理财，则上有损圣上之德，下有损百姓之利。”

“可有典引？”

“昔文帝以决狱及钱谷之事问丞相周勃，勃不能对。陈平进曰：‘陛下问决狱责廷尉，问钱谷责治粟内史。宰相上理阴阳，下遂万物之宜，外镇抚四夷，内亲附百姓。’观其所言，可知宰相之职矣。今权奸用事，立尚书钩考钱谷，以剥割生民为务，所委任者，率皆贪饕邀利之人。江南盗贼窃发，良以此也。臣窃以为宜清尚书之政，损行省之权，罢言利之官，行恤民之事，于国为便。”

桑哥在旁听罢，勃然大怒，指着程钜夫厉声呵斥：“你这是满口胡言，是大逆不道的诬陷。国家财政匮乏之时，你有何建树？眼下国库充盈，尔等又在此大放厥词，攻击尚书之为，欲改陛下之道，实在可恶。古人道‘民以食为天’，国家也是同理，若无善于理财之臣，如何平乃颜之变，征缅国之贼，御海都之侵？你说，你说说看！”

桑哥颤抖着手，两眼充血地越说越气，最后猛地跪伏在皇上面前，声泪俱下地说：“陛下明察，钩考之事利在国家，但贪赃枉法之徒必要群起诬陷尚书，如朝廷不采取严惩之法，尚书之功将尽皆付之东流。陛下，微臣恳请立斩程钜夫，以令天下虚伪奸诈之徒不敢造谣诬陷忠良之臣，以使陛下江山稳固如磐。”

桑哥这是想借皇上之手铲除异己。忽必烈听后，哈哈大笑，然后说道：“大殿之上，纵论国事，何罪之有？程爱卿跟桑丞相各执一词，大胆直谏，实乃可嘉！望众爱卿皆能如此为朕分忧，国家兴旺则指日可待也。”

这以后，桑哥又前后六次上书，奏请皇上杀死程钜夫，均被忽必烈驳回。显然，忽必烈对桑哥的态度也在悄然变化，再不像以前那样，凡桑哥的请求，均尽力满足。这实是因为忽必烈乃是以汉法治天下的皇帝，他隐约感到汉法派逐渐式微，必将给国家的长治久安带来不利的影响。他起用桑哥不过是解国家财政的燃眉之急，但从长远计，忽必烈还是要重用汉人义理派的人才。眼下国家又趋于安定，忽必烈不可能再继续推行桑哥的严赋重税的政策了，他要轻徭薄税，减轻百姓的负担，推行既重农又重商的政策了。而推行这样的政策，就要以仁治国，就要重用汉臣汉儒。另外，从一件事上，忽必烈对桑哥产生了怀疑。

一年前的一天，桑哥在忽必烈身边侍坐，俩人聊起了西域产的珍珠，忽必烈就问："爱卿家可有上好的珍珠？"

桑哥微笑着回答："微臣家哪会有这样高贵的珠宝。"

恰巧旁边有个波斯人知道桑哥家里有很多珍珠，因为桑哥平时总是敲诈这些外来的商人，这位波斯人就多次被迫将珠宝拱手献给过桑哥，所以心里对桑哥是又怕又恨。现在听忽必烈这样问桑哥，他就趁桑哥不注意，俯在忽必烈耳边说："桑丞相家有好多珠宝，我亲眼见过的。"

"哦？"

"皇上不信？这样吧，皇上把桑哥留住，我去他家取去。"

忽必烈笑笑，未说行也未说不行。波斯人就很快跑到桑哥家，说皇上要看珠宝，桑哥的家人没有多想，马上叫人抬了一对箱子送到忽必烈的宫里。等到把箱子打开，珠光四射之时，忽必烈就令人把桑哥叫过来观看。

桑哥一看就傻眼了，他吓得立即跪伏在地，说不出话来。忽必烈就问："爱卿有这么多珠宝，却藏起来不让朕欣赏欣赏，是什么意思啊？"

"这些东西都是大食人送的，爱卿也不曾打开看过。"

"看来爱卿是珠宝太多了，连这么好的珠宝都不屑瞧看了。"

"啊，不，不！"

"你是不是把粗糙的东西献给我，好的都自己留下了？"

"微臣怎敢？他们是送给我的，要是送给陛下，臣就是有天大的胆子，也不敢擅自留下，如陛下不信，可以把那些大食人叫来对质。"

"不必了。"

"陛下，其实，微臣早就想将这些珠宝献给陛下，只是因为忙，没来得及查看整理，现在既然已经送来了，那就全是陛下的了。"

"哦？这些珠宝都送给朕？"

"本来就应该献给陛下。"

"爱卿不心疼？"

"微臣的一切都是陛下的，何况这些身外之物呢?"

"那好，有福大家享，就把这些珠宝分赏给朕的有功之臣吧!"

"遵旨!"

忽必烈跟南苾聊起此事，南苾就说："汉人能治国，却不会理财；皇族之人能打仗，却不会治国，更不善于理财；会理财的又多是奸贪之徒，他们不只为国理财，还把财理到他们家里去，这实在是可恶。"

"是啊，朕真担心桑哥会重蹈阿合马之辙啊!"

忽必烈从这件事上就知道桑哥对自己还不够忠心，就开始对桑哥抱了怀疑的态度。

至元二十七年（1290）八月，武平地区发生大地震，按察司官及总管府冠王连等及军民近几万人遇难，官署倒塌四百八十间，民居倒塌不计其数。赵孟頫随平章政事帖木儿前去视察灾情，看到房屋尽塌、人无食、居无所的惨象，几次难过得流了眼泪。

帖木儿指挥元军从倒塌的建筑下救人，很多士兵的指甲都脱落了。

赵孟頫跟帖木儿说："眼下最要紧的是要将粮食和帐篷运进来，先让百姓有饭吃有地方住，这样才能重建家园。"

帖木儿同意，就派人速回朝廷求援。

有一个士兵从废墟下救出一个还在襁褓里的男婴，来到赵孟頫跟前。赵孟頫抱过这个婴儿，问："他的父母还活着吗?"

"都死掉了，这孩子是在他妈妈的怀里才得生的。"

"这么小……实在是太可怜了!"

"这场地震使许多孩子都失去了父母。"

"是啊，要让这些孤儿能生活下去，朝廷得多想想办法了。"

帖木儿和赵孟頫了解了灾情后，就迅速返回了大都，向忽必烈汇报。忽必烈非常着急，派阿鲁浑撒里马上召集集贤、翰林两院官，征询救灾措施。会上，许多人只是泛引经传所记五行灾异之言，不敢提及具体的救灾办法，因为他们畏惧桑哥，怕引起他的不满。赵孟頫亲临过灾区，知道那里的需要，就私下对阿鲁浑撒里说："应建议皇上，取消武平百姓的田租，减少商人的税款，平抑物价，严惩盗贼。"

忽必烈同意他们的建议，诏书也起草好了，但桑哥却不同意减免赋税。赵孟頫就生气地说："死了那么多人，活着的食无粮，居无所，你还要按实际田亩征收钱谷，这办得到吗?"

“可这损失可就太大了。”

“你若不及时免除他们的赋税，来日征集不上来，不但民怨沸天，就是亏空的钱谷你尚书省也负担不起，到时候皇上要是追究起来，丞相你不是陷自己于不仁不义么！”

桑哥考虑到自己的切身利益，这才同意颁发诏书。平章政事帖木儿立即又去了武平，他按诏办事，蠲租赋，罢商税，弛酒禁，斩为盗者，并发钞八百四十锭，转海运米万石以赈灾，这才使灾区逐渐稳定下来。

但赵孟頫每想起武平的惨状，还是难过万分。有一次，他跟一些人聊起武平人的生活状况，就情不自禁地流下眼泪说：“我认为大家都应为灾区的百姓做点儿事情，有钱出钱，有物捐物，这也会让我们心安些。”

赵孟頫说完，有一个大臣就悄言道：“有人富可敌国，只要他肯捐出一些珠宝，就可以让武平的百姓度过这个冬天。只是，这个人是属铁公鸡的。”

赵孟頫知道这大臣是说桑哥。晚上，桑哥执政以来的所作所为在赵孟頫的脑海里不断浮现，他认为不除掉桑哥这个大蠹虫，国家就很难安定。

第二天，赵孟頫遇到怯薛军近侍彻里，就深有感触地说：“陛下曾谈论贾似道专权误国，责备留梦炎知而不言。现在桑哥所作所为远甚于贾似道，而我们再一直缄默不语的话，他日一旦出了大事，我们可就都难辞其咎啊！然而像我这样的臣子，就是说了，陛下也未必听。可你是皇上的近侍臣子，读书知理义，慷慨有大节，即使丢了自己的性命，也要为陛下尽进忠言，为百姓除掉祸害，这才是忠义之臣应做的事情啊！”

彻里听了赵孟頫的话，意识到了自己责任的重大，他很快就联合了怯薛军重臣也里审班等人，搜集桑哥的罪证，以寻机揭发桑哥的问题。

至元二十八年（1291）春，忽必烈前往柳林射猎，皇亲国戚，宗王贵族，文武大臣，皇后众妃，婢女侍从，加上怯薛军，浩浩荡荡地开进狩猎场。连着几天的围猎，大家玩得非常开心。一天上午，忽必烈骑马追射了一只黄羊后，兴致勃勃地坐在舆盖下歇息，也里审班、也先帖木儿、彻里等怯薛军近侍臣子向其弹劾桑哥专权黩货，奸贪误国等罪状。

忽必烈听后就沉下脸来，说他们诋毁丞相，彻里就上前力辩，言辞很是激烈。忽必烈本欲出来图个好心情，一下子被搅扰了，就很不高兴地说：“你们在朝中不当面说，却在背后揭人短，无中生有，造谣中伤，罪不可恕！”

就令人狠打彻里的嘴巴。彻里被打得口鼻流血，晕倒在地。待彻里醒来后，忽必烈再问：“你还有什么话说？”

彻里就挺直身子，任鼻血下流，大声道："微臣跟桑哥丞相远日无怨，近日无仇，只因他做了大量的祸国殃民的坏事，臣子才冒了杀头的危险向陛下历数他的罪状的。微臣认为，身为国家的官吏，就应时刻关心国家的安危。如果微臣畏怕陛下愤怒而不进忠言，就有违做人臣子的责任。人人只顾自身的安危，则奸臣就会肆无忌惮，百姓就会受苦遭殃。陛下可以让微臣去死，但微臣尽了臣子之责则死而无憾。"

忽必烈沉思一会儿，命人扶彻里下去休息，叫过也里审班和也先帖木儿，听他们诉说桑哥的罪状。为了进一步证实几位怯薛近侍的说法，忽必烈又多次传旨不忽木来问个究竟。不忽木说："桑哥权倾朝野，蒙蔽陛下，致使大臣们敢怒不敢言。稍有异议，他则将其扣上莫须有的罪名，轻则鞭打入狱，重则杀头抄家。桑哥的做法不仅使政事紊乱，而且使百姓弃田而逃，盗贼蜂起，天下大乱。如果陛下不及时处理桑哥，恐怕圣祖的大业难以为继了。"

忽必烈为了谨慎起见，又召见了许多大臣面议桑哥之事，听到的都是弹劾桑哥的言论，这引起了他对桑哥问题的高度重视。中书右丞崔彧说："桑哥执政四年，朝廷大臣和外国使节很少不给他送钱送物的，如有不上钱物者，他则对其扣上种种罪名打击迫害。"

中书平章政事麦术丁则上书道："桑哥打压忠良，任人唯亲，将其昆弟故旧妻族都授以要职，并封以良田美地。他一手遮天，以迫害臣子剥削百姓为能事。陛下被其蒙蔽，对其宠信有加，他则利用陛下对其的信任，阻塞了忠谏之道，打压异己，致使臣子们不敢进谏。"

忽必烈早就认为桑哥免不了有受贿之嫌，因为理财之臣鲜有不贪钱财的，但人才难得，忽必烈对桑哥便睁一只眼闭一只眼，装作没看见罢了。可这一调查，忽必烈大为震怒，没想到桑哥竟背着自己干了这么多坏事。

御史台给桑哥列出的罪状是——

其一，立尚书省，独揽大权。以钩考为名，专以剥割生民为务，其所任大小官员皆是唯利是图、搜刮民脂民膏之徒，以至于逼得各地民变四起，盗贼频发。

其二，卖官鬻爵，收取贿赂。桑哥在执政期间，收取中外官吏使者的钱财。其昆弟故旧妻族，都被桑哥委以要职封以良田美地。这些人掌权后极力盘剥百姓。

其三，杀人害命，迫害忠良。如借理算钱谷为名，打压异已，处死大量官员，至今不见真实罪证。

其四，暗示大都之民为其立碑颂德，企图以此欺世盗名，蒙蔽圣听。

其五，掌有升赏刑罚大权，不逞之徒走其门路，理当收监或处死者，只要送钱，就可以逃脱惩处。

忽必烈先罢了桑哥的职务，然后又命令御史台、中书省和尚书省诸官与桑哥辩论。桑哥说自己对皇上和国家是忠心耿耿的，但他做过的一件件坏事，被御史台问得哑口无言。忽必烈下令将桑哥下狱究问，并推倒了在大都所立的《桑哥辅政碑》。接着，怯薛抄了桑哥的家，人们惊讶地发现，单是桑哥家收藏的珍珠就至少是皇宫内藏库的一半。忽必烈这下子彻底火了，下令将桑哥处死。

桑哥在被处死前，只有大臣马绍去探视了他。桑哥后悔地对马绍说："悔不该不听你的话，落得个这样的下场。"

马绍则说："我来看你，并不是同情你，而是痛恨自己为什么没有在你刚出错时以死相谏，这实在是我的失职，所以你罪孽深重，我也有过错。"

马绍是正直的臣子，他曾多次当面指责过桑哥，只是权力太小，无力回天。忽必烈听说了马绍探视桑哥的事，认为马绍公私分明，就没有责备他。

至元二十八年（1291）七月，桑哥被诛杀，其党徒有许多或被处死，或被追究。忽必烈随后下令撤销尚书省及桑哥设立的地方机构。为了缓和矛盾，还免除了百姓、官府多年来积欠的钱粮。

第二〇章　心怀天下　夜半驾崩

桑哥被诛杀后，忽必烈欲请安童出来主持政务。安童十三岁任“怯薛台”(高级将领)，十八岁便拜相，博学多才，见多识广，但眼下他实在是重病缠身，难以为政了。他是被人抬进宫见忽必烈的。这一君一臣久未见面了，今日相逢，均是热泪盈眶。君臣就治理国家做了彻夜长谈。第二天，安童又被抬回家，三天后，他安静地合上了双眼。忽必烈以国葬的规格安葬了安童。随后，任蒙古族元勋完泽为中书省右丞相，麦术丁、不忽木为中书省平章政事，何荣祖为中书省右丞，马绍为中书省左丞。中书省被赋予实权后，又彻查和罚办了漏掉的桑哥余党五百二十人，或关进监狱，或诛杀。

至元二十九年（1292），忽必烈已是七十八岁高龄了，虽然他的身体时好时坏，但他的心智依然清醒，他在经过一段时间思考后，认为国家要长治久安，就必须要百姓安居乐业。他对不忽木说：“战争是不得已才采取的最后解决问题的手段，一个国家要想长期地保持一种向上的气象，关键是在平时细致而又周到的治理上。顺民者昌，逆民者亡，取信于民，才是正道。而这一切的根本，就是吏治。治国就是治史。礼义廉耻，是选拔官吏的最基本的底线，不能治身焉能治国。单有能力，心术不正，终归将步入歧途。”

忽必烈从王文统、阿合马、卢世荣、桑哥的相继落马中汲取了教训。这些人先后理财三十二年，但结果却都成为众矢之的，成为不得民心的人物，最后都被处死。

不忽木从儒家义理派的立场回答道：“有才未必有德。只有德才相济才是治国之栋梁。儒家奉行‘穷则独善其身，达则兼济天下’；宋代范仲淹更将其推至‘先天下之忧而忧，后天下之乐而乐’的境地；可见，只有心怀天下，新装黎庶之人，才能真正做到忧国忧民。”

忽必烈微笑着颔首称是。他原本是准备任命不忽木为右丞相执掌中书省的，而这也是安童生前的意思，但不忽木却以“非国族勋旧，且资历尚浅”婉拒了，力举蒙古老臣完泽担任此职。忽必烈见不忽木淡泊明志，主动让贤，就非常高兴。由于忽必烈的重视，实际上中书省的一切运转还是不忽木在左右着。

完泽初时尚有些不服，后得知是由于不忽木让贤，自己才坐在了右丞相的位置上，就也心悦诚服地与不忽木合作了。

这样，以蒙古老臣完泽为首的中书省又回到了汉法治汉的治国之路。本着忽必烈“农桑，王政之本也”，中书省首先从农业入手，鼓励农民精耕细作，并派遣了大量懂农桑的官员深入到村镇田垄督导。由于采取了轻徭薄税的政策，桑哥时背井离乡的百姓又陆续返乡务农或定居下来，这样田地的亩数又迅速增多了。忽必烈也根据中书省的意见，再次重申了“国以民为本，民以衣食为本，衣食以农桑为本”的思想，并严禁以农田为牧地，禁止因畜牧、游猎或行军打仗损坏庄稼破坏农业生产，禁止向农民横征暴敛，禁止掠民为奴。

五月里的一天，雨霁天晴，微风习习，不忽木与郭守敬等一些官员到大都附近考察。他们来到通州地面，立马在一个高坡上，放眼远眺，田畴碧绿，村舍轻烟，一派美丽的田园景象。郭守敬用马鞭指点着为不忽木讲解，不忽木频频点头微笑，俩人都有点被眼前的景象陶醉的样子。随后，他们又打马在官道上奔跑起来，有时遇到在田里劳作的农民，就下马跟人家聊上一会儿，有时逢着村落，就找年高通晓农事的老者问上一阵子。

连着几天，他们几乎走遍了通州各地，亲自深入田间村舍，与当地府吏百姓频繁接触交谈，深入地了解了当地的农业与民情，并写出了详细的考察报告，呈报给忽必烈。忽必烈看完呈文后，又召见不忽木与郭守敬，征求他们的意见，并谈了自己的看法。

在这次召见中，郭守敬提出了疏凿通州至大都的运河，改引浑水灌溉田地的建设。忽必烈当时就下令由郭守敬奉诏督办。

原来运河抵达通州后，由于坝河太小，大船不能航行，货物需卸船改由陆路转运，十分耗时耗力，还增加了成本。郭守敬得令后，率沿路军民立即行动，迅速开凿大都到通州的运河。一时间，上至丞相完泽，下至村妇儿童，都自愿地加入了这支劳动大军，场面十分的壮观。

修好后，忽必烈亲来察看，见运河直汇于积水潭，船来船往的十分顺便，就不住地称好。郭守敬说：“每十里设一闸，需要时便可蓄水，既能通航，也能灌溉农田，一举两用。”

忽必烈就夸赞道：“这样就好，爱卿想事周到，以后南方的货物就可直抵大都了，真是方便极了。”

不久，有大臣又提出要大力兴办学校，尤其是偏远地区。这样，忽必烈又下诏各地加大对学校的投资，同时设云南诸路学校。这期间，一个叫忽不木思的回回商人来大都售卖珠宝，他有一颗大珠，世所罕见，有人劝忽必烈买下给南苾皇后做生日礼物。忽不木思知晓，就进宫请忽必烈观看。忽必烈赏玩了一会儿，就将其还给忽不木思，说："确是稀有之物，可称是无价之宝啊！"

"陛下若买，贱民愿让利九成。"

"让利九成，朕也无钱可买。"

"天下都是陛下的，怎能无钱？"

"天下是天下人的，朕怎敢窃取天下人之钱？"

忽不木思走后，忽必烈对不忽木说："国家正需用钱之际，朕怎能私用钱财呢？"

不忽木跪伏道："陛下思天下人之忧，实是天下苍生的福气。"

由于忽必烈励精图治，颁布了一系列发展农业和商业的诏令，再加上中书省的完泽和不忽木等官员的亲力亲为，大元王朝的经济很快就有了起色，社会也越来越安定。但是，蒙古旧贵族海都却不甘心臣服，不久，又再次犯边。海都这次联合了阿里不哥幼子宗王明理帖木儿一起起兵。忽必烈诏令伯颜率军征讨，命皇孙铁穆耳镇守哈尔和林，派玉昔帖木儿押送粮草援助伯颜。

至元二十九年（1292）秋，伯颜与明理帖木儿双方相遇于阿撒忽秃岭。叛军抢先一步，占据了岭上的有利地形，依险为营、居高临下。伯颜察看了地形后，决定发起攻击，手下人就说："强攻不可取，不如困住他们，待援军到后再发起攻击。"

伯颜就摇头道："援军最快也得五日后到，而海都的军队离此很近，若两面夹击我们，士气必大为受挫，胜败难料也。"

伯颜骑上战马，手持长枪，率元军向岭上冲去。敌军据高凭险，矢下如雨，元军士兵停下不敢前进。伯颜见了，就挥动起令旗，大声喊道："我们遇冷时是皇上及时送来棉衣，我们饥饿时又是皇上派人给我们送来粮食，现在皇上需要我们效力卫国，难道我们还怕死不成吗？"说完，伯颜带卫队就向岭上冲去。

众将士见了，便也不顾生死地往上冲。他们边冲，边互相喊着："伯颜元帅不怕死，难道我们的命比元帅的还宝贵吗？兄弟们，冲啊！"

伯颜身先士卒，冲在了最前边，众将士个个勇敢向前。叛军见元军潮水般地漫上山岭，心就怯了，不等元军冲上来，就纷纷掉头就跑。明理帖木儿见无法阻拦，就也撒马而逃。伯颜率军追到必失秃，遇到海都的一支伏兵，双方就展开了一场激战。伯颜为了激励将士，又率卫队杀入敌群之中，他的长枪所到之处，敌兵纷纷倒下。海都部下的一员大将见此状，惊呆了，竟然立马一动也不动，被伯颜一枪掼于地上，吓得众敌兵呼地四散而逃。

恰在这时，速哥、梯迷秃儿率元军赶到，便夹击叛军，斩杀敌人两千余人。战斗结束后，大家见伯颜元帅全身已被敌人的血水染成了红色，只有两眼熠熠生辉，便将他称为“战神”。伯颜却连脸都没顾上洗一洗，就将叛军的一个小头目叫过来，赏给他一些钱，让他给明理帖木儿带封书信，明理晓情地规劝明理帖木儿不要再与海都一起犯上作乱了。明理帖木儿得书感泣，就回书说自己再也不与伯伯忽必烈作对了，便率残兵败将回了他的封地。

伯颜带领军队回了防线驻守，命令各处关隘严防死守，不要轻易和海都交战。伯颜设计要诱敌深入，然后一举解决海都的叛军。可是朝中却都有人诬陷伯颜，说伯颜放走了明理帖木儿，又不与海都交战，明显是功高自傲有异心。

南苾皇后闻之，深为忧虑，认为害人之心不可有，防人之心不可无，正赶上忽必烈身体不好，就擅自矫诏以玉昔帖木儿代替伯颜，让伯颜回来听命。玉昔帖木儿刚到前线，海都就又来进犯。伯颜便对玉昔帖木儿道：“容我杀了海都，再交兵与你。”

玉昔帖木儿微笑着点点头，他对伯颜是无比信任的。

伯颜率军队跟海都交战，却且战且退，一连七天都是如此。有人就怀疑地对玉昔帖木儿说：“将军不可掉以轻心，应接过军权为是。”

玉昔帖木儿笑而不语。可连着退却，诸将却误以为伯颜惧怕海都了。伯颜便说：“海都老奸巨猾，我们若攻击，他必逃跑。今我假败，诱他深入我们的腹地，然后围而擒之，方可一战了事。诸将军主张速战，若擒不住海都，谁来负责呢？”

不料，诸将领皆说他们大家共担此责。伯颜无奈，只好向海都发起猛攻，结果海都和叛军迅速逃了回去。玉昔帖木儿就安慰伯颜说：“丧家之犬，擒与不擒何异也？”

伯颜轻叹一声，便将军权移交了。

回到哈尔和林，皇孙铁穆耳向伯颜敬酒时颇含感情地说：“元帅一走，还怎么教我打仗呢？”

伯颜就盯视着酒杯，缓缓地说：“最误事的就是这酒，还有女色。”

铁穆耳点头，伯颜又说：“治军既要讲纪律，又要施恩德，为将者，要爱兵如子。”

铁穆耳含泪点头。伯颜想了想又叮嘱道：“冬夏驻营，依照常规。多派人探查敌情，做到心中有数。”

铁穆耳的眼泪簌簌而下。

海都虽然跑掉了，但他的军力也大为减弱，从此北部边防固若金汤。

伯颜回到大都。此时忽必烈知晓了事情的原委，就立即召见了他，面奖其功，仍授丞相之职，命他统率大都、上都和大同的宿卫与诸军。

此时，另一场战争正在继续，这就是大元与爪哇的战争。

爪哇国在南海地区是比较富庶的国家，人口众多，土地肥沃，物产丰富，民风淳朴。但由于爪哇国不知道大元国的情况，其国王以为天底下他就是最大的君王，所以当元朝使者以高傲的姿态出现在他面前时，他便生气了，竟然令下人将元朝使者孟祺的脸上刺上了有污辱意思的记号。忽必烈知道后勃然大怒，决定出兵征战。

至元二十九年（1292），忽必烈命蒙将亦黑迷失、汉将史弼，率军士二万人，海船五百艘，扬帆直指爪哇国。临行前，忽必烈嘱咐二将说："卿等到了爪哇国，就明告该国军民，朝廷本欲与他们通商往来友好，但其君主却无端羞辱我使者，蔑视我大元，所以朝廷才派军进讨。"

又单独叮嘱史弼："唯有卿一人为旧日勋臣，遇事要多加小心，随机应变，不可莽撞。"

史弼点头说："臣谨记陛下之言！"

至元三十年（1293）初，元军抵达爪哇国。这时，爪哇国王已被邻国葛郎国王哈只葛当杀害，爪哇国王的女婿土罕必阇耶和葛郎国的军队正在交战。节节败退的土罕必阇耶听说元军到来，便派使者以其国山川、户口、地图迎降求援，请求元军帮助他们打败葛郎国。几日后，元军与爪哇国军队在八节涧会师。八节涧乃爪哇的良港，史弼仔细察看了港口附近的地形，派两千将士驻此把守。大军出发时，史弼又将留守港口的汉将王天祥叫到一边，悄声说："天有不测风云，我们远涉重洋，孤军在异国作战，什么事情都可能发生。此港口是我军的命脉，一旦失守，你我都将葬身在异国他乡了。记住没？一定要守住！"

"卑职谨遵将令！"

兵行十里，史弼见左有一山，山下有一小镇名叫赛宁，就又与蒙将亦黑迷失商量，命副都元帅那海，汉将郑珪领兵三千人在此驻守。那海率两千人在村镇边扎营安寨，郑珪领一千人镇守山上。史弼对二将说："命你们驻守此处，进可以支援大军，退可以守卫港口。郑珪要凭险守护此地，那海要尽量多地筹集粮草运到船上，以备不时之需，同时要挡住任何前往港口的军队，以免港口有失。"

随后，剩下的元军主力，分左中右三军，两翼各三千人马，中军九千人，彼此间距各不远于十里地，以做呼应。中军则分前中后三队，先锋将高德诚率三千人马突前，亦黑迷失和史弼率四千人马居中，张受率两千人马续后。张受的任务是既押运粮草，又担当后卫。

三天后，葛郎国兵分三路来攻打土罕必阇耶，爪哇国大将葛达罕兵溃如水，元军只好挺身迎战。葛郎兵没有听过大炮的声音，当元军大炮轰鸣，葛郎兵便以为是神兵天降，虽有十万之众，却作鸟兽散，漫山遍野地奔逃。

第二天，元军又占至晡。葛郎国主亲自率军来战，三战三败，只有退守城内。元军围城，以大炮威慑，令其投降。国王哈只葛当自知难敌，便打开城门出降。史弼对哈只葛当抚谕后，令其回城继续当国王。但史弼等人没有料到土罕必阇耶的投降是为了借助元军的力量消灭对手，等到对手被打败后，土罕必阇耶便出尔反尔，起兵攻打元军了。

元军在亦黑迷失和史弼的率领下冲出包围，且战且退，直退至赛宁。那海用大炮逼退了爪哇兵，将元军接入营中。败退的元军是又渴又饿，那海就命驻军递水送饭。

史弼命士兵赶紧休息，自己就登上山去，瞭望敌情。郑珪对史弼说："将军神算，那海的一阵大炮就将敌军击溃了。"

史弼苦笑一下，问："刚才你为什么不开炮？"

"我以为还不是时候，敌人虽后撤，明天必又来攻，我想打他个出其不意。"

"甚好，甚好！"

史弼就喜欢这种动脑筋打仗的人。他叮嘱道："你这里明天也不要开炮，权当作奇兵吧！"

"谨遵将令！"

第二天，爪哇军又发起进攻，被元军击退。但爪哇各地的兵马正在往这里集中，而元军已有两千多人战死，余下的一万多人中有不少伤者和病者。亦黑迷失、史弼等将领认为此仗不仅难于取胜，如再拖延，粮草都成了问题，于是亦黑迷失就率元军趁夜悄然撤退至港口上船，史弼和郑珪率山上的那一千人马断后。天亮后，敌人又来攻打，史弼等居高临下用炮轰击。敌人没想到山林中有元军埋伏，就又退了回去。史弼命郑珪率炮队先撤，自己率五百兵士掩护。爪哇军很快又来攻打，史弼命弓箭手阻击，且战且退，最后登船而去。

元军出战爪哇，折兵三千，无功而还。但随后不久，两国有了贸易往来。

至元三十年（1293）一月，佛教的一个教派攻击八思巴继任者所属派别萨迦派的寺院，萨迦派来人请求忽必烈平息叛乱。二月，诏发总帅汪惟和所部军三千征吐蕃，后又发陕西、四川兵万人进军吐蕃。吐蕃之乱应是藏传佛教各派系间自发的争夺统治吐蕃权力的斗争，但是蛰伏在西北的海都却认为有了机会，他积极调动兵马准备支援吐蕃的反叛者。

为了阻止海都的这一行动，皇孙铁穆耳率漠北铁骑又开始了对海都进行征讨。海都此时已占领了哈喇火（今吐鲁番东不远处）。铁穆耳用大炮轰塌了哈喇火的城墙，活捉了叛军首领笃哇的妻子和女儿。笃哇率一部分叛军逃走，铁穆耳率军紧追，在别什八里（今乌鲁木齐）与海都主力相遇。由于铁穆耳率领的是一支轻骑兵，人数少，又没有火炮，初战受挫，退后五十里。

三日后，玉昔帖木儿率漠北元军主力赶到。铁穆耳跟老将玉昔帖木儿商议，趁海都不知元军主力已到的时候，将主力埋伏在一条峡谷的两侧。隔日，海都军队追杀铁穆耳。铁穆耳率轻骑兵装作拼死抵抗的样子打了一阵儿，便慌忙往峡谷退去。海都军追至峡谷中，元军火炮骤响，矢下如雨，叛军除千八百人逃掉，其主力被一举围歼。铁穆耳乘势挥师西进，海都则放弃别什八里西逃，元军彻底粉碎了叛军入吐蕃援助反叛者的阴谋。不久，吐蕃叛乱也被平息。

四月，留梦炎从江南考察回来，向忽必烈禀报情况。留梦炎认为江南的一些城市商税过重。他说："杭州、上海、温州、庆元、广东，都是十五抽一，唯泉州货物三十取一，臣认为以泉州为定制最好。"

忽必烈同意了他的建议。

不久，不忽木从河南考察回来，禀报："由于桑哥对农业加重赋税，现仍有不少田地荒芜无人耕种，实在是可惜。"

"卿可有良策?"

"臣以为可将这些无主田地转给从良者和漏籍户耕种，使他们得以安居乐业。"

"那就由中书省下文吧。"

"江南仍有逼良从娼贩卖人口的现象，不禁止恐败坏社会风尚。"

"那就一起下文严禁。"

大都的秋天，天高气爽，凉爽宜人。忽必烈一日心情甚好，就跟南苾等移驾西山。此时的西山正是红叶如火似锦的时节。站在高处观看，建在繁茂山林中的寺庙若隐若现，微风吹过，寺塔上的铜铃传来清脆悦耳的响声，让人听来心情愉悦。午间，忽必烈在西山摆设筵席，瞧着大臣们大嚼炖羊肉和蔬菜卷饼，痛饮发酵的马奶酒，他的脸上不由露出了笑容。

他一边喝着甜茶，一边对南苾皇后说："久在宫中憋闷，今日忽然置身在这山野之间，心情真是说不出的舒畅。"

"当然，尤其是跟皇上一起领略这秋天美景，臣子们就更是高兴啦！"

忽必烈就转身看下面的臣子，看着看着，他的脸上渐渐有了悲戚之色。南苾瞧见了，就赶紧问："皇上哪儿不舒服吗？"

"哦，没有。我是忽然想起了金莲川时的那些老臣，可惜他们都离朕而去了。若是此情此景中有他们在朕的身边，该有多好啊！"

"还有我的姑母察苾皇后，她也应在此情此景中。"

"是啊，他们竟然撇下朕都早早地走了，像是忙着去做什么大事似的。朕真的是不理解呀！也许他们是累了，也许他们是怕应了那句'老而不死是为贼也'，就都匆忙地撇下朕先走了。"

"皇上千万别伤感，这都是长生天的安排，天下黎民百姓都祈祷皇上洪福齐天呢！"

"朕若是跟他们一起走，也许太子会将我大元治理得更好呢！唉，是我误了太子啊！"

"皇上……"

从西山回来，忽必烈就病倒了。完泽等一些重要大臣都来看望，他们预感到这位老皇帝不久将撒手人寰，但嘴上却说着"皇上长寿"和"洪福齐天"的吉利话。

忽必烈的神志却时而清醒时而混沌。当他处在神志混沌状态的时候，就不断地念叨着察苾和那些老臣的名字。

"唉，察苾，你在……你在做什么？快来陪朕来……待一会儿。"

"刘秉忠，你师父海云……海云要走了，你可……不能走，朕需……需要你。"

"郝经，朕让你……让你受苦了！"

"为什么？为什么？朕活得这么久？真金……真金，是父皇……是父皇误了你的一世英名啊！"

而当他神志清醒的时候，他就叫来不忽木询问政事。一天，他对不忽木说："唐代有位诗人的诗中有这么两句，'南朝四百八十寺，多少楼台烟雨中'。"

"是唐代杜牧的诗句。"

"如今我朝也出现了这样的景象，到处都建寺庙，朕实为忧之啊！"

"臣也在想这事。皇上，臣以为朝廷应将僧寺的邸店、商贾舍置，按物货依例收税。"

"爱卿所言极是，就照爱卿说的办吧。"

"遵旨！"

南苾时刻守候在忽必烈的身边。有一天，外面阳光明媚，忽必烈就在南苾和不忽木的搀扶下来到庭院中晒太阳。忽必烈在阳光下瞧了瞧南苾，颇为动情地说："皇后还这般年轻，朕耽搁了你的青春年华。"

南苾则眼含热泪地依偎着皇上，喃喃道："此生能陪在皇上身边，是我莫大的荣幸。皇上的病很快就会好的，明年春天我还要陪皇上去上都骑马打猎呢！"

"但愿如此吧！"

忽必烈叹息一声，就转向不忽木，说："朕走后，朝廷要息战养民，重农桑，以'仁'治天下。草原仍承袭祖俗祖风，只要游牧在，我蒙古人必永存！"

"臣谨记在心，皇上尽可放心。圣祖之子孙不仅能马上打天下，也能马下治天下。"

"一个朝代要永葆长治久安是不可能的，但愿你们能将圣祖的事业进行得长久些，这也就够了。"

"大元王朝必永葆长治久安！"

忽必烈自这次出殿外后，就再也没有出来，他久卧于御榻之上，时而昏迷不醒，时而清醒如常。他的生命是顽强的，就似他一生总是能一次次化险为夷。他熬过了年关，迈入了新的一年。

至元三十一年（1294）正月初一这天早晨，忽必烈醒来后，侧耳听着什么，他忽然问南苾："为什么听不到鞭炮的声音？"

南苾正想着怎么回答才好，忽必烈则说："可传告天下，朕不会影响天下人过年，爆竹当响，锣鼓当鸣，人们辞旧迎新要穿新衣，一切照旧。钦此！"

"遵旨！"

当外边传来鞭炮锣鼓的声音，忽必烈微微地笑了，他攥着南苾的手握了握，说："朕不会耽搁黎庶欢度佳节。"

这超凡的大度令南苾不由悲泣不已。

又过了几天，忽必烈忽然要召见一些重臣，他见大家来齐后，就从容地说："各位爱卿，当为朕的后事做些准备了。"

众大臣一听，皆跪伏在地，口称："万岁，万岁，万万岁！"

忽必烈让不忽木记下他口述的一系列谕旨——

任命伯颜、玉昔帖木儿、不忽木三人为“顾命大臣”。钦命速将太子遗玺交与皇孙铁穆耳。

忽必烈又用爱怜的目光看了看南苾，然后将目光转向众大臣，缓缓地说：“谕旨南苾皇后日后不得‘擅自干政’，尊太子妃阔阔真为皇后，一切听命于三位顾命大臣的安排。”

诏下谕旨后，忽必烈就让大臣们做事去了，只留下南苾跟不忽木守在身边。从此，他便静静地躺着，绝少言语。

至元三十一年（1294）正月二十二日夜，在灯火幽微之中，忽必烈轻轻地说了句：“察苾，朕该跟你在一起了！”说完，便合上了双眼，似乎是睡着了……

忽必烈在位三十五年，享年八十岁。谥曰：“圣德神功文武皇帝”，庙号“世祖”，葬在了他出生的蒙古人的中心地带起辇谷，从蒙俗，至今不知其坟冢的具体位置。

只有一望无际的黄枯的衰草，被秋风撕扯着，透出萧瑟而又静穆的气息……